U0742019

· 现当代经典散文品读 ·

诗意的栖居

SHIYI DE QIJU

徐宏杰◎主编

安徽师范大学出版社

ANHUI NORMAL UNIVERSITY PRESS

丛书策划：汪鹏生
责任编辑：刘　佳
装帧设计：丁奕奕

图书在版编目（CIP）数据

诗意的栖居 / 徐宏杰主编 . — 芜湖 : 安徽师范大学出版社，2018.7（2020.6重印）
（现当代经典散文品读）
ISBN 978 - 7 - 5676 - 2839 - 7

Ⅰ . ①诗⋯ Ⅱ . ①徐⋯ Ⅲ . ①散文集−中国−当代 Ⅳ . ①I267

中国版本图书馆CIP数据核字（2017）第102720号

诗意的栖居

SHIYI DE QIJU　　　徐宏杰　主编

出版发行 : 安徽师范大学出版社

芜湖市九华南路189号安徽师范大学花津校区　　　邮政编码 : 241002

网　　　址 : http://www.ahnupress.com/

发 行 部 : 0553-3883578　5910327　5910310（传真）

印　　　刷 : 香河利华文化发展有限公司

版　　　次 : 2018年7月第1版

印　　　次 : 2020年6月第2次印刷

规　　　格 : 700 mm×1000 mm　1/16

印　　　张 : 19

字　　　数 : 263千字

书　　　号 : ISBN 978 - 7 - 5676 - 2839 - 7

定　　　价 : 56.00元

如发现印装质量问题，影响阅读，请与发行部联系调换。

写在《现当代经典散文品读》出版之际

    《现当代经典散文品读》丛书，按照内容分为10册，选入的近三百篇散文，是现当代中外优秀散文名篇，几乎可视为百年散文史的缩影。编选者视野开阔，粹取拣择中，可见出其独特的眼光。选入的文章，篇篇可读，文字优美，有发人深省的内涵。既有文学大家的名篇佳什，又有一些年轻作家的感人至深的新作，甚至包括当代一些网络作者的好文章。作者中有学养丰厚的著名人文学者，也有研究自然科学的科学家、发明家。编选者立意在知识的丰富、美好人生的发掘、伟大智慧的分享。在知识性、思想性和欣赏性等多方面，丛书都有较高的价值。读起来使人时而低徊欲泣，时而激扬踔励，时而心入浩茫辽阔中，时而意落清澈碧溪前。这套书可以作为在校学生课外阅读的材料，也可以作为一般读者经典阅读的进阶。

    每篇散文后所附"品读"文字，也是值得"品味"的，对帮助欣赏、理解所选文章极有帮助。篇幅一般都不短，内容丰富，不是泛泛的作者介绍，也不是说一些写作背景和特点的话，而是意在"品读"所选文章背后的价值世界。不少品读文字，更像是一篇研究作品。如《诗意的栖居》一册中所选建筑学家梁思成的《千篇一律与千变万化——音乐、绘画、建筑之间的通感》，是建筑学中的名作。它涉及艺术哲学中的一个重要原理。艺术要追求变化，这个道理很多人讲过，但这篇文字则谈重复在艺术创造中不可忽缺的价值。人们常常将重复当作一种缺点，但梁先生认为，没有重复就没有艺术。重复是音乐的灵魂。《诗经》在一定程度上也是重复的艺术，那回环往复的咏唱是《诗经》的命脉。重复也是建筑的基本语言，颐和园七百多米的长廊，人民大会堂的廊柱，因重复而体现出特别的魅力。编选者在细腻的分析中，发掘此文深长的意味，给读者以重要启发。由趣味学习，到专业学习，这套书有不可忽视的价值。

散文的重要特点之一，是用优美的语言，自由而较少拘束的形式，表达当下直接的生命感受，散文也可以说是当下生命体验的记录。因此，好的散文家，一定是对人生、自然、生命、宇宙、理想等有感觉的人，一定是对世界有"温情"的人。那种整天沉浸在琐屑利益竞逐中、对生活持漠然态度的人，不会有通灵清澈的觉悟，不会有朗然明快的理想，也写不出有感染力的文字。好的散文不是"写"出的，而是从清澈、真实的心灵中"泻"出的。我通读这套书所选的文章，仔细品味编选者的点评，丛书中无处不在的清新气息，给我极深的印象。就像本丛书所选美学家宗白华先生的《美从何处寻?》中所说的，世界充满了美，我们要有一双发现美的眼睛。美不光在外在的形式，更在那生命的潜流中。正因此，散文，不是美的文字，而在传递一种美丽的精神。人，不在于有光鲜的外表，而在于有一种光明的情怀。外在的"容"可以"整"，内在精神世界是无法通过技术性的劳作"整"好的。这套书在知识获取的同时，对提升人的精神境界、护持人的生命真性、分享生命的美好等方面，都具有独特的价值。

这套宏大的散文名篇选读丛书，是由徐宏杰先生花近十年时间独立完成的。他是当代闻名的语文特级教师，是语文教学和研究方面的权威学者，他在教学之余，投入如此心力，来完成这样的作品，为他深爱的学生，更为全国广大读者。这样的精神尤令人感佩。这套书中凝结着他三十余年教学经验和研究所得。他曾经跟我说,他是以充满敬意的心来做这项工作的。从我阅读的感受,他的确是这样做的:从选文到解说,他以敬心体会所选文章背后的温情和智慧;又以敬心斟酌自己的品读文字,力求给读者,尤其是青少年读者留下真正有价值的信息。

朱良志

2018 年 4 月 10 日于北京大学

大千世界，人各有志。有人爱好珍馐美味，高楼广厦；有人更喜粗茶淡饭，柴居茅舍。不同的追求本无对错之分，但无论选择何种生活，都不要忘记给人在这世界短暂的栖居里注入诗意。诗意，微妙而又玄远；栖居，艰难而又简单。富贵的，莫要被金色的尘土遮住了眼睛；清贫的，莫要被精心的算计拖累了心灵。湖畔山间，或是车水马龙，都无碍仰观天地之大，俯察品类之盛。就像梭罗用他的行动来证明，天堂不是外在于人的遥远的地方，就停留在你的内心深处，有待于你去开采，有待于你去挖掘，有待于你去发现。就像梭罗垂钓在瓦尔登湖，『在温暖的暮色中，我常在船中吹起晚笛，看鲈鱼围着我环游，好像沉醉于我的笛音』。诗意的栖居，让心境与思想一同沉淀，也一同翱翔。

目 录

黄
山记

◇ 徐迟

一

大自然是崇高、卓越而美的。它煞费心机,创造世界。它创造了人间,还安排了一处胜境。它选中皖南山区。它是大手笔,用火山喷发的手法,迅速地,在周围一百二十公里,面积千余平方公里的一个浑圆的区域里,分布了这多花冈岩的山峰。它巧妙地搭配了其中三十六大峰和三十六小峰。高峰下临深谷,幽潭傍依天柱。这些朱砂的、丹红的、紫霭色的群峰,前拥后簇,高矮参差。三个主峰,高风峻骨,鼎足而立,撑起青天。

本文选自《徐迟散文选集》(上海文艺出版社1979年版)。徐迟(1914—1996),我国著名诗人、散文家和评论家。原名商寿,浙江吴兴(今湖州)人。1931年至1933年就读于苏州东吴大学和燕京大学。20世纪30年代开始写诗。抗战爆发后,曾与戴望舒、叶君健合编《中国作家》(英文版),协助郭沫若编辑《中原》(月刊)。1949年后,曾任《人民中国》编辑、《诗刊》副主编、《外国文学研究》主编。抗美援朝战争中,他奔赴前方采访,写出了许多战地通讯和特写。曾任中国作家协会理事、湖北省文联副主席。徐迟在报告文学领域贡献突出。代表作有《哥德巴赫猜想》《地质之光》《祁连山下》《生命之树常绿》等。其中,《哥德巴赫猜想》《地质之光》获"中国优秀报告文学奖"。被誉为"报告文学之父"。2002年创立"徐迟报告文学奖"。著有诗集《二十岁人》、文艺评论集《诗与生活》以及《徐迟散文选集》等。

这样布置后,它打开了它的云库,拨给这区域的,有倏来倏去的云,扑朔迷离的雾,绮丽多彩的霞光,雪浪滚滚的云海。云海五座,如五大洋,汹涌澎湃。被雪浪拍击的山峰,或被吞没,或露顶巅,沉浮其中。然后,大自然又毫不悭吝地赐予几千种植物。它处处散下了天女花和高山杜鹃。它还特意委托风神带来名贵的松树树种,播在险要处。黄山松铁骨冰肌,异萝松天下罕见。这样,大自然把紫红的峰,雪浪云的海,虚无缥缈的雾,苍翠的松,拿过来组成了无穷尽的幻异的景。云海上下,有三十六源,二十四溪,十六泉,还有八潭,四瀑。一道温泉,能治百病。各种走兽之外,又有各种飞禽。神奇的音乐鸟能唱出八个乐音。稀世的灵芝草,有珊瑚似的肉芝。作为最高的效果,它格外赏赐了只属于幸福的少数人的,极罕见的摄身光。这种光最神奇不过。它有彩色光晕如镜框,中间一明镜可显见人形。三个人并立峰上,各自从峰前摄身光中看见自己的面容身影。

这样,大自然布置完毕,显然满意了,因此它在自己的这件艺术品上,最后三下两下,将那些可以让人从人间通入胜境去的通道全部切断,处处悬崖绝壁,无可托足。它不肯随便把胜境给予人类。它封了山。

二

鸿蒙以后多少年,只有善于攀援的金丝猴来游。以后又多少年，才来到了人。第一个来者黄帝，一来到，黄山命了名。他和浮丘公、容成子上山采药。传说他在三大主峰之一，海拔1840公尺的光明顶之傍，炼丹峰上，飞升了。

又几千年，无人攀登这不可攀登的黄山。直到盛唐，开元天宝年间，才有个诗人来到。即使在猿猴愁攀登的地方，这位诗人也不愁。在他足下，险阻山道阻不住他。他是李白。他逸兴横飞，登上了海拔1860公尺的莲花峰，黄山最高峰的绝顶。有诗为证：丹崖夹石柱，菡萏金芙蓉，伊惜升绝顶，俯视天目松。李白在想象中看见，浮丘公引来了王子乔，"吹笙舞风松"。他还想"乘桥蹑彩虹"，又想"遗形入无穷"，可见他游兴之浓。

又数百年，宋代有一位吴龙翰，"上丹崖万仞之巅，夜宿莲花峰顶。霜月洗空，一碧万里。"看来那时候只能这样，白天登山，当天回不去。得在山顶露宿，也是一种享乐。

可是这以后，元明清数百年内，极大多数旅行家都没有能登上莲花峰顶。汪瓘以"从者七人，二僧与俱"，组成一支浩浩荡荡的登山队，"一仆前持斧斤，剪伐丛莽，一仆鸣金继之，二三人肩粮执剑戟以随。"他们只到了半山寺，狼狈不堪，临峰翘望，败兴而归。只有少数人到达了光明顶。登莲花峰顶的更少了。而三大主峰之中的天都峰，海拔只有1810公尺，却最险峻，从来没有人上去过。那时有一批诗人，结盟于天都峰下，称天都社。诗倒是写了不少，可登了上去的，没有一个。

登天都，有记载的，仅后来的普门法师、云水僧、李匡台、方夜和徐霞客。

三

白露之晨，我们从温泉宾馆出发。经人字瀑，看到了从前的人登山之途，五百级罗汉级。这是在两大瀑布奔泻而下的光滑的峭壁上琢凿出来的石级，没有扶手，仅可托足，果然惊险。但我们现在并不需要从这儿登山。另外有比较平缓的，相当宽阔的石级从瀑布旁侧的山林间，一路往上铺砌。我们甚至还经过了一段公路，只是它还没有修成。一路总有石级。装在险峻地方的铁栏杆很结实；红漆了，更美观。林业学校在名贵树木上悬挂小牌子，写着树名和它们的拉丁学名，像公园里那样的。

过了立马亭，龙蟠坡，到半山寺，便见天都峰挺立在前，雄峻难以攀登。这时山路渐渐的陡削，我们快到达那人间与胜境的最后边界线了。

然而，现在这边界线的道路全是石级铺砌的了，相当宽阔，直到天都峰趾。仰头看吧！天都峰，果然像过去的旅行家所描写的"卓绝云际"。他们来到这里时，莫不"心甚欲往"。可是"客怨，仆泣"，他们都被劝阻了。"不可上，乃止"，他们没上去。方夜在他的《小游记》中写道："天都险莫能上。自普门师蹑其顶，继之者惟云水僧一十八人集月夜登之，归而几堕崖者已四。又次为李匡台，登而其仆亦堕险几毙。

自后遂无至者。近踵其险而至者,惟余侣耳。"

那时上天都确实险。但现今我们面前,已有了上天的云梯。一条鸟道,像绳梯从上空落下来。它似乎是无穷尽的石级,等我们去攀登。它陡则陡矣,累亦累人,却并不可怕。石级是不为不宽阔的,两旁还有石栏,中间挂铁索,保护你。我们直上,直上,直上,不久后便已到了最险处的鲫鱼背。

那是一条石梁,两旁削壁千仞。石梁狭仄,中间断却。方夜到此,"稍栗"。我们却无可战栗,因为鲫鱼背上也有石栏和铁索在卫护我们。这也化险为夷了。

如是,古人不可能去的,以为最险的地方,鲫鱼背,阎王坡,小心壁等等,今天已不再是艰险的,不再是不可能去的地方了。我们一行人全到了天都峰顶。千里江山,俱收眼底;黄山奇景,尽踏足下。

我们这江山,这时代,正是这样,属于少数人的幸福已属于多数人。虽然这里历代有人开山筑道,却只有这时代才开成了山,筑成了道。感谢那些黄山石工,峭壁见他们就退让了,险处见他们就回避了。他们征服了黄山。断崖之间架上桥梁,正可以观泉赏瀑。险绝处的红漆栏杆,本身便是可羡的风景。

胜境已成为公园。绝处已经逢生。看呵,天都峰,莲花峰,玉屏峰,莲蕊峰,光明顶,狮子林,这许多许多佳丽处,都在公园中。看呵,这是何等的公园!

四

只见云气氤氲来，飞升于文殊院，清凉台，飘拂过东海门，西海门，弥漫于北海宾馆，白鹅岭。如此之漂泊无定；若许之变化多端，毫秒之间，景物不同；同一地点，瞬息万变。一忽儿阳光泛滥，一忽儿雨脚奔驰。却永有云雾，飘去浮来；整个的公园，藏在其中。几枝松，几个观松人，溶出溶入；一幅幅，有似古山水，笔意简洁。而大风呼啸，摇撼松树，如龙如凤，显出它们矫健多姿。它们的根盘入岩缝，和花冈石一般颜色，一般坚贞。它们有风修剪的波浪形的华盖，它们因风展开了似飞翔之翼翅。从峰顶俯视，它们如苔藓，披复住岩石；从山腰仰视，它们如天女，亭亭而玉立。沿着岩壁折缝，一个个的走将出来，薄纱轻绸，露出的身段翩然起舞。而这舞松之风更把云雾吹得千姿万态，令人眼花缭乱。这云雾或散或聚，群峰则忽隐忽现。刚才还是顶盆雨，迷天雾，而千分之一秒还不到，它们全部散去了。庄严的天都峰上，收起了哈达；俏丽的莲蕊峰顶，揭下了蝉翼似的面纱。阳光一照，丹崖贴金。这时，云海滚滚，如海宁潮来，直拍文殊院宾馆前面的崖岸。朱砂峰被吞没，桃花峰到了波涛底。耕云峰成了一座小岛，鳌鱼峰游泳在雪浪花间。波涛平静了，月色耀眼。这时文殊院正南前方，天蝎星座的全身，如飞龙一条，伏在面前，一动不动。等人骑乘，便可起飞。而当我在静静的群峰间，暗蓝的宾馆里，突然睡醒，轻轻起来，看到峰峦还只有明暗阴阳之分时，黎明的霞光却渐渐显出了紫蓝青绿诸色。初升的太阳透露出第一颗微粒。从未见过这鲜红如此之红，也从未见过这鲜红如此之鲜。一刹间火球腾空，凝眸处彩霞掩映。光影有了千变万化，空间射下百道光柱。万松林无比绚丽，云谷寺豪光四射。忽见琉璃宝灯一盏，高悬始信峰顶。奇光异彩，散花坞如大放焰火。焰火正飞舞，那暗鸣变色，叱咤的风云又汇聚起来。笙管齐鸣，山呼谷应。风急了。西海门前，雪浪滔滔。而排云亭前，好比一座繁忙的海港，码头上装卸着一包包柔软的货物。我多么想从这儿扬帆出海去。可是暗礁多，浪这样险恶，准可以撞碎我的帆樯，打翻我的船。我穿过密林小径，奔上左数峰。上有平台，可以观海。但见浩瀚一片，了无边际，海上蓬莱，尤为诡奇。我又穿过更密的林子，翻过更奇的山峰，蛇行经过更险的悬崖，踏进更深的波浪。一苇可航，我到了海心的飞来峰上。游兴更浓了，我又踏上云层，到那黄山图上没有标志，在任何一篇游记之中无人提及，根本没有石级，没有小径，没有航线，没有方向的云中。仅在岩缝间，松根中，雪浪褶皱里，载沉载浮，我到海外去了。浓云四集，八方茫茫。忽见一位药农，告诉我，这里名叫海外五峰。他给我看黄山的最高荣誉，一枝灵芝草，头尾花茎俱全，色泽鲜红如像珊瑚。他给我指点了道路，自己缘着绳子下到数十丈深谷去了。他在飞腾，在荡秋千。黄山是属于他的，属于这样的药农的。我又不知穿过了几层云，盘过几重岭，发现我在炼丹峰上，光明顶前。大雨将至，我刚好躲进气象站里。黄山也属于他们，这几个年轻的科学工作者。他们邀我进入他们的研究室。倾盆大雨倒下来了。这时气象工作者祝贺我，因为将看到最好的景色了。那时我喘息甫定，他们却催促我上观察台去。果然，雨过天又晴。天都突兀而立，如古代将军。绯红的莲花峰迎着阳光，舒展了一瓣瓣的含水的花瓣。轻盈的云海隙处，看得见山下晶晶的水珠。休宁的白岳山，青阳的九华山，临安的天目山，九江的匡庐山。远处如白练一条浮着的，正是长江。这时彩虹一道，挂上了天空。七彩鲜艳，银海衬底。妙极！妙极了！彩虹并不远，它近在目前，就在观察台边。不过十步之外，虹脚升起，跨天都，直上青空，至极远处。仿佛可以从这长虹之脚，拾级而登，临虹款步，俯览江山。而云海之间，忽生宝光。松影之荫，琉璃一片，闪闪在垂虹下，离我只二十步，探手可得。它光彩异常。它中间晶莹。它的比彩虹尤其富丽的镜圈内有面镜子。摄身光！摄身光！

这是何等的公园！这是何等的人间！

简评

据《黄山志》记载：上古时代，轩辕黄帝打败了九黎族和炎帝族，初步统一了北方以后，开始想求长生不老。于是，就向大臣容成子、浮丘公请教炼丹之术。浮丘公对他说："炼成金丹，必资山水。山水灵秀，丹药易成。臣尝遍历名岳，唯黟山（黄山原名黟山）为神仙都会，山高林茂，可资炭炼药，灵泉甘美，能煮石成丹。"黄帝很高兴，便同容成子、浮丘公一道来到山灵水秀的黟山，烧炭炼丹。经八甲子而成，黄帝吞下七粒丹药后，身轻体爽，至温泉沐浴时，白发变黑。于是天降白龙，三人骑龙升天而去。这段神话传说虽然荒诞离奇，但是，由于黄山风光秀美,石怪松奇,雄峰插天,云雾缭绕,身临其境,的确给人以飘飘欲仙之感。这个传说与人们的感受和遐想相合拍,因此,即使穿凿附会,也容易为人们所接受。到了唐朝,由于统治阶级推崇道教,又为了纪念轩辕黄帝,故天宝六年(747),由唐玄宗下令,将"黟山"改为"黄山"。

因为上述原因,黄山有关轩辕黄帝的"遗迹"很多,被称为黄山三十六大峰之首的炼丹峰,相传就是浮丘公为轩辕黄帝炼丹的地方。此岭在黄山中部,海拔1827米。至今,石室之内丹灶尚存。峰前有晒药台,峰下有炼丹台,皆呈紫色。台上可容数十人。玉屏、天都、莲花诸峰矗立台前。古人有诗云:"一声天上玉箫来,三十六峰花尽开。向夕轩辕招饮酒,骑鸾更过紫阳台。"峰下还有洗药溪,传说,黄帝炼丹时常来此溪洗药。有古人之诗为证:"红泉声里独徘徊,帝子当年采药来。怪道余香至今在,四时芝术有花开。"

黄山真是中华大地上的人间仙境。叶圣陶在《黄山三天》文章的开头就说:"我游黄山只有三天,真用得上'窥豹一斑'那个成语,可是我还是要写这篇简略的游记,目的在劝人家去游。"

徐迟先生的散文名篇《黄山记》是一篇当代写景的佳作。在文章开头,作者别出心裁地说,造物者安排黄山胜境,是"大手笔",可以把它看作是夫子自道。

《黄山记》,实际上可以说是一篇境界阔大的《黄山赋》。黄山,方圆千里,三十六大峰,三十六小峰,云蒸霞蔚,气象万千,云情雨意,变幻多端;天光散彩,须臾莫辨,青松之壮,灵芝之奇,目不暇接,让人流连忘返,古往今来文人墨客,多寄情于山水,为黄山吟诗作赋。

在著名的《哥德巴赫猜想·后记》中,作者说:"我已经整整十年(1966—1975年)没有发表创作,又加上一年(1976年)从事专业创作,却没有发表过一篇,噤若寒蝉。"这篇文章的写作时间是1962年,但它发表时已是80年代了,中间隔了将近20年。为什么?这其中,有一段不平常的经历。据作者自己介绍,《黄山记》命运多灾多难。因为是纯粹写景,没有体现"文以载道",又因为表现手法别致,这两点都不合时宜,所以只能到处碰壁。先是送到《人民文学》编辑部,这是一家高门大户,守门的编辑一看,通不过,没给里边的主编传话就退了稿;接下来作者考虑到写的是安徽景色,作者又送到《安徽文学》编辑部,这是门槛低一点的中等人家,但是结局一点也不比前一次好。《黄山记》成了"嫁不出去的姑娘"。连碰两枚钉子,伤情的主人再也不愿意碰第三枚了,于是乎"养在深闺人未识"整整18年。到了1979年,终于被一个"婆家"看中。

文章不像一般游记那样,先从登山写起,而是居高临下,气势磅礴地从大自然如何安排这一处胜境的角度去写。读者以为,写了黄山的概貌以后,接下去该写怎样游览了,可是作者却宕开笔去,跳出就山写山的局限,写几千年来人们攀登黄山的简史,以烘托一个"险"字,真是出乎意料。最后正面写山景,又突破由近及远或由下而上的一般的写法,而是有重点地写了几种景物。

全篇极胜富丽堂皇的词语,表现宏大的景观,处处显得极致,处处又能峰回路转,用余光中的话来说就是,五步一楼,十步一阁,步步莲花。为写心中的黄山,作者反复渲染,一唱三叹,有如油画,多层油彩叠加,为避免堆砌拖沓之感,作者有意识地在大全景式的渲染赞叹之中,不时插入叙事:个人的好奇感和采药人、气象工作者的交谈等等。在构思上打破大全景式的渲染,以免其陷入单调,形成独特的写景状物的风格。

作为当代写景散文中的杰作,本文以主观有限之感受为意脉,凡我所深感,才力所及,词能逮意者,多写;凡我所未见,意难称物者,不写。这种主观感受为意脉的写法,是古典抒情散文常用的手法。这种办法的好处是,以情驭景,以文字摹写山水之难度降低,文章风格精巧,言简意赅,脉络清晰。

　　全文热情奔放,文笔酣畅,大开大合,挥洒自如,色彩浓烈,语言华美,读后能对黄山的雄姿奇景留下深刻的印象,唤起读者更加热爱我们的时代,更加热爱我们祖国的壮丽河山的激情。

篇一律与千变万化

——音乐、绘画、建筑之间的通感

◇梁思成

本文选自梁思成《凝动的音乐》(百花文艺出版社1998年版,本文最初发表在1962年5月20日《人民日报》上)。梁思成(1901—1972),广东新会(现为江门市辖区)人,梁启超之子。1924年在美国宾夕法尼亚大学学习建筑。1927年获建筑硕士学位。同年,在美国哈佛大学研究生院学习。1928年春,他同林徽因举办婚

在艺术创作中,往往有一个重复和变化的问题:只有重复而无变化,作品就必然单调枯燥;只有变化而无重复,就容易陷于散漫零乱。在有"持续性"的作品中,这一问题特别重要。我所谓"持续性",有些是时间的持续,有些是空间转移的持续,但是由于作品或者观赏者由一个空间逐步转入另一空间,所以同时也具有时间的持续性,成为时间、空间的综合的持续。

音乐就是一种时间持续的艺术创作。我们往往可以听到在一首歌曲或乐曲从头到尾持续的过程中,总有一些重复的乐句、乐段——或者完全相同,或者略有变化。作者通过这些重复而取得整首乐曲

的统一性。

音乐中的主题和变奏也是在时间持续的过程中,通过重复和变化而取得统一的另一例子。在舒伯特的《鳟鱼》五重奏中,我们可以听到持续贯串全曲的、极其朴素明朗的"鳟鱼"主题和它的层出不穷的变奏。但是这些变奏又"万变不离其宗"——主题。水波涓涓的伴奏也不断地重复着,使你形象地看到几条鳟鱼在这片伴奏的"水"里悠然自得地游来游去嬉戏,从而使你"知鱼之乐"焉。

舞台上的艺术大多是时间与空间的综合持续。几乎所有的舞蹈都要将同一动作重复若干次,并且往往将动作的重复和音乐的重复结合起来,但在重复之中又给以相应的变化;通过这种重复与变化以突出某一种效果,表达出某一种思想感情。

在绘画的艺术处理上,有时也可以看到这一点。

宋朝画家张择端的《清明上河图》是我们熟悉的名画。它的手卷的形式赋予它以空间、时间都很长的"持续性"。画家利用树木、船只、房屋,特别是那无尽的瓦陇的一些共同特征、重复排列,以取得几条街道(亦即画面)的统一性。当然,在重复之中同时还闪烁着无穷的变化。不同阶段的重点也螺旋式地变换着在画面上的位置,步步引人入胜。画家在你还未意识到以前,就已经成功地以各式各样的重复把你的感受的方向控制住了。

宋朝名画家李公麟在他的《放牧图》中对于重复性的运用就更加突出了。整幅手卷就是无数匹马的

礼。1928年8月,夫妻相偕回国,一起受聘于东北大学建筑系。1931年任中国营造学社法式部主任。1932年任北京大学教授,讲授中国建筑史。1933年兼任清华大学教授,讲授建筑学。1947年获普林斯顿大学荣誉文学博士学位。1949年后,参与了人民英雄纪念碑等重大项目的设计,是中华人民共和国国旗、国徽评选委员会的顾问。著有《梁思成文集》。

重复,就是一首乐曲,用"骑"和"马"分成几个"主题"和"变奏"的"乐章",表示原野上低伏缓和的山坡的寥寥几笔线条和疏疏落落的几棵孤单的树就是它的"伴奏"。这种"伴奏"(背景)与主题间简繁的强烈对比也是画家惨淡经营的匠心所在。

上面所谈的那种重复与变化的统一在建筑物形象的艺术效果上起着极其重要的作用。古今中外的无数建筑,除去极少数例外,几乎都以重复运用各种构件或其他构成部分作为取得艺术效果的重要手段之一。

就举首都人民大会堂为例。它的艺术效果中一个最突出的因素就是那几十根柱子。虽然在不同的部位上,这一列和另一列柱在高低大小上略有不同,但每一根柱子都是另一根柱子的完全相同的简单重复。至于其他门、窗、檐、额等等,也都是一个个依样葫芦。这种重复却是给予这座建筑以其统一性和雄伟气概的一个重要因素;是它的形象上最突出的特征之一。

历史上最杰出的一个例子是北京的明清故宫。从(已被拆除了的)中华门(大明门、大清门)开始就以一间接着一间,重复了又重复的千步廊一口气排列到天安门。从天安门到端门、午门又是一间间重复着的"千篇一律"的朝房。再进去,太和门和太和殿、中和殿、保和殿成为一组"前三殿"与乾清门和乾清宫、交泰殿、坤宁宫成为一组的"后三殿"的大同小异的重复,就更像乐曲中的主题和"变奏";每一座的本身也是许多构件和构成部分(乐句、乐段)的重复；而东西两侧的廊、庑、楼、门，又是比较低微的，以重复为主但亦有相当变化的"伴奏"。然而整个故宫，它的每一个组群，每一个殿、阁、廊、门却全部都是按照明清两朝工部的"工程做法"的统一规格、统一形式建造的，连彩画、雕饰也尽如此，都是无尽的重复。我们完全可以说它们"千篇一律"。

但是，谁能不感到，从天安门一步步走进去，就如同置身于一幅大"手卷"里漫步；在时间持续的同时，空间也连续着"流动"。那些殿堂、楼门、廊庑虽然制作方法千篇一律，然而每走几步，前瞻后顾、左睇右盼，那整个景色，轮廓、光影，却都在不断地改变着，一个接着一个新的画面出现在周围，千变万化。空间与时间，重复与变化的辩证统一在北京故宫中达到了最高的境界。

颐和园里的谐趣园，绕池环览整整三百六十度周圈，也可以看到这点。

至于颐和园的长廊，可谓千篇一律之尤者也。然而正是那目之所及的无尽的重复，才给游人以那种只有它才能给人的特殊感受。大胆来个荒谬绝伦的设想：那八百米长廊的几百根柱子，几百根梁枋，一根方，一根圆，一根八角，一根六角……；一根肥，一根瘦，一根曲，一根直……；一根木，一根石，一根铜，一根钢筋混凝土……；一根红，一根绿，一根黄，一根蓝……；一根素净无饰，一根高浮盘龙，一根浅雕卷草，一根彩绘团花……；这样"千变万化"地排列过去,那长廊将成何景象?!

有人会问:那么走到长廊以前,乐寿堂临湖回廊墙上的花窗不是各具一格,千变万化的吗?是的。就回廊整体来说,这正是一个"大同小异",大统一中的小变化的问题。既得花窗"小异"之谐趣,无伤回廊"大同"之统一。且先以这样花窗的小小变化,作为廊柱无尽重复的"前奏",也是一种"欲扬先抑"的手法。

翻开一部世界建筑史,凡是较优秀的个体建筑或者组群,一条街道或者一个广场,往往都以建筑物形象重复与变化的统一而取胜。说是千篇一律,却又千变万化。每一条街都是一轴"手卷"、一首"乐曲"。千篇一律和千变万化的统一在城市面貌上起着重要作用。

十二年来,我们规划设计人员在全国各城市的建筑中,在这一点上做得还不能尽满人意。为了多快好省,我们做了大量标准设计,但是"好"中既也包括艺术的一面,就也"百花齐放"。我们有些住宅区的标准设计"千篇一律"到孩子哭着找不到家;有些街道又一幢房子一个样式、一个风格,互不和谐;即使它们本身各自都很美观,放在一起就都"损人"且不"利己","千变万化"到令人眼花缭乱。我们既要百花齐放,丰富多彩,却要避免杂乱无章,相互减色;既要和谐统一,全局完整,又要避免千篇一律,单调枯燥。这恼人的矛盾是建筑师们应该认真琢磨的问题。今天先把问题提出,下次再看看我国古代匠师,在当时条件下，是怎样统一这矛盾而取得故宫、颐和园那样的艺术效果的。

简评

从1930年到1945年，梁思成、林徽因夫妇携手走遍了中国西北部的15个省，190多个县，考察测绘了2738处古建筑物，很多古建筑就是通过他们的考察得到了全国乃至世界的认可，从此受到保护。如河北赵州大石桥、山西应县木塔、五台山佛光寺等。也正是由于在山西的数次古建筑考察，使梁思成破解了中国古建筑结构的奥秘，完成了对北宋李诫的《营造法式》这部"天书"的解读。为日后注释中国古代建筑设计、施工规范经典《营造法式》和编写《中国建筑史》打下基础。梁思成先生系统地调查、整理、研究了中国古代建筑的历史和理论，努力探索中国建筑的创作道路，还提出文物建筑保护的理论和方法，在建筑学方面贡献突出。是著名建筑学家和建筑学教育家，中国科学史事业的开拓者，毕生从事中国古代建筑的研究和建筑教育事业。正是由于对中国古代建筑精深独到的见解，梁思成和同是著名建筑学家的夫人林徽因一起对古都北京的建设与发展做出了巨大的贡献。

从理论与实践相结合出发，梁思成先生认识到，所有的艺术门类都讲求重复与变化的辩证统一。本文阐释的建筑艺术也是如此。但是，现实中的建筑"千篇一律"带来的问题是明显的，有些住宅区的设计"千篇一律"到孩子会哭着找不到家门。不仅作者写作本文的20世纪60年代是这样，建筑物没有处理好重复与变化的关系带来的问题在今天依然存在。文章标题中"千篇一律"指艺术创作中的重复，"千变万化"指艺术创作中的变化。"千篇一律与千变万化"是说在时间的持续、空间的持续或时间、空间的综合持续中，艺术创作的重复与变化。建筑

千篇一律与千变万化

是时空艺术,一个成功的建筑创作是重复与变化的辩证统一体。结尾一段批评了我们有些住宅设计的弊端是很深刻的,要么变化得眼花缭乱,要么重复得让孩子找不到家,即单一的千篇一律或千变万化,没有把二者结合起来。但是,文章在谈颐和园的长廊时来了个大胆的设想,二十个"一根"在语言上给人以厌烦感,让人无法接受。以重复的方式强化了"方""圆""八""六角"等的所谓"千变万化"的芜杂和"荒谬绝伦"。也就是说,长廊的柱子,根本不需要那么多不同的形状,千篇一律的圆柱才能给人以特殊的感受,长廊需要的是重复,不是变化。

"音乐、绘画、建筑之间的通感",即指音乐、绘画、建筑创作都追求在时间持续或时间与空间综合持续中的重复与变化,即不同艺术门类之间相通的艺术规律。艺术创作中的重复与变化的辩证统一关系是指,凡是有持续性的艺术创作,既需要重复,又需要变化。只有重复而无变化,作品就必然单调枯燥;只有变化而无重复,就容易陷于散漫凌乱。建筑作为一种空间持续的艺术,绝大多数建筑都是千篇一律和千变万化的有机统一。作者列举了人民大会堂、故宫、颐和园的谐趣园和长廊等建筑,有力地证明了这一点。作者详细解说了故宫和颐和园的长廊。故宫从中华门到天安门是一口气排列下来的千步廊,从天安门到午门是一间间重复的朝房,进入午门后又是一座座大同小异的大殿。整个故宫的每一组群建筑,全都是统一规格,统一形式建造的,连彩画、雕饰也是一样的。千篇一律的重复表现出皇家气象的大气。但统一中又有变化,朝房到大殿就是变化,大殿的主体与两侧的廊、庑、楼、门的不同也是变化,变化又不使人感到单一。颐和园的长廊是千篇一律,全都是无尽的重复,但长廊前的临湖回廊上的花窗就是一个变化,花窗的变化是长廊的前奏,重复和变化和谐统一。作者认为《清明上河图》就是成功的典范,"画家利用树木、船只、房屋,特别是那无尽的瓦陇的一些共同特征、重复排列,以取得几条街道(亦即画面)的统一性。当然，在重复之中同时还闪烁着无穷的变化。"所以，对中国古代科技史深有研究的英国著名学者李约瑟博士称梁思成为研究"中国建筑历史的宗师"。

像梁思成先生这样的建筑学学者，其专业领域与公共领域有着密切的关联，注定不可能躲进小楼。所以："我所谓'持续性'，有些是时间的持续；有些是在空间转移的持续，但是由于作品或者观赏者由一个空间转入另一个空间，所以同时也具有时间的持续，成为时间、空间的综合的持续。"正是"百花齐放"和"丰富多彩"的完美统一，避免了"杂乱无章，相互减色"，才创造了建筑的经典。

梁思成先生说："独是建筑，数千年来，完全在技工匠师之手。其艺术表现大多数是不自觉师承演变之结果。这个同欧洲文艺复兴以前的建筑情形相似。这些无名匠师，虽在实物上为世界留下许多伟大奇迹，在理论上却未为自己或其创造留下解析或夸耀。"其实，建筑的本身是不可能孤立存在的，所以，本文所谈问题的根本不仅仅在于"千篇一律与千变万化"。一个有着博大精深的建筑思想，一个掌握了精湛的建筑艺术的蜚声世界的专家，梁思成对北京城建筑的前世今生留下了太多的遗憾，可说是抱憾终身！新中国诞生，为梁思成打开了通往理想宫殿坦途。在梁思成的构想里，在老北京之外，再建一个新的北京。一老一新，相得益彰；状似扁担，"日月同辉"。他憧憬着要把老北京的城墙变成一个环城立体公园："城墙上面，平均宽度约10米以上，可以砌花池，栽植丁香、蔷薇一类的灌木，或铺些草地，种植草花，再安放些园椅。夏季黄昏，可供数十万人的纳凉游息。秋高气爽的时节，登高远眺，俯视全城……还有城楼角楼等可以辟为陈列馆、阅览室、茶点铺。这样一带环城的文娱圈，环城立体公园，是全世界独一无二的……"可惜，浪漫的梦想最终未能实现。众所周知的原因，他的伟大的构想在特殊的时代理所当然地被否定了。梁思成和妻子林徽因共同的好朋友、美国作家费慰梅在《梁思成与林徽因——一对探索中国建筑史的伴侣》（中国文联出版公司 1997 年版）中说："思成被任命为北京都市计划委员会的副主任。他曾提出了把北京改造成新中国首都的建议。1. 北京市应当是政治和文化中心，而不是工业中心。2. 必须阻止工业发展。因为它将导致交通堵塞、环境污染、人口剧增和住房短缺。3. 严格保护紫禁城。4. 在老城墙里面的建筑物要限制在两层到三层。5. 在城西建造一个沿南北轴向的政府行政中心。党中央只接受了他的第三点建议，即保留紫禁城。关于工业，彭真市长在他们站在天安门城楼上向南望时说：'毛主席希望有一个现代化的大城市，他说他希望从天安门上望去，下面是一片烟囱。'"看看今天北京城，梁思成先生如果地下有知，真是欲哭无泪！建筑相对于梁思成来说无异于生命。新中国诞生之前，在中国古典建筑艺术领域里，他早就声名远播海内外。曾担任联合国大厦设计的顾问建筑师；由于对中国古典建筑研究上的杰出贡献，被著名的普林斯顿大学授予名誉文学博士学位……同样，对新中国成立以后中国建筑的发展他也倾注了满腔热情，"梁思成是古建专家，但更不如说他是古城专家、古城墙专家。他后半生的命运是与古城、古城墙连在一起的。"（梁衡语）1948 年，平津战役前夕，梁思成就冒着生命的危险，克服种种困难，绘制了《全国文物古建筑目录》《北平重点文物图》，交到中国人民解放军手里，不仅为北平的众多古迹避免战火的摧残，也为全国的文物保护，起到了重要的作用。

本文虽然篇幅短小，我们似乎能从字里行间读出一个中国古典建筑艺术家不朽的灵魂。

热

爱生命

◇ [美] 杰克·伦敦

一切,总算剩下了这一点——

他们经历了生活和动乱;

能做到这样也就是胜利,

尽管他们输掉了赌博的本钱。

他们两个一颠一跛,痛苦地走下河岸,有一次,走在前面的那个还在乱石中间失足摇晃了一下。他们又累又乏,因为长期忍受艰难,脸上都带着咬牙苦熬的表情。他们肩上捆着用毯子包起来的沉重的包袱。总算那条勒在额头上的皮带还得力,帮着吊住了包袱。他们每人拿着一支来复枪。走路的姿势,全是弯着腰,肩膀冲向前面,而脑袋冲得更前,眼睛

本文选自杨德宏主编《世界短篇小说名著精选》(第四卷)(长春出版社1995年版)。杰克·伦敦(1876—1916),美国著名作家。代表作有《野性的呼唤》《马丁·伊登》《热爱生命》。他24岁开始写作,去世时年仅40岁,16年中他共写成长篇小说19部,短篇小说150多篇,还写了3个剧本以及相当多的随笔和论文。这些作品

在美国以及世界其他国家都产生了深刻的影响。

总是瞅着地面。

"我们藏在地窖里的那些子弹，有两三发在我们身边就好了。"走在后面的那个人说道。

他的声调，阴沉沉的，完全没有感情。他冷冷地说着这些话；前面的那个只顾一拐一拐地向流过岩石、激起一片泡沫的白茫茫的小河里走去，一句话也不回答。

后面的那个跟着他走下河去。他们两个都没有脱掉鞋袜，虽然河水冰冷——冷得他们脚踝疼痛，两脚麻木。每逢走到河水冲激着他们膝盖的地方，两个人都摇摇晃晃地站不稳。

跟在后面的那个在一块光滑的圆石头上滑了一下，差一点摔下去，但是，他猛力一挣，站稳了，同时痛苦地尖叫了一声。他仿佛有点头昏眼花，一面摇晃着，一面伸出那只闲着的手，好像打算扶着空中的什么东西。站稳之后，他再向前走去，不料又摇晃了一下，几乎摔倒。于是，他就站着不动，瞅着前面那个一直没有回过头的人。

他这样一动不动地足足站了一分钟，好像在心中盘算。接着，他就叫了起来：

"喂，比尔，我的脚踝扭伤啦。"

比尔在白茫茫的河水里一摇一晃地走着，没有回头。后面那个人瞅着他这样走去，脸上虽然照旧没有表情，眼神跟一头受伤的鹿一样。

前面那个人一颠一跛，登上地面的河岸以后，头也不回，只顾向前走去。河里的人眼睁睁地瞅着。

他的嘴唇有点发抖,因此,他嘴上那丛乱棕似的胡子也在明显地抖动。他甚至不知不觉地伸出舌头来舐舐嘴唇。

"比尔!"他大声地喊着。

这是一个坚强的人在难中求援的喊声,但比尔并没有回头。他的伙伴干瞧着他,只见他古里古怪地颠跛着,跌跌撞撞地前进,蹒跚地登上一片不陡的斜坡,向矮山头上柔和的天际走去。他一直瞧到他跨过山头,失去了踪影。于是他掉转眼光,慢慢扫过比尔走后留给他的那一圈世界。

靠近地平线的太阳,像一团快要熄灭的火球,几乎被那些混混沌沌的雾同蒸气遮没了,让你觉得它好像是什么密密团团,然而轮廓模糊、不可捉摸的东西。这个人支着一条腿,掏出了他的表。现在是四点钟,在这种七月底或者八月初的季节里——他说不出一两个星期之内的确切的日期——他知道太阳大约是在西北方。他瞧了瞧南面,知道在那些荒凉的小山后面就是大熊湖;同时,他还知道在那个方向,北极圈的禁区界线深入到加拿大冻原之内。而他所站的地方,则是铜矿河的一条支流,那铜矿河又向北流去,注入加冕湾和北冰洋。他从来没到过那儿,但是,有一次,他在哈得逊湾公司的地图上曾经瞧见那地方。

他把周围的那一圈世界重新扫了一遍。这是一片叫人看了发愁的景象。到处都是模糊的天际线。小山全是那么低低的。没有树,没有灌木,没有草

——什么都没有，只有一片辽阔可怕的荒野，因此他的两眼迅速地露出了恐惧。

"比尔！"他悄悄地、一次又一次地喊道，"比尔！"

他在白茫茫的水里畏缩着，好像这片浩大的世界正在用压倒一切的力量挤着他，正在残忍地摆出得意的威风来摧毁他。他像发疟子似地抖起来，连手里的枪都哗啦一声落到水里。这一声总算把他惊醒了。他和恐惧斗争着，竭力鼓起精神，在水里摸索，找到了枪。他把包袱向左肩挪动了一下，以便减轻扭伤的脚踝的负担。接着，他就慢慢地，小心谨慎地，疼得闪闪缩缩地向河岸走去。

他一步也没有停。他像发疯似地拼着命，不顾疼痛，匆匆登上斜坡，走向他的伙伴失去踪影的那个山头——比起那个瘸着腿，一颠一跛的伙伴来，他的样子显得更古怪可笑。可是到了山头，只看见一片死沉沉的，寸草不生的浅山谷。他又和恐惧斗争着，克服了它，把包袱再往左肩挪了挪，蹒跚地走下山坡。

谷底一片潮湿，浓厚的苔藓，像海绵一样，吸饱了水。他每走一步，水就从他脚底下溅出来，他每提起脚，就会引起一种喳叭喳叭的声音，因为潮湿的苔藓总是吸住了他的脚，不肯放开。他挑着好路，从一块沼地走到另一块沼地，并且顺着比尔的脚印，走过一堆一堆的，像突出在这片苔藓海里的小岛一样的岩石。

他虽然孤零零的一个人，却没有迷路。他知道，再往前去，就会走到那一个小湖旁边，那儿有许多极小极细的枯死的枞树，当地的人把那儿叫作"提青尼其利"——意思是"小棍子地"。溪上有灯心草——这一点他记得很清楚——但是没有树木，他可以沿着这条小溪一直走到水源尽头的分水岭。他会翻过这道分水岭，走到另一条小溪的源头，这条溪是向西流的，他可以顺着水流走到它注入狄斯河的地方，那里，在一条覆着的独木船下面可以找到一个小坑，坑上面堆着许多石头。这个坑里有他那支空枪所需要的子弹，还有钓钩、钓线和小鱼网——打猎钓鱼求食的一切工具。同时，他还会找到面粉——并不多——此外还有一块腌猪肉同一些豆子。

　　比尔会在那里等他的，他们会顺着狄斯河向南划到大熊湖。接着，他们就会在湖里朝向南划，一直朝南，直到马肯齐河。到了那时，他们还是要朝着南方，继续朝南方下去，那么冬天就怎么也赶不上他们了。让湍流去结冰吧，让天气变得更凛冽吧，他们会向南走到一个暖和的哈得逊湾公司的站头，那儿不仅树木长得高大茂盛，食品也多得吃不完。

　　这空虚人一路向前挣扎的时候，脑子里就是这样想的。他不仅苦苦地拼着体力，也同样苦苦地绞着脑汁，他竭力想着比尔并没有抛弃他，想着比尔一定会在藏东西的地方等他。他不得不这样想，不然，他就用不着这样拼命，他早就会躺下来死掉了。当那团模糊的太阳慢慢向西北方沉下去的时候，他想象着跑完了他和比尔向南逃避紧紧追来的冬天的每英寸路,而且跑了许多次。他反复地想着地窖里的哈得逊湾公司站头上的吃的东西。他已经有两天没吃东西了;至于没有好好地吃到他所要吃的东西的日子还绝不止两天。他常常要弯下腰,摘着沼地上那种灰白色的浆果,把它们放到口里,嚼几嚼,然后吞下去。这种沼地里的浆果只是一小粒包着一点浆水的种子。一进口,水就化了,种子又辣又苦。他知道这种浆果里并没有养分,但是他仍然抱着一种不顾常识,不顾经验教训的希望,耐心地嚼着它们。

走到九点钟,他被一块岩石绊了一下,由于极端的疲倦和衰弱,他摇晃了一下就栽倒了。他侧着身子、一动也不动地躺了一会儿。接着,他从捆包袱的皮带当中脱出身子,笨拙地挣扎起来勉强坐着。这时候,天还没有完全黑,他便借着留连的暮色,在乱石中间摸索着,想找到一些干枯的苔藓。后来,他收集了一堆,就升起一蓬火——一蓬不旺的、冒着黑烟的火——并且放了一白铁罐子水在上面煮着。

他打开包袱,第一件事就是数数他的火柴。一共六十七根。为了弄清楚,他数了三遍。他把它们分成几份,用油纸包起来,一份放在他的空烟草袋里,一份放在他的破帽子的帽圈里,最后一份放在贴胸的衬衫里面。做完以后,他忽然感到一阵恐慌,于是把它们完全拿出来打开,重新数过。仍然是六十七根。

他在火边烘着潮湿的鞋袜。鹿皮鞋已经成了湿透的碎片。毡袜子有许多地方都磨穿了,两只脚皮开肉绽,都在流血。一只脚踝胀得血管直跳,他检查了一下。它已经肿得和膝盖一样粗了。他一共有两条毯子,他从其中的一条撕下一长条,把脚踝捆紧。此外,他又撕下几条,裹在脚上,代替鹿皮鞋和袜子。接着,他就喝完那罐滚烫的水,上好表的发条,爬进两条毯子当中。

他睡得跟死人一样。午夜前后的短暂的黑暗来而复去。太阳从东北方升了起来——至少也得说那个方向出现了曙光,因为太阳给乌云遮没了。

六点钟的时候,他醒了过来,静静地仰面躺着。他直瞅着上面灰色的天空,知道肚子饿了。当他撑住胳膊肘翻身的时候,一个很大的呼噜声把他吓了一跳,他看见了一只公鹿,它正在用机警好奇的眼光瞧着他。这个牲畜离他不过五英尺光景,他脑子里立刻出现了鹿肉排在火上烤得咝咝响的情景和滋味。他不自觉地抓起了那支空枪,瞄好准星,扣了下扳机。公鹿哼了一下,一跳就跑开了,只听见它奔过山岩时蹄子得得乱响的声音。

这个人骂了一句,扔开那支空枪。他一面拖着身体站起来,一面大声地哼哼。这是一件很慢、很吃力的事。他的关节都像生了锈的铰链。它们在骨臼里的动作很迟钝,阻力很大,一屈一伸都得咬着牙才能办到。最后,两条腿总算站住了,但又花了一分钟左右的工夫才挺起腰,让他能够像一个人那样站得笔直。

他蹒跚地登上一个小丘,看了看周围的地形。既没有树木,也没有小树丛,什么都没有,只看到一望无际的灰色的小溪,算是一点变化点缀。天空也是灰色的。没有太阳,也没有太阳的影子。他不知道哪儿是北方,他已经忘掉了昨天晚上他是怎样取道走到这里的。不过他并没有迷失方向。这他是知道的。不久他就会走到那块"小棍子地"。他觉得它就在左面的什么地方,而且不远——可能翻过前面的小山头就到了。

他于是回原地去把包袱打好,准备动身。他摸清楚了那三包分别放开的火柴还在,虽然没有停下来再数数。不过,他仍然踌躇了一下,在那儿一个劲儿盘算,这次是为了一个厚实的鹿皮口袋。袋子并不大。他可以用两只手把它完全遮没。他知道它有十五磅重——相当于包袱里其他东西的总和——这个口袋使他发愁。最后,他把它放在一边,开始卷包袱。可是,卷了一会,他又停下手,盯着那个鹿皮口袋。他匆忙地把它抓到手里,用一种挑战的眼光瞧着周围,仿佛这片荒原要把它抢走似的;等到他站起来,摇摇晃晃地开始这一天的路程的时候,这个口袋仍然在他背后的包袱里。

他转向左面走着,不时停下来摘沼地上的浆果吃。他的脚踝已经僵了,他比以前跛得更明显,但是,比起肚子里的痛苦,脚疼就算不了什么。饥饿的疼痛是剧烈的。它们一阵一阵地发作,好像在啃着他的胃,痛得他不能把思想集中在到"小棍子地"必须走的路线上。沼地上的浆果并不能减轻这种剧痛,那种刺激性的味道反而使他的舌头和口腔热辣辣的。

他走到了一个山谷,那儿有许多松鸡从岩石和沼地里呼呼地拍着翅膀飞起来。它们发出一种"咯儿——咯儿——咯儿"的叫声。他拿石子打它们,但是打不中。他把包袱放在地上,像猫捉麻雀一样地偷偷走过去。锋利的岩石划破了他的裤子,膝盖流出的血在地面上留下一道血印;但是在饥饿的痛苦中,这种痛苦也算不了什么。他在潮湿的苔藓上爬着,弄得衣服湿透,身上发冷;可是这些他都没有觉得,因为他想吃东西的念头那么剧烈。而那些松鸡却总是在他面前飞起来,呼呼地转,到后来,它们那种"咯儿——咯儿——咯儿"的简直变成了对他的嘲笑,于是他就咒骂它们,随着它们的叫声对它们大叫起来。

有一次,他爬到了一只一定是睡着了的松鸡旁。他一直没有瞧见,直到它从岩石的角落里冲着他的脸蹿起来,他才发现。他像那只松鸡起飞一样惊慌,抓了一把,只捞到了三根尾巴上的羽毛。他一面瞅着它飞走,一面恨它,好像它做了什么非常对不起他的事。随后他回到原地,背起包袱。

时光渐渐消逝,他走进了连绵的山谷,或者说是沼地,这些地方的野物都比较多。一群驯鹿走了过去,大约有二十多头,都是那样诱人地待在来复枪的射程以内。他心里有一种发狂似的、想追赶它们的念头,而且相信自己一定能追上去捉住它们。一只黑狐狸朝他走了过来,嘴里衔着一只松鸡。这个人喊了一声。这是一种可怕的喊声,那只狐狸给吓跑了,可是没有丢下松鸡。

傍晚时,他顺着一条小河走去,乳白色的、含有石灰的河水从稀疏的灯心草丛里流过去。他紧紧抓住这些灯心草的贴根的部分,拔起一种好像嫩葱芽的东西,只有木瓦钉那么大。这东西很嫩,他的牙齿咬进去,会发出一种咯吱咯吱的声音,仿佛味道很好。但是它的纤维却不容易嚼。它是由一丝丝的充满了水分的纤维组成的,跟沼地上的浆果一样,完全没有养分。他丢开包袱,爬到灯心草丛里,像牛似的大咬大嚼起来。

他非常疲倦,总是希望能歇一会——躺下来睡个觉;可是他又不得不继续挣扎前进——不过,这并不一定是因为他急于要赶到"小棍子地",多半还是饥饿在逼着他。他常常跑到小水坑里去找青蛙,或者用指甲翻起土来找小虫,虽然他也知道,在这么远的北方,是不可能有什么青蛙或小虫的。

他瞧遍了每一个水坑,都没有用,最后,到了漫漫的暮色袭来的时候,他才发现一个水坑里有一条独一无二的、像鲦鱼般的小鱼。他把胳膊伸下水去,一直没到肩头,但是它又溜开了。于是他用双手去捉,把池底的乳白色泥浆全搅浑了。正在紧张的关头,他又掉进坑里,半身都浸湿了。现在,水已经太浑,看不出鱼在哪儿,他只好等着,等泥浆沉淀下去。

他重新又捉起来，直到水又搅浑。可是他等不及了，便解下身上的白铁罐子，把坑里的水舀出来。起初，他发狂一样地舀着，把水溅到自己身上，同时，因为泼出去的距离太近，水全流向坑里。后来，他就比较小心地舀着，尽量让自己冷静一点，虽然他的心跳得很厉害，在发抖。这样过了半小时，坑里的水差不多舀光了。剩下来的连一杯也不到。可是，并没有什么鱼。他这才发现石头里面有一条暗缝，那条鱼已经从那里钻到了旁边一个相连的大坑——坑里的水他一天一夜也舀不干。如果他早知道有这个暗缝，他会一开始就用石头把它堵死，而鱼也就早归他所有了。

他这样想着，四肢无力地倒在潮湿的地上。起初，他只是偷偷地哭，过了一会儿，他就对着把他团团围住的无情的荒原号啕大哭；后来，他又大声抽噎了好久。

他升起一蓬火，喝了几罐热水让自己暖和暖和，并且照昨天晚上那样在一块岩石上露宿。最后他检查了一下火柴是不是干燥，并且上好表的发条。毯子又湿又冷，脚踝痛得在悸动。可是他只有饿的感觉，在不安的睡眠时，他梦见了许多酒席和宴会，以及各种各样的摆在桌上的食物。

醒来时，他又冷又不舒服。他看不到太阳。灰蒙蒙的大地和天空变得愈来愈阴沉昏暗。一阵刺骨的寒风刮了起来，初雪铺白了山顶。他周围的空气愈来愈浓，成了白茫茫一片，这时，他已经升起火，又烧了一罐开水。天上下的一半是雨,一半是雪,雪花又大又潮。起初,一落到地面就会融化,但后来越下越多,盖满了地面,淋熄了他的火,糟蹋了他的当作燃料的干苔藓。

这是一个警告,他得背起包袱,一颠一跛地向前走;至于到哪儿去,他可不知道。他既没想到"小棍子地",也没有想到比尔和狄斯河边那条翻过来的独木舟下的地窖。他完全给"吃"这个词儿管住了。他饿得要疯。他根本不管要走的是什么路,只要能走出这个谷底就成。他在湿雪里摸索着走到湿漉漉的沼地浆果那儿,接着又一面连根拔着灯心草,一面试探着前进。不过这东西既没有味,又不能把肚子填饱。后来,他发现了一种带酸味的野草,就把找到的都吃了下去,可是找到的并不多,因为它是一种蔓生植物,很容易给几英寸深的雪遮没。

那天晚上他既没有火,也没有热水,他只能钻在毯子里睡觉,而且常常饿醒。这时,雪已经变成了冰冷的雨。他觉得雨落在他仰着的脸上,给淋醒了好多次。天亮了——又是灰蒙蒙的一天,没有太阳。雨已经停了。刀绞一样饥饿的感觉也消失了。他已经丧失了渴望食物的感觉,他只觉得胃里隐隐发痛,但并不使他过分地难过。他的脑子已经比较清醒,他又一心一意地想着"小棍子地"和狄斯河边的地窖了。

他把撕剩的那条毯子扯成一条条的,裹好那双鲜血淋淋的脚。同时把受伤的脚踝重新捆紧,为这一天的旅行做好准备。等到收拾包袱的时候,他对着那个厚实的鹿皮口袋想了很久,但最后还是把它随身带着。

雪已经给雨水淋化了,只有山头还是白的。太阳出来了,他总算能够定出罗盘的方位来了,虽然他知道现在他已经迷了路。在前两天的路程中,他也许走得过分偏左了。因此,他为了校正,就朝右面走,以便走上正确的路程。

现在,虽然饿的痛苦已经不再那么敏锐,他却感到了虚弱。当他摘那种沼地上的浆果,或者拔灯心草的时候,常常不得不停下来休息一会儿。他觉得他的舌头很干燥,很大,好像上面长满了细毛,而且发苦。他的心脏给他添了很多麻烦。他每走几分钟,心里就会猛烈地扑通、扑通、扑通地搏动,然后变成一种痛苦的一起一落的迅速猛跳,逼得他透不过气,只觉得头昏眼花。

中午时分,他在一个大水坑里发现了两条鲦鱼。把坑里的水舀干是不可能的,但是现在他比较镇静,就想法子用白铁罐子把它们捞起来。它们只有他的小指头那么长,但是他现在并不觉得特别饿。胃里的隐痛已经愈来愈麻木,愈来愈不觉得了。他的胃几乎像睡着了似的。他把鱼生吃下去,费劲地咀嚼着,因为吃东西已成了纯粹出于理智的动作。他虽然并不想吃,但是他知道,为了活,他必须吃。

黄昏时候,他又捉到了三条鲦鱼,他吃掉两条,留下一条作为第二天的早饭。太阳已经晒干了零星散漫的苔藓,他能够烧点热水让自己暖和暖和了。这一天,他走了不到十英里路;第二天,只要心脏许可,他总是往前走,一共只走了五英里多一些。但是胃里却一点也没不舒服的感觉。它已经睡着了。现在,他到了一个陌生的地带,驯鹿愈来愈多,狼也多起来了。荒原里常常传出狼嗥的声音,有一次,他瞧见了三只狼在前面穿过。

又过了一夜;早晨,因为头脑比较清醒,他就解开系着那厚实的鹿皮口袋的皮绳,从袋口倒出一股黄澄澄的粗金沙和金块。他把这些金子分成了大致相等的两堆,一堆包在一块毯子里,在一块突出的岩石上藏好,把另外那堆仍旧装到口袋里。同时,他又从剩下的那条毯子上撕下几条,用来裹脚。他仍然舍不得他的枪,因为狄斯河边的地窖里有子弹。

这是一个下雾的日子,这一天,他又有了饿的感觉。他的身体非常虚弱,他一阵一阵地晕得什么都看不见。现在,对他来说,一绊就摔跤已经不是稀罕事了;有一次他给绊了一跤,正好摔到一个松鸡窝里。那里面有四只刚孵出的小松鸡,出世才一天光景——那些活蹦乱跳的小生命只够吃一口;他狼吞虎咽,把它们活活塞到嘴里,像嚼蛋壳似地吃起来,母松鸡大吵大叫地在他周围扑来扑去。他把枪当作棍子来打它,可是它闪开了。他用石头来扔它,碰巧打伤了它的一个翅膀。松鸡拍着受伤的翅膀逃开了,他就在后面追赶。

那几只小鸡只不过引起了他的胃口。他拖着的那只受伤的脚踝，一颠一拐，跌跌撞撞地追下去，时而对它扔石子，时而粗声吆喝；有时候，他只是一颠一拐，不声不响地追着，摔倒了就咬着牙耐心地爬起来，或者在头晕得支持不住的时候用手揉揉眼睛。

　　他这么一追，竟穿过了谷底的沼地，他在潮湿的苔藓上发现了一些脚印。这不是他自己的脚印——他看得出来。一定是比尔的。不过他不能停下，因为母松鸡正在向前跑。他得先把它捉住，然后回来察看。

　　母松鸡给追得精疲力竭；可是他自己也累坏了。它歪倒在地上喘个不停，他也歪倒在地上喘个不停，彼此只隔着十来英尺，然而没有力气爬过去。等到他恢复过来，它也恢复过来了，他的饿手才伸过去，它就扑着翅膀，逃到了他抓不到的地方。这场追赶就这样继续下去。天黑之后，它终于逃掉了。他浑身发软，头重脚轻地栽下去，划伤了脸，包袱压在背上。他一动不动地过了好久；后来才翻过身，侧躺在地上，拧好表，在那儿一直躺到早晨。

　　又是一个下雾的日子。他剩下的那条毯子已经有一半做了包脚布。他没有找到比尔的踪迹。可是没有关系。饿逼得他太厉害了——不过——不过他又想，是不是比尔也迷了路。走到中午的时候，累赘的包袱压得他受不了。于是他重新把金子分开，这一次是只把其中的一半倒在地上。到了下午，他把剩下来的那一点也扔掉了，现在，他只有半条毯子，那个白铁罐子和那支枪。

一种幻觉开始找他的麻烦。他觉得有足够的把握,他还剩下一粒子弹。它就在枪膛里,而他一直没有想起。可是另一方面,他也始终明白,枪膛里是空的。但这种幻觉总是缠着他不散。他斗争了几个钟头,想摆脱这种幻觉,后来他就打开枪,瞅着空的枪膛。这样的失望非常痛苦,仿佛他本来会找到那粒子弹似的。

经过半个钟头的跋涉之后,这种幻觉又出现了。他于是又跟它斗争,而它又缠住他不放,直到为了摆脱它,他又打开枪膛打消自己的念头。有时候,他越想越远,只好一面凭本能自动向前跋涉,一面让那些奇怪的念头和狂想像虫一样地啃他的脑髓。但是这类脱离现实的思考大多维持不了好久,因为饥饿的痛苦总是会把他刺激醒。有一次,正在这样瞎想的时候,他忽然猛地惊醒过来,看到一个几乎叫他昏倒的东西。他像酒醉一样地晃荡着,没让自己跌倒。他面前是一匹马。一匹马!他简直不能相信自己的眼睛。他觉得眼前一片漆黑,霎时间金星乱迸。他狠狠地揉着眼睛,让自己瞧瞧清楚,原来它并不是马,而是一头大棕熊。这个畜牲正在用一种好斗的惊奇眼睛盯着他。

这个人把枪举起一半,才记起来。他放下枪,从屁股后面的镶珠刀鞘里拔出猎刀。他面前是肉和生命。他用大拇指试试刀刃。刀刃很锋利。刀尖也很锋利。他本来会扑到熊身上,把它杀了的。可是他的心脏开始了那种警告性的猛跳。接着又向上猛顶,迅速跳动,头像给铁箍箍紧了似的,脑子里渐渐感到一阵昏迷。

他的不顾一切的勇气已经给极端的恐惧赶跑了。他这样衰弱,如果那个畜牲攻过来,怎么办?他只好竭力摆出极威风的样子,握紧猎刀,狠命地盯着那头熊。它笨拙地向前挪了两步,站直了,发出试探性的咆哮。如果这个人逃跑,它就追上去;不过这个人并没有逃跑。现在,由于恐惧而产生的勇气已经使他振奋起来。同样的,他也在咆哮而且声音非常凶野,非常可怕,表达出那种生死攸关、紧紧地缠着生命的根基的恐惧。

那头熊慢慢向旁边挪动了一下,发出威胁的咆哮,连它也给这个站得笔直、毫不害怕的神秘动物吓住了。可是这个人仍旧不动。他像石像一样地站着,直到危险过去,他才猛然哆嗦了一阵,倒在潮湿的苔藓里。

他重新振作起来,继续前进,心里又产生了一种新的恐惧。这不是他会束手无策地死于断粮的恐惧,而是害怕饥饿还没有耗尽他的最后一点求生力,而他已经给凶残摧毁了。这地方的狼很多。狼嗥的声音在荒原上飘来飘去,在空中交织成一片危险的罗网,好像伸手就可以摸到,吓得他不由举起双手,把它向后推去,仿佛它是给风刮紧了的帐篷。

那些狼,时常三三两两地从他前面走过。但是都避着他。一则因为它们为数不多,此外,它们要找的是不会搏斗的驯鹿,而这个直立走路的奇怪动物却可能既会抓又会咬。

傍晚时他碰到了许多零乱的骨头,说明狼在这儿咬死过一头野兽。这些残骨在一个钟头以前还是一头小驯鹿,一面尖叫,一面飞奔,非常活跃。他端详着这些骨头,它们已经给啃得干干净净,精光发亮,其中只有一部分还没有死去的细胞泛着粉红色。难道在天黑之前,他也可能变成这个样子吗?生命就是这样吗,呃?真是一种空虚的、转瞬即逝的东西。只有活着才是痛苦。死并没有什么难过。死就等于睡觉。它意味着结束、休息。那么,为什么他不肯甘心地死呢?

但是,他对这些大道理想得是并不长久。他蹲在苔藓地上,嘴里衔着一根骨头,吮啄着仍然使骨头泛红的残余生命。甜蜜蜜的肉味,跟回忆一样隐隐约约,不可捉摸,却引得他要发疯。他咬紧骨头,使劲地嚼。有时他咬碎了一点骨头,有时却咬碎了自己的牙,于是他就用岩石来砸骨头,把它捣成了酱,然后吞到肚里。匆忙之中,有时砸到自己的指头,使他一时感到惊奇的是,他并不觉得很痛。

接下来是几天可怕的雨雪。他不知道什么时候露宿,什么时候收拾行李。他白天黑夜都在赶路。他摔倒的时候就休息,一到垂危的生命火花闪烁起来,微微燃烧的时候,就慢慢向前走。他已经不再像一个人那样挣扎了。逼着他向前走的,是他的生命,因为它不愿意死。他也不再痛苦了。他的神经已经变得迟钝麻木,他的脑子里则充满了怪异的幻象和美妙的梦境。

不过,他老是吮吸着,咀嚼着那只小驯鹿的碎骨头,这是他收集起来带在身边的一点残屑。他不再翻山越岭了,只是自动地顺着一条流过一片宽大的浅谷的溪水走去。可是他既没有看见溪流,也没有看到山谷。他只看到幻象。他的灵魂和肉体虽然在并排向前走,向前爬,但它们是分开的,它们之间的联系已经非常微弱。

有一天,他醒来,神智清楚地仰卧在一块岩石上。太阳明朗暖和。他听到远处有小驯鹿尖叫的声音。他只隐约地记得下过雨,刮过风,落过雪,至于他究竟被暴风雨吹打了两天或者两个星期,那就不知道了。

他一动不动地躺了好一会儿,温和的太阳照在身上,使他那受苦受难的身体充满了暖意。这是一个晴天,他想道。也许,他可以想办法确定自己的方位。他痛苦地使劲偏过身子。下面是一条流得很慢的很宽的河。他觉得这条河很陌生,真使他奇怪。他慢慢地顺着河望去,宽广的河湾蜿蜒在许多光秃秃的小荒山之间,比他往日碰到的任何小山都显得更光秃、更荒凉、更低矮。他于是慢慢地、从容地、毫不激动地,或者至多也是抱着一种极偶然的兴致,顺这条奇怪的河的方向,向天际望去,只看到它注入一片明亮光辉的大海。他仍然不激动。太奇怪了,他想道,这是幻象吧,也许是海市蜃楼吧——多半是幻象，是他的错觉神经搞出来的把戏。后来，他又看到光亮的大海上停泊着一只大船，就更加相信这是幻象。他眼睛闭了一会儿再睁开。奇怪，这种幻象竟会这样地持久！然而并不奇怪，他知道，在荒原中心绝不会有什么大海、大船，正像他知道他的空枪里没有子弹一样。

他听到背后有一种吸鼻子的声音——仿佛喘不出气或者咳嗽的声音。由于身体极端虚弱和僵硬，他极慢极慢地翻一个身。他看不出附近有什么东西，但是他耐心地等着。又听到了吸鼻子和咳嗽的声音，离他不到二十英尺远的两块岩石之间，他隐约看到一只灰狼的头。那双尖耳朵并不像别的狼那样竖得笔挺；它的眼睛昏昏的，满布血丝；脑袋好像无力地、苦恼地耷拉着。这个畜牲不断地在太阳光里霎眼。它好像有病。正当他瞧着它的时候，它又发出了吸鼻子和咳嗽的声音。

至少，这总是真的，他一面想着，一面又翻过身，以便瞧见先前给幻象蒙蔽住的现实世界。可是，远处仍旧是光辉的大海，那条船仍然可以清楚地看见。难道这都是真的吗？他闭着眼睛，想了好一会儿，毕竟想出来了。他一直在向北偏东走，他已经离开狄斯河，走到铜矿谷。这条流得很慢的宽广的河就是铜矿河。那片光辉的大海是北冰洋。那条船是一艘捕鲸船，本来应该驶往马肯齐河口，可是偏了东，太偏了东了，目前停泊在加冕湾里。他记起了很久以前他看到的那张哈得逊湾公司的地图，现在，对他来说,这完全是清清楚楚,合情合理的。

他坐起来,想着切身的事情。裹在脚上的毯子已经磨穿了,他的脚破得没有一处是好肉。最后一条毯子已经用完了。枪和猎刀也不见了。帽子也在什么地方丢了,帽圈里的那小包火柴也跟着一块丢了,不过,贴胸放在烟草袋里的那包用油纸包着的火柴还在,而且是干的。他瞧了一下表。时针指着十一点,表仍然在走。很清楚,他一直没有忘了上表。

他很冷静,很沉着。虽然身体衰弱已极,但是并没有痛苦的感觉。他一点也不饿。甚至想到食物也不会产生快感。现在,他无论做什么,都只凭理智。他齐膝盖撕下了两截裤腿,用来裹脚。他总算还保住了那个白铁罐子。他打算先喝点热水,然后再开始向船走去,他已经料到这是一段可怕的路程。

他的动作很慢。他好像半身不遂地哆嗦着。等到他预备去摘干苔的时候,他才发现自己已经站不起来了。他试了又试,后来只好死了这条心,他用手和膝盖支着爬来爬去。有一次,他爬到了那只病狼附近。那个畜牲一面很不情愿地避开他,一面用那条好像连弯一下的力气都没有的舌头舐着自己的牙床。这个人注意到它的舌头并不是通常那种健康的红色,而是一种暗黄色,好像蒙着一层粗糙的、半干的粘膜。

这个人喝下热水之后,觉得自己可以站起来了,甚至还可以像想象中一个快死的人那样走路了。他每走一两分钟,就不得不停下来休息一会儿。他的步子很软,很不稳,就像跟在他后面的那只狼一样又软又不稳;这天晚上,等到黑夜笼罩了光辉的大海的时候,他知道他和大海之间的距离只缩短了四英里不到。

这一夜,他总是听到那只病狼的咳嗽声,有时候,他又听到了小驯鹿的叫声。他周围全是生命,不过那是强壮的生命,非常活跃而健康的生命,同时他也知道,那只病狼所以要紧跟着他这个病人,是希望他先死。早晨,他一睁开眼睛就看到这个畜牲正用一种饥渴的眼光瞪着他。它夹着尾巴蹲在那儿,好像一条可怜的倒霉的狗。早晨的寒风吹得它直哆嗦,每逢这个人对它勉强发出一种低声咕噜似地吆喝,它就无精打采地咧着牙。

太阳亮堂堂地升了起来,这一早晨,他一直在栽栽跌跌地,朝着光辉的海洋上的那条船走。天气好极了。这是高纬度地方的那种短暂的晚秋。它可能连续一个星期。也许明后天就会结束。

下午,这个人发现了一些痕迹,那是另外一个人留下的,他不是走,而是爬的。他认为可能是比尔,不过他只是漠不关心地想想罢了。他并没什么好奇心。事实上,他早已失去了兴致和热情。他已经不再感到痛苦了,他的胃和神经都睡着了。但是内在的生命却逼着他前进。他非常疲倦,然而他的生命绝不肯死。正因为生命不肯死,他才仍然要吃沼地上的浆果和鲦鱼,喝热水,一直提防着那只病狼。

他跟着那个挣扎前进的人的痕迹向前走去,不久就走到了尽头——潮湿的苔藓上摊着几根才啃光的骨头，附近还有许多狼的脚印。他发现了一个跟他自己的那个一模一样的厚实的鹿皮口袋，但已经给尖利的牙齿咬破了。他那无力的手已经拿不动这样沉重的袋子了，可是他到底把它提起来了。比尔至死都带着它。哈哈！他可以嘲笑比尔了。他可以活下去，把它带到光辉的海洋里那条船上。他的笑声粗厉可怕，跟乌鸦的怪叫一样，而那条病狼也随着他，一阵阵地惨嚎。突然间，他不笑了。如果这真是比尔的骸骨，他怎么能嘲笑比尔呢；如果这些有红有白，啃得精光的骨头，真是比尔的话？

他转身走开了。不错，比尔抛弃了他；但是他不愿意拿走那袋金子，也不愿意吮吸比尔的骨头。不过，如果事情掉个头的话，比尔也许会做得出来的，他一面摇摇晃晃地前进，一面暗暗想着这些情形。

他走到了一个水坑旁边。就在他弯下腰找鲦鱼的时候，他猛然仰起头，好像给什么刺了一下。他瞧见了自己反映在水里的脸。脸色之可怕，竟然使他一时恢复的知觉，能感到震惊。这个坑里有三条鲦鱼，可是坑太大，不好舀；他用白铁罐子去捉，试了几次都不成，后来他不肯再试了。他怕自己由于极度虚弱，会跌进去淹死。而且，也正是因为这一层，他才没有跨上沿着沙洲并排漂去的木头，让河水带着他走。

这一天，他和那条船之间的距离缩短了三英里；第二天，又缩短了两英里——因为现在他是跟比尔

热爱生命

043

先前一样地在爬;到第五天末尾,他发现那条船离他仍然有七英里,而他每天连一英里也爬不到了。晚秋的晴天气仍然继续,他于是继续爬,继续晕,辗转不停地爬;而那只狼也始终跟在他后面,不断地咳嗽和喘气。他的膝盖已经和他的脚一样鲜血淋漓,尽管他撕下了身上的衬衫来垫膝盖,他背后的苔藓和岩石上仍然留下了一路血迹,有一次,他回头看见病狼正饿得发慌地舐着他的血迹,他不由得清清楚楚地看出了自己可能遭到的结局——除非——除非他干掉这只狼。于是,一幕从来没有演过的残酷的求生悲剧就开始了——病人一路爬着,病狼一路跛着,两个生灵就这样在荒原里拖着垂死的躯壳,相互猎取着对方的生命。

如果这是一只健康的狼,那末,他觉得倒也没有多大关系;可是,一想到自己要喂到这么一只令人作呕、只剩下一口气的狼的胃里,他就觉得非常厌恶。他就是这样吹毛求疵。现在,他脑子里又开始胡思乱想,又给幻象弄得迷迷糊糊,而神智清楚的时候也愈来愈少,愈来愈短。

有一次,他从昏迷中给一个贴着他耳朵喘气的声音惊醒了。只见那只狼一跛一跛地往回跳,它因为身体虚弱,一失足摔了一跤。样子可笑极了,可是他一点也不觉得有趣。他甚至也不害怕。他已经虚弱到了极点,无力害怕了。不过,这一会儿,他的头脑却很清醒,于是他躺在那儿,细细地想。那条船离他不过四英里路,他把眼睛擦净之后,可以很清楚地看到它;同时,他还看见一条在光辉的大海里破浪前进的小船的白帆。可是,无论如何他也爬不完这几里路。这一点,他是知道的,而且知道以后,他还非常镇静。他知道他连半英里路也爬不了。不过,他仍然要活下去。要经过了千辛万苦之后,他居然会死掉,那未免太不合理了。命运对他实在太苛刻了,然而,尽管奄奄一息,他还是不情愿死。也许,这种想法完全是发疯,不过,就是到了死神的铁掌里,他仍然要反抗它,不肯死。

他闭上眼睛,极其小心地让自己镇静下来。疲倦像涨潮一样,从他身体的各处涌上来,但是他刚强地打起精神,绝不让这种令人窒息的疲倦把他淹没。这种要命的疲倦,很像一片大海一涨再涨,一点一点地淹没他的意识。有时候,他几乎完全给淹没了,他只能用无力的双手划着,漂游过那黑茫茫的一片;可是,有时候,他又会凭着一种奇怪的心灵作用,另外找到一丝毅力,比较坚强地划着。

他一动不动地仰面躺着,现在,他能够听到病狼一呼一吸地喘着气,慢慢地向他逼近。它愈来愈近,在向他逼近,好像经过了无穷的时间,但是他始终不动。它已经到了他耳边。那条粗糙的干舌头正像砂纸一样地摩擦着他的两腮。他那两只手一下子伸了出来——或者,至少也是他凭着毅力要它们伸出来的。他的指头弯得像鹰爪一样,可是抓了空。敏捷和准确是需要力气的,他没有这种力气。

那只狼的耐心真是可怕。这个人的耐心也一样可怕。这一天,有一半时间他一直是躺着不动,竭力和昏迷斗争,等着那个要把他吃掉,而他也希望能吃掉它的东西。有时候,疲倦的浪潮涌上来,淹没了他,他会做起很长的梦;然而在整个过程中,不论醒着或是做梦,他都在等着那种喘息,等着那条粗糙的舌头来舐他。

他并没有听到这种喘息,他只是从梦里慢慢苏醒过来,觉得有条舌头在顺着他的一只手舐去。他静静地等着。狼牙轻轻地扣在他手上了;扣紧了;狼正在尽最后一点力量咬进它等了很久的东西里面。可是这个人也等了很久,那只给咬破了的手也抓住了狼的牙床。于是,慢慢地,就在狼无力地挣扎着,他的手无力地掐着的时候,他的另一只手已经慢慢摸过来,一下把狼抓住。五分钟之后,这个人已经把全身的重量都压在狼的身上。他的手的力量虽然还不足以把狼掐死,可是他的脸已经抵紧了狼的咽喉,嘴里已经满是狼毛。半小时后,这个人感到一股暖和的液体慢慢流进他的喉咙。这东西并不好吃,就像硬灌进他的胃里的铅液,而且是纯粹凭着意志给灌下去的。后来,这个人翻了一个身,仰面睡着了。

捕鲸船"白德福号"上,有几个科学考察队的人员。他们从甲板上望见岸上有一个奇怪的东西。它正在向沙滩下面的水面挪动。他们没法分清它是哪一类动物,但是,因为他们都是研究科学的人,他们就乘了船旁边的一条捕鲸艇,到岸上去查看。接着,他们发现了一个活着的动物,可是很难把它也称作人。它已经瞎了,失去了知觉。它就像一个巨大的怪虫在地上蠕动着前进。它用的力气大半都不起作用,但是它老不停,还一面摇晃,一面向前扭动,照它这样,一个钟头大概可以爬上二十英尺。

三星期以后,这个人躺在捕鲸船"白德福号"的一个铺位上,眼泪顺着他的削瘦的面颊往下淌,他说出他是谁和他经过的一切。同时,他又含含糊糊地、不连贯地谈到了他的母亲,谈到了阳光灿烂的南加利福尼亚,以及桔树和花丛中的他的家园。

没过几天,他就跟那些科学家和船员坐在一张桌子旁边吃饭了,他馋得不得了地望着面前这么多好吃的东西,焦急地瞧着它跑到别人口里。每逢别人咽下一口食物的时候,他眼睛里就会流露出一种深深惋惜的表情。现在,他的神志非常清醒。可是,每逢吃饭的时候,他免不了要恨这些人。他给恐惧缠住了,他老怕粮食维持不了多久。他向厨子、侍候船舱的茶房和船长打听食物的贮藏量。他们对他保证了无数次,但是他仍然不能相信他们,仍然会狡猾地溜到贮藏室附近亲自窥探。

看起来,这个人正在发胖。他每天都会胖一点。那批研究科学的人都摇着头,提出他们的理论。他们限制了这个人的饭量,可是他的腰围仍然在加大,身体发胖得非常惊人。

水手们都咧着嘴笑。他们心里有数。等到这批科学家派了一个人来监视他的时候,他们也知道了。他们看到他在早饭以后萎靡不振地走着,而且会像叫化子似地，向一个水手伸出手。那个水手笑了笑，递给他一块硬面包，他贪婪地把它拿住，像守财奴瞅着金子般地瞅着它，然后把它塞到衬衫里面。别的咧着嘴笑的水手也送给他同样的礼品。

这些研究科学的人很谨慎。他们随他去。但是他们常常暗暗检查他的床铺。那上面摆着一排排的硬面包，褥子也给硬面包塞得满满的；每一个角落里都塞满了硬面包。然而他的神志非常清醒。他是在防备另一次可能发生的饥荒——就是这么回事。研究科学的人说，他会恢复常态的；事实也是如此，"白德福号"的铁锚还没有在旧金山湾里隆隆地抛下去，他就正常了。

简评

美国著名作家杰克·伦敦的生活经历可说是坎坷、不幸的，父亲是破产农民，家境贫寒。杰克幼年时就过早地以出卖体力为生，卖过报，当过童工，后来又当水手，为了生活到过日本。他的创作生涯是短暂的，但是，他靠顽强学习，刻苦写作，赢得了时间和生命。他24岁开始写作，去世时年仅40岁，短暂的16年的时间，他的文学创作取得了举世瞩目的辉煌成就。在长篇、短篇小说，戏剧剧本以及论文和随笔的写作领域里，留下了宝贵的精神财富；他笔下的人物形象具有鲜明的个性，故事情节紧凑，文笔生动，有震撼人心的力量。

《热爱生命》是作者代表作品之一，故事情节是这样的：一个美国西部的淘金者在返回的途中，一条小河横在前面挡住了他的去路，过河时不小心扭伤了脚腕，他的伙伴——比尔无情地抛弃了他，他独自在荒原上寻找着出路。脚伤让他每前进一步都非常困难，更可怕的是难以忍受的饥饿。处于无奈，他将淘来的沙金平均分成两份，将其中的一份小心翼翼地藏好，带着另外的一份继续艰难地前行。令他喜出望外的是，他在途中发现了一只受伤的松鸡，他似乎看到了希望，忍着剧烈的脚痛拼命地去追赶那只松鸡，结果迷路了。此时的他消耗掉了相当多的体力，因而他选择把剩下的金沙又分成了两份，然而这一次他把其中的一份直接倒在了地上。没过多久，他就把所有的金沙全都扔掉了。就在他的身体非常虚弱的时候，他遇到了一只生病的狼。他发现这只病狼跟在他的身后，舔着他的血迹尾随着他。就这样，两个濒临死亡的生灵拖着垂死的身躯，在荒原上意欲互相猎取对方。在人与狼的战斗中人获得了胜利，他咬死了狼，喝了狼的血，终于他获救了，生命放射出耀眼的光芒。

这个淘金人的命运和不平凡的经历集中地折射出时代的特征。

19世纪后半期到20世纪初，欧美资本主义国家进入垄断资本主义时期。杰克·伦敦生活的美国，由于工业革命，经济飞速发展，社会结构发生重大改变。同时也导致了贫富差距的加大。社会底层人民梦想致富并挤入上流社会，而富人又渴望更多的财富。这样人人都有自己美好的"美国梦"并付诸努力去实现。1896年，不计其数的美国淘金者涌入阿拉斯加，作者和他的哥哥也在其中。他们希望能迅速致富。在这个庞大的淘金大军中，只有五千人进入到矿区，只有一千人实现淘金梦平安归来。这使得人民失去了乐观向上精神，当时的现实使人们努力地寻求一种精神的追求，于是叔本华和尼采的学说广泛传播。尼采的超人哲学影响最为深远。杰克·伦敦的《热爱生命》就深受这种学说的影响。叔本华对"凡夫俗子"的批判就表达了一种社会的追求："凡夫俗子们把他们的身外之物当作生活幸福的根据，如财产、地位、妻室儿女、朋友、社交以及诸如此类的一切，所以，一旦他们失去了这些，或者一旦这些使他失望，那么，他的幸福的基础便全面崩溃了。"换言之，他的重心并不在他自身。当时美国文坛"世纪末文学"的潮流正流行，这股潮流专注于死亡、病态，加重了社会的悲观厌世情绪。

热爱生命

这是一篇读起来有逼真感觉的小说。紧张的故事情节中没有一点作者人为的痕迹，没有多余的议论，它只是清晰地展示了一个人在荒原中历尽艰难的求生过程，不动声色地描绘出了生命的伟岸和强大。它告诉我们这样一个近乎真理的事实——敬畏我们的生命，相信我们的生命，和我们的生命紧紧相依，和我们的生命结成最紧密的"联盟"，我们就会尽享生命的美丽与神奇、生命的剽悍与强大。《热爱生命》中的"他"，与其说同饥饿和死亡抗争，不如说是与恐惧抗争；杰克·伦敦作为文学大师，用精湛的文学手法，出色地描绘了这种抗争。让我们从字里行间看到了生命本身那巨大的潜在能量，这种能量是无法诋毁的，更不会轻易消解，它会让你活下去。不管你面对的是什么，哪怕是吞噬你的荒野，是吃掉你的野兽，还是饥饿、疲惫，生命都会帮助你战胜它。

小说把人物置于近乎残忍的恶劣环境之中，让主人公在与寒冷、饥饿、伤病和野兽的抗争中，在生与死的抉择中，充分展现出人性深处闪光的东西，生动逼真地描写出了生命的坚韧与顽强，奏响了生命的赞歌，有着撼人心魄的力量。他将"现实主义的唯物论结合于对外部世界的表现中，将浪漫的理想主义结合于主观的人"。他赋予《热爱生命》中的淘金者正视严酷现实的勇气、战胜逆境的坚强意志以及成为强者超人的英雄气概，最终在同北疆荒原、伤残、饥饿、死亡的斗争中，赢得了生存的权利，成为自然的强者。因此，《热爱生命》不应是一部单一的纯自然主义作品，而是自然主义和浪漫主义的有机融合，这是小说艺术力量之所在，也是其经久不衰的真正原因之一。伟大的无产阶级革命导师列宁就是在生命的弥留之际，坐在椅子上听着妻子克鲁普斯卡娅诵读杰克·伦敦的英雄生命的礼赞——《热爱生命》的时候溘然长逝的。积极向上是本文的主色调。

小说中的情节也折射出了资本主义现代文明社会中人类灵魂的异变。资本主义国家工业文明突飞猛进，科学技术日新月异，产品和消费品极大丰富，这就勾起了人类欲望的无限膨胀。人们所做的一切努力最终都是为了牟取物质财富，填充私欲。然而，与物欲横流的物质文化相对的是几近真空的精神状态。当拜金主义、利己主义成为资本主义世界的价值观念时，人与人的关系归根到底也只是经济利益关系了。为了追求经济利益最大化，相互利用、尔虞我诈、钩心斗角、巧取豪夺都是司空见惯的现象，精神堕落、道德沦丧也是不可避免的。

故事情节的传奇性与具体细节的逼真性的高度统一，是这篇小说的最大特色。我们在阅读时，应该明白坚强与脆弱是生命的正反两面，如何敬畏生命、热爱生命，如何由脆弱走向坚强，是人类必须面临的一个永恒话题。

要言之，这是一篇赞美强大生命的赞歌，也是一篇嘲讽懦弱人性的哀鸣曲。生命究竟是什么？生命的力量究竟有多大？生命有时是极其脆弱的。瞬间，它可能就会化为乌有。可是生命有时又无比强大的，让人不能不为之惊叹。当比尔无视同伴对自己的呼喊，作为一个尚有能力的人，向生命的希望奔去时，生命却抛弃了他。比他走得快的比尔，却先倒下去了。这正是人性——背弃良知的懦弱人性——的悲剧。

苍蝇的生活（节选）

◇[法]法布尔

本文节选自《法布尔观察手记——苍蝇的生活》（海南出版社1999年版，何晓敏、武英译）。让·亨利·卡西米尔·法布尔（1823—1915），法国著名的博物学家、文学家。他对植物、生物，特别是昆虫的生活进行了深入细致的考察和研究，并将大量亲身观察所得写成著名的十卷《昆虫记》。这部《昆虫记》不仅体现了

我一直希望我的生活中能够拥有几样东西，而这几样东西中没有一样会给公共财富造成破费。我渴望拥有一个池塘，一个不会受到路人打扰的池塘，就坐落在我的房子的附近，长满了一丛丛的灯心草和一片片的浮萍。当我闲下来的时候，我可以坐在池塘边的柳荫下，沉思水中的动物的生活，一种更为原始的生活，比我们的生活更容易，其中的友爱和残忍也更简单。我可以注视软体动物的纯真的幸福，陀螺虫的无邪的欢乐，水漂虫的花样游泳，水甲虫的潜水，以及船形虫的随波逐流，它仰面躺在水上，用它的两只长桨划水，而它的短小的四肢叠放在胸前，随时准备抓住送上门来的猎物。我可以研究扁卷螺

的卵,一团蛋白质的星云,其中凝聚着生命,犹如宇宙星云中凝聚着太阳。我可以欣喜地注视着新生的生命在它的卵的球体中慢慢地旋转,描绘出一种螺旋的形状,这种螺旋的形状也许就是它的未来的贝壳的草图。没有什么行星围绕着它的引力中心所作的圆周运动比这具有更大的几何精确性了。

当我从我的经常造访中归来时,我的头脑也会带回一些想法。但是时不我与,命运没有赐给我这样一个池塘,我没有能够拥有我梦想中的水面。我设法用四面玻璃板营造了一个人工池塘。一件可怜的替代品!我们的实验池塘甚至不能与骡子的蹄子在泥浆中留下的脚印所形成的水坑相比,一场暴雨过后,这些水坑就会积满水,变成生命的奇迹的摇篮。

春天到了,山楂花盛开,蟋蟀们鸣琴歌唱,我的心中不时地燃起另一个希望。走在路上,我偶然碰到一只死去的鼹鼠,一条被石头打死的蛇,它们都是人类的愚行的牺牲品。鼹鼠正在疏松土地,清除土地中的害虫,被手握锄头的农夫看到了,他将鼹鼠打死和扔出篱笆。蛇刚刚被春天的旭日从冬眠中唤醒过来,正在阳光下蜕皮和换上新装,却被人看到了:"啊哈!你这坏家伙!"人说,"看我怎么收拾你吧!"这一无害的动物,农夫反对害虫的激烈斗争中的人类的助手,就这样被打破了头死去了。

两具已经腐烂的尸体开始散发出臭味。每一个走近的人都不去看它们,把头转开,迅速地走过去。

作者严谨的科学态度,而且还倾注了他的感情和思想,因而既是一部具有独到见解的科学论著,也是一部优秀的文学散文,被称为"昆虫的史诗"。

只有观察者停下了脚步,用脚掀起没有腐烂的部分;他仔细地观察它们。下面是一个忙碌的世界;生者正在紧张地消费着死者。我们还是把它们放回原处,让死亡的工匠专心致志地完成它们的工作吧。它们正在从事的是一项最有价值的工作。

了解这些负有消灭尸体的使命的生物的习性,看着它们热火朝天地干着它们的解体的工作,详细地追溯生命的废墟如何在眨眼之间重回生命的美妙循环的变迁过程:这是我长久以来萦绕心头的愿望。我满心不情愿地将鼹鼠留在道路的尘土之中。我看了一眼尸体和它们的收获者,然后不得不走开。这里不是一个合适的地方,可以让我对着一个臭气熏天的对象刨根问底。如果有人路过或看到我,他们会怎么说!

如果我邀请读者亲临其境,读者又会怎么说?从事这些肮脏的摆弄死尸的工作难道不是肯定意味着工作者的眼睛和心灵的不快吗?并非如此,只要你愿意这样做,你就不会感到难过!在我们的无尽无休的好奇心的世界里,有两个问题比所有其他问题都更突出:开端的问题和终结的问题。物质是如何聚合而形成生命的?当生命死亡时物质又是如何分解的?关于第一个问题,扁卷螺的卵在其中一点点长大的池塘可以给我们提供一些材料;而开始腐烂但还没有变成烂泥的鼹鼠,可以告诉我们有关第二个问题的一些情况:它将向我们表明所有事物在其中融化和获得再生的生命的坩埚是如何工作的。

一个美妙的结局！谁害怕弄脏自己的双手，谁就不会了解这个世界的真理，所以，你这虚伪的不敬神的人：你是不会理解垃圾堆中的深刻的教训的。

我现在处在这样一个位置，可以让我的第二个愿望得到实现。置身于哈马斯的偏僻之中，我拥有场地，空气和寂静。没有任何人来到这里打扰我，嘲笑我的研究或被我的研究所震惊。所有这些都令人高兴；但是让人烦神的事情也有。虽然我现在摆脱了路上的行人，但我却不得不提防我的猫，这是一些忠于职守的巡查者，一旦发现我的准备工作，肯定就会插手和添乱。为了防止它们的错误行为，我将工作室建在半空中，只有长着翅膀的真正的腐败的使者才能够飞进去。在试验场地的不同地点，我三个一组三个一组埋下竹竿，顶端固定，构成一个个稳定的三脚架。在每个三脚架的一人高的地方，都悬挂有一个装满细沙的陶盘，陶盘的底部有一个洞，下雨时水就可以从洞中流走。我用死的动物来装饰我的器具。其中蛇、蜥蜴和癞蛤蟆是最合适的，因为它们具有裸露的皮肤，使我能够很好地观察入侵者的最初的攻击和工作成绩。有时我也使用带皮毛和羽毛的动物。附近的几个孩子，在钱的诱惑下，成了我的固定的供货人。整个美好的季节里，他们常常得意洋洋地跑到我的家里，棍子的一头挑着一条蛇，或者卷心菜的叶子里包着一个癞蛤蟆。他们给我带来落在捕鼠夹子里的老鼠，病死的小鸡，被园丁杀死的鼹鼠，意外致死的小猫，因为吃了某些植物中毒而死的兔子。这些交易使买方和卖方都感到满意。在这以前,村里还没有过这样的交易,以后也不会再有这样的交易。

到了4月底,陶盘很快就被装满了。第一个闻风而至的客人是一种很小的蚂蚁。我以为把陶盘挂在远离地面的地方就可以避开这些不速之客,它却嘲笑我的预防措施。在安放死动物后的几个小时内,肉仍然是新鲜的,没有明显的异味,小毛贼大驾光临,它们顺着三脚架爬上来,并开始它们的解剖工作。如果动物的肉适合它的口味,它甚至会在陶盘的沙子中安营扎寨,为自己挖出一个临时的平台,以便舒舒服服地享受天赐的美味。

在整整一个季节里,从开始到结束,它总是最迅速的行动者,总是第一个发现死亡的动物,总是最后一个鸣金收兵,全身而退,身后只留下了被阳光晒得发白的一堆碎骨头。这个远远地经过的流浪者,是如何知道在那高高的看不到的绞刑架上,有好吃的东西等着它们?其他的昆虫是真正的破烂商人,它们到来的时候美味已经变成了臭味;它们是被强烈的臭味吸引过来的。而蚂蚁,具有更强的辨别味道的本领,在根本没有闻到任何臭味之前已经捷足先登。经过两天之后,死了的动物在阳光的照射下散发出特有的味道,食尸鬼们蜂拥而至:皮蠹,腐烂寄生虫,埋葬虫,食尸虫,苍蝇和隐翅虫,它们吞噬动物的尸体,有如风卷残云。对于每一次只吃一小口的蚂蚁来说,大自然的清洁工作是一个无限长的过程;

但是对于这些食腐者来说，这是一项速战速决的事业，这可能特别是因为它们完全意识到化学溶解的过程是不会等待的。

那些最后到达的最高级的食腐动物值得最优先加以叙述。它们是苍蝇，各种种类的苍蝇。如果时间允许，这些精力充沛的种族中的每一种都值得给予详细的考察；但是那将使读者和观察者都失去耐心。一种苍蝇的习性将使我们对于其他种类的苍蝇的习性有一个一般的了解。因此，我们将把我们的考察限制在对两种主要的苍蝇种类，即绿蝇属或绿头蝇和食肉蝇或灰麻蝇的考察上。

绿蝇——金光闪闪的苍蝇——我们每一个人都知道的最为华丽的苍蝇。它们的金属光泽，通常是一种金绿色，可以与我们的最高贵的甲虫的光泽相媲美：蔷薇刺金龟，吉丁虫，金花虫。看到这样一套富丽堂皇的服饰穿在这些跟臭肉打交道的工人身上，真让人感到惊讶。有三种绿蝇经常光顾我的陶盘：即丝光绿蝇、食尸绿蝇和铜绿蝇。前两种都呈金绿色，比较常见，而第三种，散发出一种铜的光泽，是很少见的。

丝光绿蝇比食尸绿蝇大，干起活来也更快。我在4月23日这一天抓住了它，当时它正在产卵。它在羊肉颈部的脊髓空洞里安顿下来，把卵产在脊髓上面。在一个多小时的时间里，它一动不动地呆在阴暗的腔骨里排卵。我只能看见它的红色的眼睛和银色的面部。最后，它终于出来了。我将它生产的果实收拾起来,这是一件很容易的事,因为所有的卵都产在骨髓上,我可以抽出它们而无须碰到卵。

看来进行一场人口普查大有必要。但要马上进行这样一种普查却是不现实的:所有的卵挤成一团,很难一个一个地清点。我们所能采取的最好的办法是把这一家族放在一个陶盘里培养,然后清点埋在沙子里的蛹。我找到了157只蛹。这显然只是一个很小的数目;因为丝光绿蝇和其他绿蝇一样,正如我们下面的观察将要告诉我们的,隔开一段时间就产下一组卵。这是一个巨大的家族,难以置信地人丁兴旺,繁荣昌盛。

我们现在所说的绿头蝇分期分批地产卵。下面的观察证明了这一点。一只由于几天的蒸发而变得收缩的鼹鼠平躺在陶盘的沙子上。在某个地方,鼹鼠的腹部的边缘部分隆起,形成了一个很深的弧形,值得指出的是,绿头蝇和其他食肉苍蝇一样,不敢把它们的卵放在没有遮蔽的表面上,以免娇嫩的卵在太阳光的暴晒下丧生。它们希望找到的是黑暗的隐蔽的地方。最中意的地点是死亡的动物的身体下面的空间,如果可以找到这样的空间的话。

在目前的情况下,唯一可以找到的是腹部的边缘所形成的褶层。这里,也只有这里,是今天的苍蝇母亲们产卵的地方。今天的苍蝇母亲共有八位。在对鼹鼠身体的这一部分进行了探索和认识到这是一个不错的地方以后,先是这只苍蝇,然后是另一只苍蝇,或者一次是好几只苍蝇,消失在隆起的弧形之中。它们在鼹鼠的身体中停留了相当一段时间。其他的苍蝇留在外面等着，但是它们再三地飞到洞穴的入口，看一看里面发生的事情，以及那些早进去的苍蝇是否已经完事。那些最后终于出来的苍蝇停留在鼹鼠的身体上，等待着再次轮到它们。其他的苍蝇立即占据它们在洞穴中的位置。它们留在里面，直到完成了它们的工作，然后为其他苍蝇母亲腾出地方，自己飞出来，飞到阳光下。整整一个上午，它们都在这样进进出出。

我们由此可以知道，产卵是周期性进行的，中间是间歇的时期。只要没有感觉到成熟的卵子已经来到她的排卵器，绿头蝇就一直呆在阳光下，飞来飞去，时而从动物尸体上吃上一小口。但是，一旦新鲜的卵子像一道小溪一样从她的卵巢排下，她就会闪电般地找到自己适合的位置，在那里放下她的负担。这看起来是一项需要几天时间的工作，从而将整个排卵过程分成了几个不同的时期并且分布在不同的地点。

我小心翼翼地抬起鼹鼠。正在产卵的母亲没有受到惊扰；它们正在专心致志地干它们自己的事。它们的产卵器像望远镜一样伸出，它们把卵堆在卵上。通过它们试探的工具尖端，试图将它们的卵摸索着放在尽可能深入的地方。在这些红眼圈的严肃妈妈的周围，是图谋抢夺的蚂蚁。有许多蚂蚁叼着绿头蝇的卵扬长而去。我看到有些蚂蚁是如此大胆，就在排卵器的下面实施它们的偷窃行为。产卵的母亲没有为此分神，她们让蚂蚁自行其事，不闻不问。她们知道她们的子宫是如此富有，完全可以弥补任何偷窃所造成的损失。

确实，躲过蚂蚁的劫难的似乎是一支大部队。几天以后我们再次来到这里掀起鼹鼠。在鼹鼠身体的下面，是一摊腐液，无数的尾巴和尖尖的头部在其中乱哄哄地游来游去，露出水面，扭动身体，然后又扎入水中，就像是一片沸腾的波涛。眼前的景象令人恶心。这可怕的景象，简直是最可怕的景象。让我们在这幅图景面前穿上一层盔甲，其他地方还有更令人恶心的景象。

现在我们看到的是一条粗大的蛇，紧紧地盘成一团，占据了整个陶盘。绿头蝇到处都是。每一分钟都有新的绿头蝇到来，没有经过任何争吵或冲突，它们在正在产卵的其他绿头蝇中间找到了它们的位置。这条爬行动物的盘卷所形成的螺旋皱褶，是产卵者们所钟爱的地方。只有在这些褶层之间的狭小的空间里，它们才找到了抵御阳光的暴晒的荫凉之所。一排排的金光闪闪的苍蝇停在它们自己的位置上，一个挨着一个；它们试图把它们的腹部和产卵器伸得尽可能远，不顾翅膀被弄皱和折向头部的危险。在这项庄严的事业中，人的谨慎小心被置之脑后。它们的红色的眼睛静静地露在外面，构成了一道连续的警戒线。队伍不时地被间隙打断；产卵者离开它们的位置，走到蛇的身上散步，直到卵巢再一次胀满，它们赶紧跑回来，溜进队伍中，重新开始产卵。尽管有这些中断,产卵工作进行得还是很快。在一上午的时间里,螺旋形褶缝的深处铺满了成堆的卵,白花花的一片。它们一张一片的,没有受到任何污染;仿佛用一把纸做的铲子就可以将它们铲起。如果我们希望近距离地追寻生命演化的过程,这是一个天赐的良机。所以我收集了大量的这种白色的玛瑙,把它们以及必要的供给装在玻璃试管里和广口瓶里。

绿头蝇的卵有一毫米长,是一个光滑的圆柱体,两头都是圆的。它们孵化的时间是24小时。我遇到的第一个问题是:如何给绿头蝇的幼虫喂食?我当然知道该给它们吃些什么,但我一点也不知道它们怎么能够吃掉什么。在吃这个词的严格意义上,它们真的可以吃吗?我有理由怀疑这一点。

让我们看一看长到一定大小的幼虫。我们看到的是通常的苍蝇幼虫,普通的蛆,形状像是一个拉长了的圆锥,前边是尖的,后边被截断,在截断的后部可以看到两个与皮肤处在同一平面的小红点:这两个红点是呼吸孔。幼虫身体的前部,也就是所谓的头——因为这头实际上只是肠道的一个入口而已——装备有两个小黑钩,在透明的鞘里滑动,交替地露出外面一点然后又收回去。我们是否应该把它们看作苍蝇幼虫的大颚?完全不能这样看。因为小钩的尖端不像真正的大颚器官要求的那样相抵,它们各自的运行方向是平行的,永远不合拢到一起。它们实际上是行走的器官,是用来支持移动的抓手,可

苍蝇的生活(节选)

以固定在某一平面上,从而使幼虫通过不断的收缩而前进。幼虫的行走所借助的东西,肤浅的观察也许会说是一种进食的工具。幼虫在它的食道里携带着登山者使用的登山镐。

让我们把幼虫放在一块肉上,在放大镜下观察它。我们可以看到,幼虫在肉上走动,抬起和弯下它的头,每一次都将它的一对钩子刺进肉里。当它停下来的时候,它的后部静止不动,前部却不停地转来转去探索环境;它的尖尖的头部伸出来,向前戳,然后又退回来,不断露出和收回它的黑色的构件。这是一个永动的活塞装置。无论我是多么尽量仔细和勤奋地观察,我没有一次看到嘴里的武器上有一块撕下来的肉和看到幼虫把肉吃下去。钩子每时每刻都落在肉上,但却从来没有看到它带回一小口肉。然而,幼虫却一天天变大变肥。这一独特的消耗者,得到营养却看不到它吃东西,这是如何做到的呢?如果它不吃东西,那么它就得喝东西;它的食物就是汤。由于肉是一种致密的物质,不会自动地液化,因此就必须有一种办法,可以将肉变成流质的汤。让我们试着揭开苍蝇幼虫的这一秘密。

在一个一头堵住的玻璃试管里,我放上一块胡桃大小的瘦肉,其中的水分已经被包在吸墨纸里挤过。在肉的上面,我放上几帘不久前从陶盘上的蛇那里收集的绿头蝇的卵。卵的数目大约是两百只。我用一个棉塞堵住试管,将它竖立在试验室的荫凉角落里,然后不管它,让它们自然发展。一个相似配置只是没有放卵的控制试管放置在第一个试管的旁边。

在孵化后的最早两天或三天内，我获得了一个惊人的结果。已经被吸墨纸彻底地吸干了水分的肉，变得如此的湿润，以至于在幼小的寄生虫爬过的玻璃壁上留下了一条湿漉漉的痕迹。熙熙攘攘的苍蝇幼虫身后的纵横交错的痕迹雾气迷蒙。相反，控制试管中的肉却保持干燥，证明幼虫所拖动的水分并不能仅仅归于肉的液体的渗出。

此外，幼虫在其中所起的作用变得越来越明显。肉渐渐地沿着每一个方向渗出液体，就像一块放在火炉上烤的薄冰。很快，液化过程就完成了。我们现在看到的不再是肉，而是流质的李比希液。如果我将试管倒过来，里面的液体就会一滴不剩地流下。

让我们从我们的心里去掉任何因腐化而导致融化的念头，因为在第二个试管里就有一块同样大小和同样种类的肉，除了颜色和味道以外，别无其他变化。它过去是一块肉，现在还是一块肉，而和幼虫放在一起的另一块肉现在却变成一块融化了的黄油。我们在此看到的幼虫化学过程会使研究胃液的作用的生理学家感到嫉妒。

我用煮硬的鸡蛋的蛋白所做的试验得到了更好的结果。我把蛋白切成榛子大小的块状，撒上绿头蝇的卵，这些凝固的蛋白最后融化成为一种无色的液体，看上去很容易被误认为水。这种液体的流动性是如此之大，以至于由于失去了支持，幼虫面临着在肉汤里淹死的危险；它们敞开的呼吸孔的后部没入水中时会使它们窒息而死。如果是一种更稠密的液体，它们也许可以停留在表面上；而在这种液体上，它们没有立足之地。

在奇怪的液化现象发生的试管的旁边还竖立着另一个装有同样的蛋白的试管，只是没有撒上绿头蝇的卵。在那个试管中，煮硬的鸡蛋的蛋白仍然保持着它原来的样子和硬度。随着时间的推移，如果它们没有发霉，它们将变干；此外，再就没有什么了。

其他四种有着相同的机能的混合物：谷类的谷胱蛋白，血液的纤维蛋白，奶酪的酪蛋白和鹰嘴豆子的豆球脘，也都在不同程度上经历了相似的变形过程。从它们孵化成虫的那一刻起就寄生在这些物质中的任何一种物质上的幼虫，可以生长得非常健壮，但它们必须能够在肉粥变得太稀的时候逃脱淹死的命运；它们在动物的尸体上饮食不会比这更好了。一般来说是，掉下去的危险并不大：物质只是半液化；它变成了一种流动的豆粥，而不是一种真正的液体。

即使在这种不完全的情况下，我们也可以很明显地看出，绿头蝇的幼虫之所以生存下来，在于它们能够将它们的食物液化。由于不能吃固体的食物，它们首先将食物变成了流动的物质；然后它们把头埋在它们的作品中，长长地啜饮，解除它们的焦渴。它们的可以与更高级的动物的胃液的溶解力相媲美的唾液无疑是从口中发射出来的。不停地运动的钩子活塞永不停顿地吐出一点一点的唾液,这一点点唾液落到食物的什么地方,食物的什么地方就足以很快地被融化开来。因为消化说到底不过就是液化,所以我们完全可以无矛盾地断言,苍蝇幼虫在吞下食物之前就已经消化了食物。

用我的肮脏的泛着臭味的试管所做的这些试验给了我一些欢乐的时光。当可敬的斯帕拉扎尼神父看到,在他用棉花球从乌鸦的胃中取出的胃液的作用下,一小块生肉开始融化,他一定已经认识到了某些类似的事情。他发现了消化的秘密;他在一个玻璃试管里实现了迄今不为人知的胃化学过程。我,他的远方的门徒,在一种最料想不到的情况下,又一次看到了令意大利科学家如此震惊的东西。乌鸦变成了苍蝇幼虫。它们在肉类、谷朊和蛋白上分泌消化液,使这些物质变成了流质。我们的胃部在神秘的幽暗中所做的一切,就是苍蝇的幼虫在光天化日下所做的。它首先是消化然后是吸收。

当我们看到它扎在动物尸体的肉汤里,我们不免感到怀疑,它是否至少在一定程度上不能以一种更直接的方式进食。为什么它的皮肤,最精制的皮肤之一,就不能用来吸收?我曾经看到圣蜂和其他粪金龟子的卵在孵化室的富营养的空气中长得很大,或者更准确地说,吃得很好。没有什么事实告诉我们绿头蝇的幼虫就不会采取这种办法生长。在我的设想中,它的身体的所有表面都可以进食。在用嘴吸收的肉粥之外，还有一种用皮肤吸收的肉粥。这也许解释了为什么食物要先行液化。

让我们为这种预备性的液化提供最后一个证据。如果露天放置的鼹鼠、蛇，或其他什么动物的尸体被用铁丝网罩起来，不让苍蝇接近，它们就会在炎热的阳光下变干和收缩，下面的沙子也没有明显地变湿。毫无疑问，它们会渗出液体，因为每一个有机体都是一块充满了水的海绵，但是液体渗出的是这样慢，量又是这样小，以至于一产生就立即被高温和干燥的空气挥发了，从而使动物尸体下面的沙子一直是干的，或至少几乎是干的。动物的尸体变成了一具失去了水分的木乃伊，一块皮革。另一方面，如果我们不给动物的尸体罩上铁丝网，让苍蝇随便接近它们，事情就会呈现出另一种面貌。在三天到四天内，动物尸体开始流出渗液，下面的沙子被浸湿了一片。

我永远不会忘记一个惊人的场面，现在我就用这个场面来结束这一章。这次放在陶盘上的是一只巨大的蛇，有一码半长，阔口瓶的瓶口那么粗。由于这条蛇太大，超过了我的陶盘的直径，所以我把它卷成一个双螺旋形，或者说绕上两圈。在这块肥肉充分溶解的过程中，陶盘变成了一个泥坑，无数的苍蝇幼虫在泥坑中打滚，其中有绿头蝇的幼虫，还有灰麻蝇的幼虫，后者是一种甚至更厉害的食物液化者。容器中的所有沙子都被浸湿了，变成了泥浆，好像刚刚下过一场雨。容器底部有一个孔，孔上放了一块扁平的鹅卵石,但肉汤还是通过这个孔一滴滴地漏下来。这是一个正在工作的蒸馏器,一个尸体蒸馏器,在这个蒸馏器中,蛇被彻底地分解了。二三个星期后,整条蛇都消失不见了,被太阳晒干了:只有鳞片和骨头留在干泥巴上。

总之,苍蝇幼虫,也就是蛆,是这个世界上的一种伟力。为了使曾经活着的生物的遗体以最快的速度获得新生,它软化和浓缩动物尸体,提炼它们的精华,使呵护万物成长的大地得到滋养和浇灌。

简 评

1879年3月,让•法布尔用自己攒下的一小笔钱,在小乡村塞里尼昂附近购得一处坐落在荒地上的老旧民宅,他给这处居所取了个风趣的雅号——"荒石园"。1879年底,经过不懈的努力,法布尔的《昆虫记》(第一卷)出版。在以后的三十余年里,这位"荒石园"主人穿着农民的粗呢子外套,吃着粗茶淡饭,不知疲倦地从事独具特色的昆虫学研究,终于撰写出十卷本科学巨著——《昆虫记》。他本人也被称为"昆虫界的维吉尔",皇皇巨著《昆虫记》更被誉为"昆虫的史诗"。这本书除了真实地记录昆虫的生活,还透过昆虫生活折射出人类的世界。从法布尔的生花妙笔所传达出的昆虫和人的生活之间种种有趣的故事来看,确实是"一部人世间独一无二的书"。

法布尔出身农家,童年是在离自己家村子不远的马拉瓦尔祖父母家中度过的。当时,年幼的他已被乡间的蝴蝶、蝈蝈这些可爱的昆虫所吸引。他每天拿出大部分时间观察、了解这些昆虫的生活习性。达尔文赞誉他为"罕见的观察家",罗曼•罗兰称他为"掌握田野无数小虫子秘密的语言大师",很多人更称其为"昆虫界的荷马""昆虫界的维吉尔"。世界东方的中国，还是周作人在日本留学的时候，就已经关注到法布尔的《昆虫记》，并且进行了全面细致的介绍和评价："法国法布耳所著的《昆虫记》共有十一册，我只见到英译《本能之惊异》《昆虫的恋爱与生活》《蠮虫的生活》和从全书中摘辑给学生读的《昆虫的奇事》，日本译为《自然科学故事》《蜘蛛的生活》以及全译《昆虫记》第一卷罢了。在中国要买外国书物实在不很容易，我又不是专门家，积极地去收罗这些书，只是偶然的遇见买来，所以看见的不过这一点，但是已经尽够使我十分佩服这'科学的诗人'了。"周作人对该书的内容做了简要的概括："法布耳（'法布耳'是当时的翻译——编者注）的书中所讲的是昆虫的生活，但我们读了却觉得比看那些无聊的小说戏剧更有趣味，更有意义。他不去做解剖和分类的工夫（普通的昆虫学里已经说得够了），却用了观察与试验的方法，实地的纪录昆虫的生活现象，本能和习性之不可思议的神妙与愚蒙。我们看了小说戏剧中所描写的同类的运命，受得深切的铭感，现在见了昆虫界的这些悲喜剧，仿佛是听说远亲——的确是很远的远亲——的消息，正是一样迫切的动心，令人想起种种事情来。他的叙述，又特别有文艺的趣味，更使他不愧有昆虫的史诗之称。戏剧家罗斯丹批评他说，'这个大科学家像哲学者一般的想，美术家一般的看，文学家一般的感受而且抒写'，实在可以说是最确切的评语。默忒林克称他为'昆虫的荷马'，也是极简明的一个别号。"

　　周作人称法布尔为"科学的诗人"是很恰当的，本文中就可以找到很多富有诗意的句子，如："我渴望拥有一个池塘，一个不会受到路人打扰的池塘，就坐落在我的房子的附近，长满了一丛丛的灯心草和一片片的浮萍。当我闲下来的时候，我可以坐在池塘边的柳荫下，沉思水中的动物的生活，一种更为原始的生活，比我们的生活更容易，其中的友爱和残忍也更简单。""春天到了，山楂花盛开，蟋蟀们鸣琴歌唱，我的心中不时地燃起另一个希望。"……

为了更好地阅读和理解本文,还必须关注法布尔曾经提出的一个问题:"只为活命,吃苦是否值得?"关于这个问题,他已经用自己的九十二个春秋做出了回答:迎着"偏见",伴着"贫穷",不怕"牺牲""冒犯"和"忘却",这一切,就是为了那个"真"字。为了追求真理、探求真相而"吃苦",这就是"法布尔精神"。正如周作人在文章中所说:"他的学业完全是独习得来的。他在乡间学校里当理化随后是博物的教师,过了一世贫困的生活。他的特别的研究后来使他得了大名,但在本地不特没有好处,反造成许多不愉快的事情。同僚因为他的博物讲义太有趣味,都妒忌他,叫他做'苍蝇',又运动他的房东,是两个老姑娘,说他的讲义里含有非宗教的分子,把他赶了出去。许多学者又非难他的著作太浅显了,缺少科学的价值。法布耳在《荒地》一篇论文里说,'别的人非难我的文体,以为没有教室里的庄严,不,还不如说是干燥。他们恐怕一叶书读了不疲倦的,未必含着真理。据他们说,我们的说话要晦涩,这才算是思想深奥。你们都来,你们带刺者,你们蓄翼着甲者,都来帮助我,替我作见证。告诉他们,我的对于你们的密切的交情,观察的忍耐,记录的仔细。你们的证据是一致的:是的,我的书册,虽然不曾满装着空虚的方式与博学的胡诌,却是观察得来的事实之精确的叙述,一点不多,也一点不少;凡想去考查你们事情的人,都能得到同一的答案。'"法布尔辩驳说:"你们是把昆虫开膛破肚,而我是在它们活蹦乱跳的情况下进行研究;你们把昆虫变成一堆既可怖又可怜的东西,而我则使得人们喜欢它们;你们在酷刑室和碎尸场里工作,而我是在蔚蓝的天空下,在鸣蝉的歌声中观察;你们用试剂测试蜂房和原生质,而我却是研究本能的最高表现;你们探究死亡,而我却是探究生命!"他的回答铿锵有力而又富有科学性,具有不可辩驳的力量。

　　法布尔生前勉励一切从事科学研究工作的人"要坚韧不拔地干,才能战胜困难"。他认为从事科学研究的人"决不能自暴自弃"。这又一次印证了马克思的那句名言:"在科学的入口处,正像在地狱的入口处一样,必须提出这样的要求:这里必须根绝一切犹豫,这里任何怯懦都无济于事。"

法国文学界曾推荐法布尔为诺贝尔奖的候选人,因为"他的叙述,又特别有文艺的趣味",遗憾的是,评委们还没来得及做出最后决议,这位以昆虫为琴弦拨响人类命运颤音的巨匠便与世长辞了! 尽管巨人已逝,但法布尔先生写的《昆虫记》非常朴素和优美,他把一部严肃的学术著作写成了优美的散文,让人们不仅能从中获得知识和思想,更能获得一种美的享受,并由衷地产生一种对大自然深深的热爱! 法布尔的强烈呼吁直到今天依然回响在全世界科学的圣殿:教育,要尊重人的首创精神;科学,要放下架子学会亲近人。我们不妨从自然与文学的角度去阅读并思考苍蝇乃至"田野无数小虫子秘密的语言"。当我们深怀感激与感动去亲近自然,去欣赏这如原野上春风般清新自然的文字的时候,我们一次又一次地想起了法布尔,《昆虫记》不愧是一扇能够看到大自然的窗口。

野

生动物的呼唤

◇沈吉庆

从马德里到北京

1991年1月8日,历史刚刚跨进本世纪最后一个10年,一道特急指令从冰雪覆盖的北京发往全国:必须尽快采取一切措施,拯救日趋濒危的野生动物,拯救我们生存的环境……

这是1991年国务院发布于报端的第一道电文。

仅仅过了10天,国务院又召开紧急电话会议,重申上述指令,其措辞之强硬,时间之紧迫,使人倍感事态之严峻。

我迅即要通了北京中国野生动物保护协会的电

本文选自1991年2月6日《文汇报》,原标题为:《国务院一号特急令:来自野生动物的呼唤》,后收入沈吉庆《大地印痕》(学林出版社2007年版)。沈吉庆,《新民晚报》高级记者,曾在《文汇报》供职。数十年间,他行走天下,笔耕不辍,足迹遍及中国34个省、市、自治区,涉足亚、非、欧三大洲许多国家,著有《国土与国风》《丝路三千里》《华东见闻录》等书。

话,话筒里传来了对方激昂慷慨的声音:绝不能让东北虎和大熊猫在我们这一代断送,绝不能在进军自然的进程中破坏自然,绝不能让"马德里警告"在中国变为现实!

呵,马德里,西班牙首都。2年前,当全世界声望卓著的生物学家在那里会聚时,发出了震撼全球的警告:"全世界将有5 000种动物在不长时期内灭绝!"尽管他们中有的来自北半球,有的来自南半球,有的是白头发,有的是黑头发,但几乎发出同一个声音:"20世纪上半叶,每隔5年有一种哺乳动物灭绝,20世纪下半叶,已加速到每隔2年就灭绝一种。"

警告犹在空中回荡,悲剧仍在脚下发展。

从猿猴进化过来的人类,正在残酷地消灭猴子。

进入高度文明社会的人类,正在野蛮愚昧地破坏其自身赖以生存的环境。

地球上屈指可数的野生动物资源大国,在想方设法保护它们的同时,也无可奈何地看着它们惨遭掠夺、捕杀……

"百兽之王"的悲鸣

中国曾是多虎的国家,打虎英雄也是备受崇敬的。能将那额头上有着"王"字的"百兽之王"置于死地,无疑有多英武了。于是,自宋代武松扬名天下之后,打虎英雄也就辈出不尽了。

现今,虎少了,"打虎英雄"却还是接连不断。不过,他们并非用拳棒,也非为民除害,而是用火枪,梦想发财。以致老虎一减再减，往往未见人影，就逃之夭夭。尤其是虎中之王——东北虎，考察人员在林海雪原中追寻它们多年，也未见踪迹，最后不得不遗憾地宣布：东北虎在我国野外恐怕已经绝迹。

结论往往会被推翻。

1989年11月14日，东北完达山下小雪初晴，一只雄性东北虎与两只幼虎奇迹般地出现在雪地上，它们欢快地嬉戏，庆幸自己的幸存。无疑，这一奇迹的出现，即便是断言它们在野外灭绝者也是由衷高兴的。可恶魔出现了，3支黑洞洞的枪管在树丛后瞄准了它们，"乒、乒、乒"——凄厉的枪声划破了恬静的晴空，罪恶的子弹射进了厚厚的虎皮斑纹，那只重达200公斤的庞然大物发出了声撼山谷的悲鸣，倒在殷红的血泊之中。那两只幼虎丧胆而逃，钻进了山林，死活只有听天由命了。

持枪者成功了，以吉林省蛟河县农民张国忠为首的3位"英雄"脸上露出了得意的笑容，东北虎的希望再次被愚昧的子弹射灭。

一位东北虎研究权威人士说，20世纪70年代，中国野外尚有东北虎80余只，80年代已难以找到东北虎的踪迹，目前，只有国境外边西伯利亚的丛林中，还幸存着百余只东北虎。

难道东北虎真的已从东北绝迹了吗？

"国宝"大熊猫的厄运

大熊猫素有中国"国宝"之称。它那憨态可掬的形象博得了全世界的青睐,然而,它那黑白相间的皮毛又成了许多人梦寐以求的珍品。

宠物多半是命乖运蹇的。经过多次冰川运动,在地球上,现今只有在中国的川甘边界才能找到它们的后裔。有关部门说,在过去的1/4世纪里,大熊猫已由1100只减至900余只,且还呈减少的趋势。

我曾穿越著名的卧龙大熊猫自然保护区,也曾多日守候在川西北大熊猫活动的区域九寨沟,可惜都无缘见到大熊猫的踪影。大熊猫毕竟不多呵。

野外活的大熊猫难寻,而猎杀或倒卖其毛皮的事件却屡屡发生。1985年,四川西充县人氏何光海窜到大熊猫产地,觅得毛皮1张,翌年又窜到产地,弄到大熊猫毛皮2张,第三年继续干。1987年1月,江苏人氏梁永政,窜到大熊猫故乡四川平武,收买大熊猫毛皮1张,偷运到广东卖出,同年3月,再窜回川西,倒买了3张大熊猫毛皮。1989年9月,四川西充县个体户范泽洋,偷运熊猫毛皮到广州倒卖被抓获,以后又在其同伙家中查获2张大熊猫毛皮。

尽管政府三令五申,猎杀大熊猫者可刑至处决,可仍有一些偷猎者的枪口在瞄准着大熊猫。

"东方活宝石"岌岌可危

人们对朱鹮比较陌生,可这正是人类自己造成的罪过。

朱鹮,又称红鹤,其大如公鸡,形似仙鹤,羽毛洁白如雪,脸腿艳红似血,有"东方活宝石"之誉。数十年前,朱鹮曾广泛分布于日本、朝鲜和我国东部地区,只是人类活动地域的扩大,才使它们几乎绝迹。日本幸存的2只,只能躲在动物园里,用层层铁丝网卫护,惜又都丧失了繁育能力。

野外究竟还有没有这种珍禽?无数的鸟类学家出没于山山岭岭,企盼一睹它们的丰姿。

神州不愧地大物博,精灵出现了。1981年5月21日,踏遍秦巴山区的我国鸟类考察专家,在陕西洋县发现了第1只朱鹮,6天之后,又在该县发现6只,这7只朱鹮被命名为"秦岭1号朱鹮群体"。消息一传出,在全世界鸟类学家心中燃起了火花,他们把唯一的希望寄寓于中国。

为了保护这群世上仅见的珍禽,洋县人民作出了极大的牺牲。在朱鹮活动的区域内不能伐木,不能打猎,不能使用化肥、农药,就连电灯也不能发光。然而,当保护者处处小心谨慎时,偷猎者的枪栓却没有丝毫怜悯。1990年9月,几位中国核工业21公司的职工,瞄准了在洋县水库边觅食的朱鹮,扳动了枪机⋯⋯枪声传到了北京,传到了日本,传到了国际鸟类保护组织,鸟类学家无不为之震惊。尽管闯祸者失魂落魄,可朱鹮生存与繁衍的前景毕竟蒙上了一层阴影。

"禽中美人"和"长江骄子"的困境

中国的鹤类是举世闻名的。世上总共有15种鹤,中国就占了9种。

中国人爱鹤也是由来已久的。无论是古老的典籍还是民间的传说，都传颂着许多爱鹤的故事。

鹤可真称得上"禽中美人"。它们或栖息于湖泽，或生活于高原，尽管毛色不一，却都体态风流，步子潇洒，实在惹人喜爱。可是，随着人类的进步，厄运却在向它们逼近。

披着白色羽毛的白鹤一向被称为鹤中的"白雪公主"，1986年初，国际鹤类研究中心确认，全球白鹤总数仅剩200余只，可这年冬天，碧波浩渺的鄱阳湖吴城镇一带，却神话般地出现了1600多只白鹤。壮丽的奇观引来了远涉重洋的鸟类学家，他们揉揉眼，架起高倍望远镜，竟不敢相信自己的眼睛。

可是，好景不长。翌年冬末春初。我慕名赶往鄱阳湖区，在茫茫湖面和萋萋草泽中转悠了一整天，只见到零星的白鹤。莫不是错过了时节？有关专家答复：近年来湖区越冬的白鹤不到800只，究其原因，不外乎枪声时起，毒杀事件不断。我心中好一阵叹惜，思忖：鄱阳湖不知是否还会出现千鹤争栖的壮观场面。

鸟类学家告诉我，与白鹤一起列入濒危鹤类白皮书的，还有丹顶鹤、白头鹤、白枕鹤和黑颈鹤。

被誉为"长江骄子"的白鳍豚，命运同样不佳。

这种我国淡水中唯一幸存的鲸类，已在万里长江中生活了4500万年。尽管它流线型的身体擅长快速游泳，可依然躲不过现代化的追捕船只，更逃不脱沿江安设的无数滚钩。20年前，专家们估测尚有1

000余条,10年前还剩300余条,新近在宜昌至长江口的千里探测完成后,断定已不足150条。

人类迄今还未找到白鳍豚人工繁殖的办法,而捕获事件依然不断,人为截流洄游通道依然不减,照此下去,20世纪末白鳍豚将从长江里永远消失。

求救信号从四面八方传来

在我国野生动物的家族里,濒危、趋危和易危的求救信号是接踵而至的,权威部门披露,其中濒危的珍奇动物有20余种,趋危的达300余种。

中华鲟,溃不成军。这种出现于白垩纪的古老鱼类,3亿年来一直洄游于长江上游和滔滔东海之间,现今,巍巍大坝切断了洄游产卵之路,一道道巨网在等待着它们自投罗网,每年以数百条的数量锐减。

麝,稀不成阵。俗称"香獐"的麝,原先分布于大半个中国。不知是因为香獐太香,还是归咎于多年来沿袭"杀麝取香"的办法,而且偏偏又只有雄麝藏有香囊,平均杀死3头麝才能获取一个香囊,致使麝急剧减少,现今只有西北和西南边远省份才能找到它们的身影。专家们提供的数据表明,20世纪50年代以来,中国每年减少麝6%左右,照此速度,20世纪末只能在动物园里才能找到麝。

鄂蜥,少得可怜。栖息在广西密林沟冲中众多的瑶山鄂蜥,是中国一级保护动物,由于滥捕乱杀和生态变化,已不足2000条了。

至于颇有名气的西双版纳大象,仅剩下50余头;极为稀有的海南岛黑长臂猿,残存不足20只;珍奇的雪豹、大鲵、褐马鸡、普氏原羚等,也都处境不妙,不再一一列出。

情况严重的是,在野生动物种类和数量骤减的同时,它们世代赖以生存和繁衍的家园也遭到了疯狂的扫荡,株连九族的下场并不鲜见。

地域广阔的天山南北,成了一些狩猎者的"天堂"。每年有2万多只野生保护动物死于非命,雪豹、紫貂、河狸、赤狐、雪鸡、岩羊、盘羊、野牦牛等,都是持枪者穷追不舍的目标。

水草丰美的呼伦贝尔大草原成了狩猎者的"乐园"。黄鼬和狐狸常常被赶得闻风丧胆,而黄羊一年就有60多万只倒下。

森林茂密的滇中山区成了狩猎者的"靶场"。来自云南和湖南、广东、河南的射手,成群结队地进山,把穿山甲、黑熊、锦鸡和绿孔雀赶往通向地狱的甬道。

呵,由于超量捕猎,秀美的微山湖野鸭绝迹,传奇的青海湖鸟岛危急,神秘的阿瓦山野生保护动物一天比一天趋危。

谁之罪

在追踪和考察野生动物的日子里,我曾跨越了世界屋脊,横穿河西走廊,涉足松花江畔,踏访天涯海角。那些长年累月奔波在高山密林中的生物学家,那些夜以继日坚守在林海哨卡的野生动物卫士,谈到野生动物的遭难受劫,声调中充满愤慨,表情中深含着内疚,措词中夹有着尖利。

究竟谁之罪?

有人归之于自然的惩罚。森林的减少,草原的退化,湖泊的干涸,环境的污染,从根本上破坏了野生动物栖身的环境。君不见,昔日密林覆盖的河西走廊,有过雪豹、金钱豹和猞猁奔跑跳跃的时代,绿色屏障消失了,它们也销声匿迹了。曾经草木丛生的辽东半岛,也有过梅花鹿和马鹿悠闲散步的图景,随着树倒林毁,它们也逃之夭夭。

有人归之于滥捕乱杀。从大兴安岭到祁连山麓,从洞庭湖畔到雷州半岛,无数支枪管吐出火舌,无数张罗网张开大口,无数个陷阱藏着祸心。君知否,云南中部有个双柏县,全县14万人,拥有猎枪8万支,可谓"全民皆兵",野生动物自是难以逃遁了。甘肃和政县的猎手更有高招,他们在兴隆山国家自然保护区内安放了上万只钢丝套,不放一枪,"成果辉煌",一仗下来居然捕住林麝213只。至于青海中部都兰、乌兰两县的捕猎行家,干脆动用军用步枪,一场"战斗"就击毙黄牛、石羊579头。

有人归之于陈旧陋习。许多地方迄今还沿袭"靠山吃山""竭泽而渔"的生存方式。广西资源县有些山民,热衷于捕捉候鸟,每到春秋两季,倾巢而出,少者捕鸟百只,多者捕鸟千只,一场战役捕获近10万只,天鹅、池鹭、杜鹃等,格杀勿论。云南景颇山区和阿瓦山里一些村民,习惯隆冬猎兽,寒风一起,群起上山,羚羊、野猪、小豹概不放过。

有人归之于愚昧无知。曾经轰动一时的"人鸟大战"便是典型一例。1989年岁初,奇寒突袭贵州威宁县草海地区,一夜间茫茫湖泽变成了封冻世界。世代来这里越冬的鸟儿不懂得忍饥挨饿,冒死扑向四周的农田啄食。于是,一场大战开始了。一方是饿不择食的鸟儿,一方是扣套、毒药、石块、火枪,连猎狗也一起上阵,转眼间,嘈声大作,天昏地暗,待硝烟飞散后,一方无一伤亡,另一方却是损兵折将,阵亡名单中有:国家一级保护动物黑颈鹤38只,灰鹤68只,其他雁、鸭之类不计其数。

有关专家在剖析这场战争后,结论如下:战争直接起因是天寒地冻,挑起者是鸟儿,而根本原因是人类。是人类无限制地围湖造田,是人类侵占了草海四周10平方公里的草甸沼泽,是人类断绝了珍禽的食物来源。今天人类虽然战胜了鸟类,但整个湖区的生态已遭破坏,若不有所醒悟,人类终将自食恶果。

该诅咒的宴席与肮脏的交易

当城里人在嘲笑目光短浅的山里人迫害野生动物时,他们或许正沾沾自喜地夸耀身上稀有动物的毛皮,或许正兴致勃勃地玩弄鸟笼中名贵珍禽,或许正津津有味地咀嚼着山珍野味。在都市,在乡镇;在豪华的大饭店里,在简陋的小酒馆里;在洽谈买卖的酒席上,在恭候领导的餐桌上,常可见到熊掌、大鲵和飞龙。

我在桂林街头徜徉,许多饭铺前陈列着大大小小的网笼,里面关着失魂落魄的野生动物;我在庐山和张家界等风景区游览,不少饭店门前张挂着"欢迎品尝山珍野味"的牌子;我在南国三亚的饭店里用餐,左邻右桌莫不以端上各种野味为荣,至于当场剖杀眼镜蛇,用酒吞服碧绿的蛇胆,更被诩为一大快事。

沿海的福州市有家北京饭庄,常年出售野生动物,其中不乏稀有珍品。执法部门有趟突击检查,厨房和库房里竟有国家一级保护动物云豹1只、梅花鹿6只(2只幼仔)、蟒蛇1段、白鹤1只,还有国家二级保护动物穿山甲7条、小灵猫1只、猕猴肉1盆、熊掌2只,以及花面狸、黄麂、环颈雉等等。

西南边境的云南省,有次多部门协同作战,突击检查农贸市场和酒家饭店,一下子就查获各种野生保护动物千余只。

与饭店酒馆鱼肉野生动物相竞赛的是,一些倒卖野生动物毛皮的市场十分活跃。江西进贤县文港镇,河北蠡县留史镇,成都的荷花池,云南的大理,甘肃的陇南,陕西的临潼,广东的清平,都是颇有名气的毛皮交易市场。虎皮、豹皮、灵猫皮,白色、黄色、黑色,从这只手转到那只手,又从那只手转到另一只手。

更有甚者,打着出口创汇的旗号,大肆残杀和收购珍奇野生保护动物。山西运城地区有家肉联厂，开着卡车到西北挨省收购野生动物，案发后，查封的冷库中竟藏有数百吨僵硬的国家一、二级野生保护动物肢体，事态之严重，一直惊动到国务委员那里。

随着野生动物日趋稀缺，一些动物走私团伙日趋猖獗。1公斤大鲵在海外市场能卖300美元，1条巨蜥可卖4000美元，1张大熊猫毛皮能卖10万美元，高额利润诱使一些牟利者想出各种手段偷盗动物活体和标本。陆上、海上、空中，铁路、公路、小路，无缝不钻，仅台湾海峡就活跃着许多条地下航线。1989年7月，该区域查截的大鲵偷运案就达7起。有个团伙将497条大鲵、1984条大鲵苗从武汉空运到厦门，尔后在平潭县海上交易，被有关方面一举查获。

大自然不能容忍

地球是一个整体。有时候，某地区一种野生动物的灭绝，实际上是从地球上全部灭绝。

人与生物圈是平衡的。生态链中的野生动物遭到浩劫，自然界的报复也就接踵而至。

由于大量鸟类惨遭掠捕，森林虫害蔓延，草原鼠患严重。林业部长日前宣布：1989年，我国森林遭受虫害面积1.65亿亩，经济损失20亿元；我国草原鼠害面积达5.6亿亩；农田鼠害面积达3亿亩；情况还在发展。

由于大量野生动物遭到灭绝性的捕杀，导致天然资源日益短缺。20世纪50年代，我国能出口兽皮

2000万张，到90年代初期已不足一半，至于药用的野生动物资源，更是已经面临枯竭的境地。

由于野生动物遭受立体的袭击，春天正在变得寂静，夏天正在变得单调，秋冬正在失去光彩，生活正在变得枯燥……

呵，动物是人类的朋友。

保护野生动物就是保护人类自己。

一只灰喜鹊一年可吃掉1.5万条松毛虫；一只猫头鹰一个夏天能消灭1000多只田鼠；一旦猴子绝迹，现在尚无办法来取代从猴子肾脏中提炼出的小儿麻痹疫苗；假如没有动物，可能飞机、雷达、潜艇和超声波迄今还没有出现。

中国野生动物种类占世界总数10%以上，其中鸟类1186种、兽类500多种、爬行类320种、两栖类210种、鱼类2000多种，中国理应对人类作出更大的贡献。

早在1962年，周恩来总理就作出过保护野生动物的指示。再上溯数千年，湖北云梦古墓中的竹简上，就已刻有生态保护的《田律》，劝诫人们不要捕杀鸟类，不要毒杀龟鳖，不要设置陷阱猎取走兽。我国大思想家荀况更是意味深长地呼唤："万物皆得其宜，六畜皆得其长，群生皆得其命。"

现今，我国野生动物保护揭开了新的一页。野生动物保护协会已经成立（1983年），《野生动物保护法》已正式颁发（1989年）。从莽莽的原始森林到浩渺的江海湖泽，已建立和划定了383个自然保护区，其中原始的卧龙、秀美的武夷山、神秘的西双版纳、传奇的长白山等30多处，已列入国家级自然保护区。这对一个耕地本来就十分紧张的国度来说，是何等不易呵。希望正在变为现实。

是希望？还是曙光？

从川甘山区传来了喜讯，举世瞩目的大熊猫危机可望走出"死谷"。20世纪80年代初，当大熊猫的主食——箭竹开花枯死时，全世界为之担忧。近10年过去了，我国野生动物保护协会日前郑重宣布：1983年至1989年，已抢救病饿大熊猫118只，其中救活82只，大部分已放归自然。历经亿年的"活化石"行将变为"死化石"的大门眼下已被关上。

从兴安岭下传来了虎啸，众所关注的东北虎"传宗接代"有望。1986年初秋，在群山环抱中建成了硕大的虎舍，来自京、津、沪、穗动物园的12只东北虎在这里安家落户，4年过去了，这个大家庭已繁育到59只。

从皖南山区报来了佳音，一度濒危的扬子鳄子孙满堂。当初，这个国家一级保护动物从长江两岸水网地带大量消失，人们忧虑它是否永远绝迹了。1980年，安徽省建起了第一个扬子鳄自然保护区，苦心经营10年，数量增至3000条。现在它们正蠢蠢欲动地爬向国际市场的门槛。

从西北高原发来了照片，已经绝迹的野马引进成功。骠勇的野马曾成群奔驰在西北高原，由于历代捕杀,消失殆尽。前几年,科研人员探入准噶尔盆地沙漠深处考察,连野马的粪便和遗骨都没发现。难道人们只能从武威出土的"青铜奔马"来想象野马的雄姿? 1985 年,我国从德国引进 5 匹准噶尔野马的后裔,先后在新疆和甘肃圈养成功,它们的家族已发展到 30 多匹。

从东南西北发来了新闻,大批候鸟迁徙我国越冬。昆明市里成千上万的红嘴鸥隆冬光顾,已成为春城一景;黄河兰州段数以万计的大雁、野鸭越冬漫游,已引起海内外兴趣;福建泉州洛阳桥畔的人工湖,正悄悄成为候鸟度寒的乐园;山东荣成海滩,正慢慢变成冬天里的天鹅湾;就连鸟儿罕见的首都北京,也能看见灰喜鹊和长尾蓝鹊飞过的倩影,听得到它们婉转的啼鸣。

呵,完达山下的黑熊饲养场,五指山下的坡鹿保护园,长城内外的麋鹿和高鼻羚羊研究中心,北京、上海、成都、重庆的动物园,都在研究和保护野生动物的漫长道路上见到了曙光。

致敬,保护神

人们在赞叹这些来之不易的成果时,不知是否知晓,有多少人长年累月地与青鸥白鹭为友,同绿竹苍松做伴,他们含辛茹苦,栉风沐雨,默默无声地工作,默默无闻地奉献。

"国宝"大熊猫的转机就凝聚着许许多多人的心血。白水江自然保护区 20 名职工,日日夜夜守护在千米高原,观察大熊猫的生活状况。四川宝兴县的农民,扶老携幼地迁出世代居住的家园,确保大熊猫保护区的生态。成都军区的军医们,在手术室里连续度过了25个小时,一丝不苟地抢救病危的大熊猫。人们像关心自己孩子一样,关心大熊猫的命运。

四川平武县野生动物保护协会会长王如林,更是其中突出的一员。这位年过半百的老林业,获悉大熊猫出没的林区着火,驱车百里赶往,奋战通宵,阻截火势;他得知邻县的一只大熊猫病危,迅即赶去,与医护人员一起守护了两天两夜;他追寻到大熊猫毛皮走私犯的行踪,凌晨突击检查,星夜兼程追捕,在海拔3500米的山上露宿。他的事迹两次受到林业部的表彰。

这样的人何止王如林一位,我在武夷山就踏访过一位中国的"蛇神"。

"蛇神"叫张震,已年近六旬。15年前,他由湖南下放到武夷山劳动时,只是一介书生。知识分子就是好高骛远、异想天开,劳动之余,竟想办个蛇场。武夷山终年暖湿,蛇虫极多,中国有63个蛇种,这里竟集中了62种,尤其是五步蛇,数量得天独厚。毒蛇威胁着山民,也有益于山民,假如都像捕蛇者那样将它们斩尽杀绝,老鼠也就泛滥成灾了。

他带领6位青年在河滩上干开了。他们自己动手,填土30万立方,筑成一条防洪大坝,奠定了园基;他们白手起家,盖房修园,建起了占地3000平方米的拟态蛇园;他们风餐露宿,深入人迹罕至的深山,采集各种各样的蛇类样品。今天,当我踏入武夷山自然保护区中的这座蛇园时,宛如进入蛇类王国,上万条毒蛇在这里养殖繁衍,各种各样蛇伤防治办法在这里研究,蛇毒、蛇酒、蛇皮等系列产品在这里出口。一条良性循环的道路已经拓开。

我告别了蛇园的主人,行进在浓荫蔽日的武夷山道上,深深感激他们卓有成效的努力。联想到千里之外的祁连山麓,坦克部队的官兵们在冰天雪地里奋战三天三夜,救出150多只受伤的野牛、青羊;联想到东北虎繁育中心的技术人员,把铺盖搬进虎舍中住了3个半月,无微不至地照顾幼虎;联想到神农架下的父老乡亲,腾出牛圈、猪栏,备足草料,款待冻僵的青麂、羚羊、毛冠鹿和金丝猴……我能不为绝处逢生的中国野生动物庆幸吗?

世界在注视

中国野生动物保护正引起世界的关注和肯定。

野生动物保护组织在扩大。它的分支像大江的支流伸向27个省、直辖市、自治区,会员像星星似地散布大江南北。

野生动物保护法规在健全。与《野生动物保护法》相配套,《渔业法》《森林法》《环保法》等相继颁发。

野生动物保护意识在深入。继"爱鸟周"活动拉开序幕后,"爱鸟游园会""爱鸟音乐会""爱鸟知识竞赛"和"爱鸟集邮展"等,一浪高过一浪。

野生动物保护宣传活动在发展。"虎年虎展"，"马年马展"，已引起成千上万人的兴趣。

野生动物的保护和研究正走向世界。在北京召开的首届国际野生动物保护会议，迎来了16个国家和地区的200多位中外代表。

然而，危机依然存在，阴影时常出现。

滥捕乱杀的歪风尚未有效地刹住。山西运城那样触目惊心的大案迄今未作像样的处理，大大小小的饭店仍在出售多种多样的野味山珍，许许多多的物种还在无可奈何地减少。

经费紧张、人员短缺、设备落后的状况仍未根本好转。一个省的野生动物保护协会，一年经费才2万元，且不说实施有效保护措施，就连像样的调查也无能为力。

野生动物的课题研究仍十分艰巨。按现有的速度，有关专家要搞清我国15万种昆虫的名称，起码得200年。

在希望和忧虑并存的时候，我们重温一下几段名言格外有益：

　　如果没有鸟类的作用，人类就不能在地球上生存，因为昆虫的力量超过鸟类，所有的植物就会消失。

　　一个物种的灭亡，可能引起与之相关的20种左右的物种灭亡。

一个新物种的产生，需要50万年。

……

呵，但愿不因我们的罪过，让后代闹出"指马为鹿"的笑话。

呵，少一个"捕杀者"，多一个"保护者"。

呵，手下留情，嘴中留情。只有合理利用，才能永受其惠。

呵，如何无愧于子孙，无愧于世界，21世纪在睁眼期待。

（1991年2月）

简评

崇尚自然的精神像一条红线贯穿中国文化。中国古代先贤总是把人放在自然的大背景中来考察。享受生活、享受宁静的他们，也常常陶醉在大自然中。儒家思想中的"天人感应"说，道家思想中的"天地与我并生，万物与我为一"等思想，都揭示了"天、地、人"是一个整体的哲学思想范畴。林语堂先生说过："享受大自然，是一种艺术，视人的性情个性而异其趣。"野生动物是大自然的产物，是指在大自然环境下生存、繁衍，并且未被驯化的动物，它们更接近自然，甚至和自然融为一体。自然界是由许多复杂的生态系统构成的。一种植物消失了，以这种植物为食的昆虫就会消失；某种昆虫没有了，捕食这种昆虫的鸟类将会饿死；鸟类的死亡又会对其他动物产生影响。所以，野生动物的灭绝会引起一系列连锁反应，产生的严重后果，就是人类生活环境的改变。

1972年，联合国人类环境会议通过了《人类环境宣言》，并确定每年的6月5日为"世界环境保护日"，显示出世界各国对环境问题的觉醒。生态、环境的写作，在20世纪80年代以后逐渐兴起。《野生动物的呼唤》放在生态环境保护的大背景下来读，更能震撼我们的心灵！

在近30年的时间里,环保题材的作品一路高歌,在全社会引起了巨大的反响,绿色问题逐渐上升为社会热门话题,绿色文学作品和绿色环保新闻日益产生影响,更多的、更深刻的生态、环境作品涌现;逐步唤醒更多的人把注意力投放到生态、环境保护上来。本文所揭示的生态、环境问题正越来越引起全社会的高度关注。

黄

山小记

◇ 菡子

　　黄山在影片和山水画中是静静的,仿佛天上仙境,好像总在什么辽远而悬空的地方;可是身历其境,你可以看到这里其实是生气蓬勃的,万物在这儿生长发展,是最现实而活跃的童话诞生的地方。

　　从每一条小径走进去,阳光仅在树叶的空隙中投射过来星星点点的光彩,两旁的小花小草却都挤到路边来了;每一棵嫩芽和幼苗都在生长,无处不在使你注意:生命!生命!生命!就在这些小路上,我相信许多人都观看过香榧的萌芽,它伸展翡翠色的扇形,摸触得到它是"活"的。新竹是幼辈中的强者,静立一时,看着它往外钻,撑开根上的笋衣,周身蓝云云的,还罩着一层白绒,出落在人间,多么清新!

本文选自《前线的颂歌》(人民文学出版社 1959 年版)。菡子(1921—2003),原名罗涵之,又名方晓,江苏溧阳人。中国著名女作家,散文家,新四军老战士,长期在部队从事文艺宣传工作。历任《前线报》编辑、《淮南大众》社长兼总编、华东局妇联宣传部副部长、中国作家协会创作委员会副主任、安徽省委宣传部宣传处处长、《收获》和《上海文艺》编委、上海市作家协会副主席、上海文艺出版总社编审。40年代开始发表作品,出版散文集《和平博物馆》《幼雏集》《前线的颂歌》《初晴集》《素花集》《乡村集》《莴子散文选》,小说集《纠纷》《前方》等。

这里的奇花都开在高高的树上,望春花、木莲花,都能与罕见的玉兰媲美,只是她们的寿命要长得多;还有嫩黄的"兰香灯笼"——这是我们替她起的名字,先在低处看见她眼瞳似的小花,登高却看到她放苞了,成了一串串的灯笼,在一片雾气中,她亮晶晶的,在山谷里散发着一阵阵的兰香味,仿佛真是在喜庆之中;杜鹃花和高山玫瑰个儿矮些,但她们五光十色,异香扑鼻,人们也不难发现她们的存在。紫蓝色的青春花,暗红的灯笼花,也能攀山越岭,四处丛生,她们是行人登高热烈的鼓舞者。在这些植物的大家庭里,我认为还是叶子耐看而富有生气,它们形状各异,大小不一,有的纤巧,有的壮丽,有的是花是叶巧不能辨;叶子兼有红黄紫绿各种不同颜色,就是通称的绿叶,颜色也有深浅,万绿丛中一层层地深或一层层地浅,深的葱葱郁郁,油绿欲滴、浅的仿佛玻璃似的透明,深浅相间,正构成林中幻丽的世界。这里的草也是有特色的,悬岩上挂着长须(龙须草),沸水烫过三遍的幼草还能复活(还魂草),有一种草,一百斤中可以炼出三斤铜来,还有仙雅的灵芝草,既然也长在这儿,不知可肯屈居为它们的同类? 黄山树木中最有特色的要算松树了,奇美挺秀,蔚然可观,日没中的万松林,映在纸上是世上少有的奇妙的剪影。松树大都长在石头缝里,只要有一层尘土就能立脚,往往在断崖绝壁的地方伸展着它们的枝翼,塑造了坚强不屈的形象。"迎客松""异萝松""麒麟松""凤凰松""黑虎松",都是松中之奇,莲花峰前的"蒲团松"

顶上，可围坐七人对饮，这是多么有趣的事。

　　鸟儿是这个山林的主人，无论我登多少高（据估计有两万石级），总听见它们在头顶的树林中歌唱，我不觉把它们当作我的引路人了。在这三四十里的山途中，我常常想起不知谁先在这奇峰峻岭中种的树，有一次偶尔得到了答复，原来就是这些小鸟的祖先，它们衔了种子飞来，又靠风儿作媒，就造成了林，这个传说不会完全没有道理吧。玉屏楼和散花精舍的招待员都是听"神鸦"的报信为客人备茶的，相距头十里，聪明的鸦儿却能在一小时之内在这边传送了客来的消息，又飞到另一个地方去。夏天的黎明，我发现有一种鸟儿是能歌善舞的，它像银燕似地自由飞翔，忽上忽下，忽左忽右，我难以捉摸它灵活的舞姿，它的歌声清脆嘹亮委婉动听，是一支最亲切的晨歌，从古人的黄山游记中我猜出它准是八音鸟或山乐鸟。在这里居住的动物最聪明的还是猴子，它们在细心观察人们的生活，据说新四军游击队在这山区活动的时候，看见它们抬过担架，它们当中也有"医生"。一个猴子躺下，就去找一个猴医来，由它找些药草给病猴吃。在深壑绿林之中，也有人看见过老虎、蟒蛇、野牛、羚羊出没，有人明明看见过美丽的鹿群，至今还能描叙它们机警的眼睛。我们还在从始信峰回温泉的途上小溪中捉到过十三条娃娃鱼，它们古装打扮，有些像《梁山伯与祝英台》中的书僮，头上一面一个圆髻。一定还有许多我不知道的动物，古来号称五百里的黄山，实在还有许多我们不能

黄山小记

093

到达的地方,最好有个黄山勘探队,去找一找猴子的王国和鹿群的家乡以及各种动物的老巢。

从黄山发出最高音的是瀑布流泉。有名的"人字瀑""九龙瀑""百丈瀑"并非常常可以看到,但是急雨过后,水自天上来,白龙骤下,风声瀑声,响彻天地之间,"带得风声入浙川",正是它一路豪爽之气。平时从密林里观流泉,如丝如带,缭绕林间,往往和漂泊的烟云结伴同行。路边的溪流淙淙作响,有人随口念道:"人在泉上过,水在脚边流",悠闲自得可以想见。可是它绝非静物,有时如一斛珍珠迸发,有时如两丈白缎飘舞,声貌动人,乐于与行人对歌。温泉出自朱砂,有时可以从水中捧出它的本色,但它汇聚成潭,特别在游泳池里,却好像是翠玉色的,蓝得发亮,像晴明的天空。

在狮子林清凉台两次看东方日出,第一次去迟了些,我只能为一片雄浑瑰丽的景色欢呼,内心漾溢着燃烧般的感情,第二次我才虔诚地默察它的出现。先是看到乌云镶边的衣裙,姗姗移动,然后太阳突然上升了,半圆形的,我不知道它有多大,它的光辉立即四射开来,随着它的上升,它的颜色倏忽千变,朱红、橙黄、淡紫……它是如此灿烂、透明,在它的照耀下万物为之增色,大地的一切也都苏醒了,可是它自己却在通体的光亮中逐渐隐着身子,和宇宙溶成一体。如果我不认识太阳,此时此景也会用这个称号去称赞它。云彩在这山区也是天然的景色,住在山上,清晨,白云常来作客,它在窗外徘徊,伸手可取,出外散步,就踏着云朵走来走去。有时它们迷漫一片使整个山区形成茫茫的海面,只留最高的峰尖,像大海中的点点岛屿,这就是黄山著名的云海奇景。我爱在傍晚看五彩的游云,它们扮成侠士仕女,骑龙跨凤,有盛装的车舆,随行的乐队,当他们列队缓缓行进时,隔山望去,有时像海面行舟一般。在我脑子里许多美丽的童话,都是由这些游云想起来的。黄山号称七十二峰,各有自己的名称,什么莲花峰、始信峰、天都峰、石笋峰……或象形或寓意各有其肖似之处。峰上由怪石奇树形成的"采莲船""五女牧羊""猴子观桃""喜鹊登梅""梦笔生花"等等,胜过匠人巧手的安排。对那连绵不绝的峰部,我愿意远远地从低处看去,它们与松树相接,映在天际,黑白分明,真有锦绣的感觉。

漫游黄山,随处可以歇脚,解放以后造了不少房子,上山的石级也修好了,酷暑时外面热得难受,这里还是春天气候。我敢代表黄山管理处的同志说,他们欢迎每一个劳动者。

古今多少诗人画家描写过黄山的异峰奇景,我是不敢媲美的,旅行家徐霞客说过:"五岳归来不看山,黄山归来不看岳",我阅历不深,只略能领会他豪迈的总评,登在这里的照片,我也只能证明它的真实而无法形容它的诗情画意,看来我的小记仅是为了补充我所见闻而画中看不到的东西。

1957年12月为《安徽画报》补白
1959年5月修改后作安徽《黄山》画册代序

简评

　　新四军老战士、著名女作家菡子创作的大量小说、散文,文笔优美,格调清新,有很多是不可多得的文学精品。晚年写的《重逢日记》,通篇都是真情,没有受到历史、世俗的桎梏,写出了她最纯真、浪漫的情怀,凄美委婉,大多数人读了都为之动容。

　　菡子原名方晓,是一位革命作家。她十七岁(1938)时就参加了新四军。青年时代,她就在当时报纸上发表过不少通讯报道。40年代,她创作的短篇小说就闻名于解放区。50年代,她参加了抗美援朝战争,回国以后又深入江南农村。丰富的生活经历,促使她发表了许多文字清丽、诗意盎然的散文,《黄山小记》就是其中之一。这篇文章犹如一幅风姿独具、色彩斑斓的山水风景画,展现在读者面前。它又如一首充满作者美好的情感的抒情诗,处处透露出作者热爱自然,热爱生活,积极向上的真情实感。

　　《黄山小记》所记的是有"五岳归来不看山,黄山归来不看岳"之誉的黄山。自古至今,有多少文人墨客描绘黄山的风光美景,不少作品已达到出神入化的地步。所以,记录、描写黄山要不落俗套,别有一番新意,委实不易。菡子在她的"小记"中,似乎只点点滴滴地记述黄山的自然景观——花、草、松、鸟、猴、瀑布、流泉、奇峰、云海之类。但是,作者通过这类微观的刻写所要反映的,却是黄山那独有的植物世界和动物王国,"四季都是最清新而丰美的公园"的宏观特征,蓬勃的生机和旺盛的生命活力。应该说,作者对黄山的这种抒写和讴歌,是别具匠心的。同时,作者寻找着黄山的自然景观与新中国的社会风貌之间的契合点,力图从黄山的自然景观的描写中映照出社会的风貌和时代的精神。这是内在神韵的相合,而不是人为的添加。菡子散文的魅力也正在于此。

　　菡子的《黄山小记》记写黄山的高超之处还在于,作者以女性的感受和细腻的笔触,对黄山上的种种自然景观进行细致入微、栩栩如生的描绘。写花,着墨于它们的俏丽奇特:或"开在高高的树上",或"生长在高峰流水的地方",或状如仙女,或形似灯笼;写叶子,突出它们的色彩变化和变幻多姿,颜色的"深浅相间,正构成林中幻丽的世界";写草,着力展示它们的珍奇,如还魂草的幼草"沸水烫过三遍"还能复活,有一种草"一百斤中可以炼出三斤铜来";写松,落笔于它们的奇美和"不屈的形象";写鸟,凸显它们的灵气;写猴,表现它们的聪明。总之,作者笔下的黄山,植物世界婀娜多姿,动物王国喧闹欢腾,构成黄山一片生机蓬勃、充满活力的景象。至于对黄山的瀑布流泉、奇峰云海、狮子林清凉台观日出等奇景,更写得富于声光色彩,如诗似画。如状写游云:"它们扮成侠士仕女,骑龙跨凤,有盛装的车舆,随行的乐队,当他们列队缓缓行进时,隔山望去,有时像海画行舟一般",极有形象感和诗的想象力,妙不可言。

全篇对黄山不同景观的描写次第展开,各有侧重,布局井然有序,层次分明,设喻奇巧,笔法多变,语言明丽流畅,如行云流水,体现了菡子散文的艺术风格。语言贴切形象,描写生动传神,是《黄山小记》的最大特色。此前我们可能读过了大诗人、著名报告文学作家徐迟的散文《黄山记》,给我们的突出感受是:文笔大气磅礴,力敌千钧,读之犹如大江东去,惊涛拍岸;黄山巍然屹立,高耸云端!再读女作家的女作家菡子《黄山小记》,则完全是另外一种感觉:静而壮观的树,色彩美丽的花,云蒸霞蔚,莺歌燕舞。这样两篇风格迥异的著名散文,有大江东去和小桥流水之别,放在一起来读,相得益彰,当然"别是一番滋味在心头"。我们会更热爱祖国的黄山,黄山的祖国。

大自然的智慧

◇ 严春友

本文选自《散文》1998 年第 9 期，有删节。严春友，历史学士，西方哲学硕士，中国哲学博士，北京师范大学哲学与社会学学院教授、博士生导师。从事西方哲学史和中国哲学研究。主要论著有《宇宙全息统一论》（与王存臻合著）、《精神之谜》等。

大哲学家康德曾经说过："有两种东西，我们对它们的思考越是深沉和持久，它们所唤起的那种越来越大的惊奇和敬畏就会充溢我们的心灵，这就是繁星密布的苍穹和我心中的道德律。"

当你凝视着灿烂的星空，当你与花相视、沉浸在"人花相视久，无语醉初春"的境界，当你为少女那无以言状的美而怦然心动，当你为生命的神秘而惊异，为人类的智慧而惊奇的时候，难道大自然那无与伦比的智慧没有引起你心灵的震撼和敬畏的情感吗？

也许，过剩的科学知识已使你对周围的事物熟视无睹，以为科学已经将它们的秘密揭露无遗；也许你在生活的洪流中忙忙碌碌、疲惫不堪，无暇审视你身边的花朵和头上的星空……其实,在人生道路的两边,本来存在着无数美的事物,可是,我们常常只是为了赶路而忘记了欣赏,这不能不说是一种遗憾。那么,就让我们暂时抛弃某些"常识",暂时爬上生活的岸边,来重新审视这个世界,收获那本该属于我们的美、本该属于我们的愉悦吧。

一滴水能够映现出整个太阳

"一滴水能够映现出整个太阳"不过是一句普通的格言,可是却包含着深刻的道理:世界是按照自相似或全息的原理构成的。

谁都承认,大自然是极其复杂的。但是谁能想到,她竟是按照最简单的方法构成。构造一个事物,最简单的方法莫过于按照一种模式来复制了,大自然所用的就是这种方法。这种方法看起来单调而简单,大自然却用它创造出了种种奇迹,创造出了一个多姿多彩、充满了生机的世界。这正是大自然的聪慧之处。

用这种方法构造出的世界,呈现出许许多多神奇的现象。

一滴水在宇宙中不过是一个微小的点,可是它却能反映出整个太阳。这就意味着整个太阳已经被"压缩"进一个水滴之中:我们的眼睛不过几厘米大小,却能看到整个星空,只有整个星空的信息被浓缩进空间的每一个点上,这才有可能。于是,当我们面对清晨绿叶上的串串露珠时,仿佛看到无数的太阳在微风中舞蹈；当我们凝视少女那秋潭般碧澈的眼睛时，似乎看到了一个奥妙无穷的宇宙。

科学家们用这个原理制造出了全息照片。通常的照片撕碎后不能复原，而且其成像是平面的。全息照片则不同，它的成像是立体的，与真实的事物一般无二。假如照片上是一只狗的头像，那么，那只狗的头看上去就伸到了照片之外。这种照片所摄取的图像与现实事物相同，假如从照片的正面看去有些景物被前面的东西挡住了，那么，只要你侧一下身子，换个角度，就能看到后边的事物。这种照片的另一个特点，就是它的每一部分都含有这个图像的全部信息。把它的底片撕碎，每一碎片都能重现出原来的完整图像。当科学家们正在研制的全息电影和全息电视问世之时，我们在影院里就能真正体会到身临其境的感觉。

我们本来就生活在这样一个全息的世界中，人们的日常生活中随处可以发现全息的影子。我们之所以能够看电视、听广播，就是由于电磁波的每一点上都携带着电视台和广播电台所发出的全部信息，由此我们才能够在不同的地方看到完整的图像、听到完整的声音。实际上，在空间的每一个点上，都有来自全世界以至全宇宙的信息，只是由于这些信息隐藏得比较深或者很微弱，我们无法感受到。但只要有相应的信息显示器（比如天文望远镜、电视机等）就可以使这些信息展示出来。所以，我们要认识这个世界本来是无需出门的，只要把我们身边空间中的信息翻译或显示出来，整个世界甚至整个宇宙就会展现在我们面前。这大概就是老子所说的"不出门而知天下，不窥牖而知天道"的境界吧。

不仅空间上是这样，而且时间上也是如此。每一个存在物在其自身中都浓缩着它自己的历史、它的类的历史以至整个宇宙的历史。每一个历史发展阶段都作为一个层次沉淀在进化链条上靠后的、较高级的事物中。人是目前所知的最高的进化层次，在他之中包含了宇宙有史以来的所有进化阶段。宇宙最初产生的中子、质子、原子等粒子是构成我们身体的最基本的材料；构成生命的基本单位是生命出现初期所形成的细胞；人的胚胎发育过程是生物整个进化史的缩影；我们的教育过程是人类教育史的重演，每一部教科书都是本学科发展史的浓缩。人类的大脑也包含着它的进化史，由爬行动物脑、缘脑（哺乳动物脑）和新皮层（尼人—智人进化阶段的产物）三个层次构成，它们对应着脑进化的三个阶段，分别负责本能、情感和智力。可见，事物发展过程上的每一段落都是其进化史的缩影。从时间上说，宇宙的每一刹那都包含着过去的一切，蕴藏着未来的一切，因为现在的一刹那是过去的全部时间孕育的一个结果，否则这一刹那是无法存在的；而未来之所以能够存在，完全有赖于此刻这一刹那的存在，如果这一刹那消失了，时间的链条就会完全断裂，未来就无法产生。因此，佛经上说一刹那就包含着千世万世、刹那即是千年，并非是宗教的呓语。

于是,每一个存在的物都是一个小宇宙,是整个宇宙的缩影。这也正是生物之所以能够克隆的根本原因。由于生物的每个细胞中已经包含着整个生物体的全部遗传基因或者说全部信息,所以每个细胞才能够重新成长为一个新的个体。克隆技术并不是人类的发明,而是自然早已熟练运用的"技术",因为所有生命都是自然克隆出来的,她从一个细胞中克隆出另一个细胞,从一个生命克隆出另一个生命。宇宙的每一部分也同样包含着宇宙的全部"基因",每一块物质都包藏着宇宙的全部性质,就是说,它不仅包藏着已经发现和还没有发现的一切物质特性,而且还包含着植物、动物、人类等一切生命形式。只要达到一定的条件,那么任何一块物质都会从自身中进化出各种生命形态。从这个角度说,一粒沙子并不比宇宙小,只要条件具备,就能够从一粒沙子中克隆出一个宇宙,因为我们现在的宇宙只是大自然从一个比沙子还要小无数倍的宇宙"奇点"中克隆出来的。

这样的结果,就造成了一种奇妙的结构:宇宙的每一层次都和另一个层次相似。例如,海马的眼睛是由二十九条旋臂构成的,用显微镜观察,可以发现每条旋臂是由一个个小海马组成的,而这小海马又由更小的海马构成。宇宙中的其他事物也是这样构造的。星系的结构与太阳系以及原子的结构相似,人类社会的结构也与太阳系相仿。星系也有年轮,不同年龄的星系有着不同的结构和形态,而相同年龄的星系则其结构和形态类似。那些年轻的星系显示出蓬勃的朝气,而那些年老的星系好像是在悲哀地喘息。

宇宙万物就是这样既各自独立,又共同构成一个整体。当我的脑中呈现出这样一幅图景的时候,我仿佛看到宇宙万物相应相和、翩翩起舞,共同奏出一曲宇宙大合唱。这宇宙的歌声响彻无尽的太空,传遍古往今来,这宇宙的音符也同样跳跃在我的心中。

我们人类从很遥远的古代起就有了进行星际飞行的梦想,嫦娥奔月就是其中的一个。尽管目前已经实现了这个梦想,但是看来要飞出银河系是几乎没有可能的,因为宇宙是太广阔了,广阔得令我们难以想象,广阔得令我们不寒而栗:即使以光的速度飞行,要飞出银河系距我们最近的地方,也要上万年的时间;而要飞到目前我们所观测到的最远的地方,则需要二百亿年!况且,就人类目前的科学技术来看,要达到以光速飞行是绝对不可能的。那浩瀚无垠的宇宙之海,对于我们来说,永远是可望而不可即的呀。

面对人类,我不禁要发问:那扯起了帆,准备远航的漂泊者,你要到哪里去呢?是要去宇宙深处遨游吗?我们心中也有一个同样辽阔的宇宙啊!

既然我们注定永远不能实现在星系之间飞行的梦想,那么,就让我们用赤诚的心灵来谛听萦绕于我们身边的宇宙之声吧,谛听来自遥远宇宙的呼唤,倾听来自远古的喘息，倾听大自然无声的喃喃细语。

每一个存在物都是神圣的

丹麦哲学家基尔凯戈尔说："整个存在使我吃惊，从最小的苍蝇到神下凡化身为基督的神秘，每一件事物对我来说都是难以理解的，而最难以理解的则是我自己。"

在我看来，每个事物之所以神秘、之所以难以理解，是由于事物的全息性，亦即是由于它的无限性。任何一个微小的事物，都包含着宇宙的无穷信息，而我们的认识相对于无限的宇宙来说，永远是微不足道的。我们有限的认识不仅不能穷尽大宇宙，就是那些小宇宙，那些我们司空见惯的事物，比如一只苍蝇，一块石头，甚至我们自己，也不能彻底认识。我们所看到的，只是那无穷的信息之海里泛起的一束泡沫。即使对于一个十分简单的事物，无论研究多么深，我们也不可能穷尽它的一切性质，我们所知道的只是它的无穷性质中的很小很小的一部分，在它之中永远有一个无穷的未知的海洋摆在我们面前。因此对我们来说，任何一个存在物都是神秘的，因为永远不可能彻底认识它。

甚至于，我们的认识究竟是否正确、正确到什么程度，我们也一无所知，因为，我们并不知道，我们的知识与未知的世界有着怎样的关系、已知的世界在未知的世界中处于怎样的地位、已知的世界在无限的世界中具有怎样的性质。从根本上讲，我们所谓的知识,只不过是一些名词罢了,人的认识活动只是命名的活动,我们所认识的那些事物,本来就早已存在着了,我们给它起了一个名字,于是就成了知识,如槐树、鹦鹉、原子、万有引力定律等等,至于这些东西本身究竟是什么,我们不得而知。

如此看来,这个世界远不是像我们所看到的那样简单,也不像通常所认为的那样,世界仿佛只是作为我们的认识对象而存在的。作为我们认识对象的只是世界的极小一部分,而那无限的世界,永远不可能成为我们的认识对象,更不可能成为我们征服的对象。因而这个世界对于我们永远是神秘的。

知只是相对的,我们只具有相对的认识能力,即:我们所认识的,只是我们现有的器官所能够认识到的,如果换一套别的器官或者在别的生物眼中,这个世界就会完全是另一个样子。我们只能生活在我们所能够认识的世界之中。

每个存在物不仅是神秘的,而且也是神圣的。之所以神圣,是因为每个存在物都是大自然亿万年演化的结果,蕴藏着天地之精华。宇宙学上有一个"人择原理",这样来解释人与宇宙的关系:宇宙之所以具有这样的规律、之所以呈现出这样的图景,是因为不这样就不可能有人来研究宇宙,就是说,宇宙之所以如此是为了要演化出人类,宇宙是为了人类才这样存在的……宇宙以及地球的一切规律正好满足人类产生的条件,所以才产生了生命和人类。换句话说,宇宙之所以把物理常数取现在的值,是为了满足人类存在的条件。可以说，在人身上体现着或者说蕴藏着宇宙的全部规律。

这个原理还可以进一步扩展为多元选择原理，即如果换一个观察宇宙的主体，那么完全可以说宇宙是为了那个事物而存在的。如果是一只狗，它就可以说宇宙之所以这样存在，是为了狗的产生；蚂蚁也有理由说宇宙是为了它的出现才有这样的物理常数；石头同样可以说宇宙是为它而存在的。每个人也都可以说宇宙是为我而存在的。因为，如果宇宙不是这样存在着，就不可能有我产生，不可能有蚂蚁、狗和石头。

这样一来，我就不是我了，我（其他所有事物亦然）就不是独立的存在物了，我只不过是那种种规律的化身，我只是大自然的一件艺术作品。

于是，我和宇宙的关系就成为一体的了：我只是大自然的一个小小的部分，宇宙链条上的微小一环；同样，我就不单单是由我的肉体构成的了，而是由整个宇宙构成的，宇宙是我身体的组成部分，那广袤的星空不妨看作是我的身体的延伸，因为没有宇宙就没有我。于是，敬畏宇宙、敬畏自然，也就是敬畏我自己。

从这个角度看，人类在宇宙中并没有什么特殊的地位，他只不过是大自然链条上普普通通的一个环节而已。康德在其《宇宙发展史概论》中曾经讲了一个寓言故事，读来很有教益：那些生长在乞丐头上森林中的生物，长期以来一直把它们的住处当作一个巨大无比的地球,而且把自己看作是造化的杰作。后来,其中有一个天生聪明的虱子,意外地看见了一个贵族的头,它随即把它住处中所有滑稽的家伙叫到一起,狂喜地告诉它们:我们不是整个自然界唯一的生物;你们看,这里是一个新大陆,这里住着更多的虱子。从自然的角度看,我们人类并不比这只虱子更高贵,惟一不同的是,我们人类不是乞丐头上的虱子,而是宇宙的虱子罢了。人类自视为万物之灵,看来,这种看法并不比这只虱子聪明多少。在大自然这个宴席上,人并不是一位特殊的宾客,虱子、苍蝇、沙粒……都与人一样,有着同样的位置,缺一不可。每一种存在都有它存在的意义,是其他存在物不能替代的。我们人类尽管比其他存在物有着更强大的能力,可是,我们永远无法体验蚂蚁所体验到的世界。如果赶走了其他客人,人类也将从大自然中消失。

我们常常以不屑一顾的口吻来谈论那些"低级的"存在物,还常常把其他动植物只是当作一种食物来谈论,好像大自然创造它们仅仅是为了给我们做食物用的。这实在是对大自然的亵渎,因为它们也同样是大自然智慧的体现啊!而且从进化史的角度看,那些"低级的"生物、无生命的存在物还是我们的祖先,没有它们,人类就不可能出现。因而对它们的不敬就是对祖先的不敬。

每一个存在物——一只苍蝇,一朵花,一块石头,一粒沙子……都是神圣的,都值得我们敬畏,因为，每一个存在物都是大自然的作品，都是大自然智慧的结晶，都包藏着宇宙的全部秘密；它们存在的根本原因和意义是我们所无法知道的，在它们身上总有无数我们未知的性质存在着，也就是说，它们对于我们的知来说，总是神秘的。那么，在它们面前，除了敬畏，我们还能做什么呢？

人的智慧与大自然的智慧

人们常常把人与自然对立起来，宣称要征服自然。这实在是太狂妄自大了，因为在大自然面前，人类永远只是一个天真幼稚的孩童，而他却要作自然的主人！他只是大自然机体上普通的一部分，正像一株小草只是她的普通一部分一样，有什么资格与自然对立！

如果说自然的智慧是大海，那么，人类的智慧就只是大海中的一个小水滴，虽然这个水滴也映照着大海，但毕竟不是大海。可是，人们却要用这滴水来代替大海。

看着人类这种肤浅的表现，大自然一定会窃窃私笑——就像母亲面对无知的孩子那样的笑。人类的作品飞上了太空，打开了一个个微观世界，于是人类就沾沾自喜，以为揭开了大自然的秘密。可是，在自然看来，人类上下翻飞的这片巨大空间，不过是咫尺之间而已，就如同鲲鹏看待鷃鹩一般，只是蓬蒿之间罢了。即使从人类自身智慧发展史的角度看，人类也没有理由过分自傲：人类的知识与其祖先相比诚然有了极大的进步,似乎有嘲笑古人的资本;可是,殊不知对于后人而言我们也是古人,一万年以后的人们也同样会嘲笑今天的我们,也许在他们看来,我们的科学观念完全错了,我们的航天器在他们眼中不过是个非常简单的儿童玩具。人类的认识史仿佛是纠错的历史,一代一代地纠正着前人的错误,于是当我们打开科学史的时候,就会发现科学史只是犯错误的历史。那么,我们有什么理由和资格嘲笑古人、在大自然面前卖弄小聪明呢?

人类发明了种种工具,挖掘出大自然用亿万年的时间积累下来的宝藏——煤炭、石油、天然气以及其他各种矿物质,人类为自己取得的这些成就而喜形于色,然而,谁能断言那些狼藉斑斑的矿坑不会是人类自掘的陷阱呢?

常言说:君子坦荡荡,小人常戚戚。智慧也是同样,小聪明是狂傲的,而大智慧却是谦逊的。人类的智慧决不是宇宙中唯一的智慧,也远不是最高的智慧,有什么资格傲慢呢?

在宇宙中,一定存在着就本质说远比我们的智慧要高得多的生物。因为,"我们"的太阳系只有四十多亿年的历史,就演化出了有智慧的生物;而宇宙至少已有二百亿年的历史了,在那些比我们更古老的星系里,一定早就演化出了更高级的生物。这些生物的智慧是我们所无法比拟的。也许,他们看我们,就像我们看蚂蚁一般,即使我们中的那些伟大人物,在他们看来也不过尔尔。大诗人蒲柏曾经有诗曰：

> 最近高天层上的人都在看
>
> 地上人的行动很离奇
>
> 有人发现了自然规律
>
> 居然做出这样的事体
>
> 他们在看我们的牛顿
>
> 好比我们在欣赏猢狲

我们的牛顿和爱因斯坦，在他们眼中顶多是个聪明的猴子。

人类的智慧与大自然的智慧相比实在是相形见绌。无论是令人厌恶的苍蝇蚊子，还是美丽可人的鲜花绿草；无论是令人望而生畏的星空，还是不值一提的灰尘，都是大自然精巧绝伦的艺术品，展示出大自然深邃、高超的智慧。大自然用"死"的物质创造出了这样丰富多彩的生命，而人类却不能制造出一个哪怕是最简单的生物。就目前所知，人本身就是自然智慧的最高体现，是她最杰出的作品之一。人体共有一万亿多个细胞，这么多的细胞不仅能够相互协调，而且每个细胞都有着与众不同的特殊分工，每个细胞都有其特定的工作，绝对不会混淆，从而使整个人体处于高度有序的状态。在近百年的时间中，人体细胞尽管替换许多次，但这种秩序并不会改变。最不可思议的恐怕要数我们的大脑了，它使人有喜怒哀乐，还能够思维，能够理解、想象。大自然也很"懂得"美学原则，在创造每个事物以及我们身体的时候运用了各种美的规律,比如对称性、协调性等等,使人体、花朵等表现出难以形容的美。用尽人类的全部智慧,恐怕也难以造出这样的一个人来,让那一万亿个细胞协调工作,是人类的智慧所不能胜任的。

自然之所以创造出会思维的生物,也许是有深意的。在我看来,宇宙之所以创造智慧生物是"为了"进行自我认识,"为了"欣赏她自己壮丽无比的美。人是自然发展的高级阶段,人的智慧是宇宙智慧的高级形态,其高级之处仅在于他会思维、能够进行理解以及有自我意识。人的智慧与宇宙的智慧是同一智慧的不同阶段。宇宙或者说自然借我的眼睛来观看她自己,借我的嘴来表达她自己,说出她亿万年来想说而没有说出的话。从这个角度可以说,我的智慧即是自然的智慧,我对宇宙的认识即是宇宙对自己的认识,我思维即是宇宙在思维,我痛苦即是自然在痛苦,我欢笑即是宇宙在欢笑。所以,人仅有的一点小智慧也是大自然所赋予的,并不属于他自己所有,他只不过是宇宙自我认识的工具。因此,人对自然的种种误解,也许是自然对她自己的误解吧。

这样看来,我就只是宇宙机体上的一个部分,一个器官,就如同大脑是我们身体的一个器官一样,人与宇宙本来就是一体的。宇宙是一个大生命,而我只是这个大生命的一个组成部分。那么,让我们爱护自然就像爱护我们的身体一样吧。

谁说宇宙是没有生命的?宇宙是一个硕大无比

的、永恒的生命,那永恒的运动、那演化的过程,不正是她生命力的体现吗？如果宇宙没有生命,怎么会从中开出灿烂的生命之花？这个宇宙到处都隐藏着生命,到处都有生命的萌芽,到处都有沉默的声音。你难道没有听到石头里也有生命的呐喊吗？你难道没有用心灵听到从那遥远的星系里传来的友好问候吗？

即使那些看起来死气沉沉的物质,也是宇宙生命的构成部分,也是生命的一种存在形式。那些高级的生命形态正是从这"死"的物质中产生的,换言之,包括我们人类在内的高级生命,只是物质的另一种存在方式。在物质中,有无数的生命在沉睡着,一旦出场的时间到了,它们就会从睡梦中醒来。

因此,人类并不孤独,在宇宙中处处是我们的弟兄。

因此,我们再也不应该把宇宙的其他部分看作只是我们征服的对象,再也不应该把其他生物仅仅看作我们的美味佳肴,而首先应该把它们看作是与我们平等的生命,看作是宇宙智慧的创造物,看作是宇宙之美的展示者,首先应该敬畏它们,就像敬畏我们自己一样。敬畏它们,就是敬畏宇宙,敬畏自然,就是敬畏我们自己。

万不得已要吃那些"低等"生物时,也要对它们讲人道或道德,就像我们对人本身要讲人道一样。当我们为了活命而吃其他生物时,不应当折磨它们,而应当让它们尽快地或尽可能让它们无痛苦地死去。在这方面，人类的食文化存在着大量极其残酷野蛮的行为。比如用油煎活鱼、喝活猴的脑子、烫活狗(把开水从狗嘴里灌进去，据说这样做出的狗肉最好吃)等等，等等，不一而足。它们也是一种生命，它们也有感觉、也有痛苦啊，假若有人这样来对待人类，我们会作何感想呢？

如果说吃其他生物是为了我们的生存，还情有可原的话，那么，人类的另一种行为则是绝对不可原谅的：有些人无缘无故地捻死蚂蚁或打死青蛙等动物，或是弄死植物，而这样做对他并没有任何好处。这是一种十分恶毒的行为。要知道，一只蚂蚁的生命，如同我们的生命一样，也只有一次，是不能死而复生的；要知道，它也有父母兄弟啊。如果有一种巨大的动物，视我们如同蚂蚁，把我们随意地捻来捻去，当我们的兄弟或父母外出的时候，被他捻死，那时我们会怎样想呢？更为重要的是，你所捻死的，是宇宙历经几十亿年的时间才制造出来的一件艺术品！

几乎所有的宗教都教导人们要敬畏宇宙、敬畏生命，原因在于：宗教总是把万物看作是神秘的、不可理解的，看作是大自然智慧的体现，是神圣的，因而是值得我们深深敬畏的。佛教就教导人们不要杀生，即要敬畏生命。如果一个人能够做到善待生命、善待自然，那么，他不是佛，也离佛不远了。

简 评

严春友先生主要从事宇宙全息统一论、西方哲学、美学等领域的研究。我们知道，人类对自然的情感，有古老的原始敬畏，也有现今条件下理性的敬畏。这是本文的立论基础。这篇散文具有现代情怀，试图从观念上影响现代人对自然的态度。本文所体现的思想是在当代人类思潮的影响下形成的。1973年《濒危物种法》出现，人类在摆脱了民族主义、种族主义和性别歧视主义的枷锁后，开始向"物种歧视主义"和

大自然的智慧

113

"人类沙文主义"等"唯我独尊"观念宣战。美国人罗德里克•纳什是一位资深的思想史学者,他写的《大自然的权利》表述了两种生态观——人类中心主义和生物中心主义,并对此进行了深入的讨论,在世界范围内产生了广泛的影响。1999年联合国教科文组织在关于未来人类的教育理想中,向世界人民发出号召,要尊重生命,尊重他人,尊重自己,尊重动物,尊重自然等。为什么这里要强调"尊重自然"?因为人也是大自然的产物,这是一个颠扑不破真理。

还必须说到的是,尊重生命是本文的一个亮点。对生命的尊重似乎到了一种无以复加的地步:"有些人无缘无故地捻死蚂蚁或打死青蛙等动物,或是弄死植物,而这样做对他并没有任何好处。这是一种十分恶毒的行为。要知道,一只蚂蚁的生命,如同我们的生命一样,也只有一次,是不能死而复生的;要知道,它也有父母兄弟啊。"看看古人是如何善待生命的:"钩帘归乳燕,穴牖出痴蝇。爱鼠常留饭,怜蛾不点灯。"(苏轼诗)如果一个人能够做到善待生命、善待自然,那么,他不是佛,也离佛不远了。著名美术教育家丰子恺先生在怀念他的老师弘一法师时记下了这样一件事:"有一次他到我家。我请他藤椅子里坐。他把藤椅子轻轻摇动,然后慢慢地坐下去。起先我不敢问。后来看他每次都如此,我就启问。法师回答我说:'这椅子里头,两根藤之间,也许有小虫伏着。突然坐下去,要把它们压死,所以先摇动一下,慢慢地坐下去,好让它们走避。'"这正是做人极度认真、善待生命无微不至的表示。大诗人苏轼、弘一法师对生命的尊重和本文所持有的观点极其相似,他们共同的看法是:"你所捻死的,是宇宙历经几十亿年的时间才制造出来的一件艺术品!"

《大自然的智慧》说的是人与自然的关系。作者认为,人类应该从根本上转变理念,再也不要宣称什么"人是万物之灵""人要征服大自然""人定胜天",应该敬畏自然,爱护自然。宇宙至少已有200亿年历史，"人类永远只是一个天真幼稚的孩童"，人类"只是大自然机体上普通的一部分"，自然有无穷的智慧，"人类智慧就只是大海中的一个小水滴"。作者着重比较人类的智慧与大自然的智慧。人类是渺小的。即使是人类自诩的高科技，相对于广阔的宇宙还是非常狭小的探索。我们的认识还幼稚得很。"在宇宙中，一定存在着远比我们的智慧要高得多的生物。"

　　大自然是造物主按照美的原则塑造的，大自然的智慧则是无与伦比的。大自然创造了宇宙的一切，一切都精巧绝伦，令人不能不赞大自然智慧的深邃、高超；大自然创造了丰富多彩的生命，人类更是大自然的杰作；大自然能运用美的规律创造宇宙的一切。作者进一步阐述人类智慧与大自然智慧的关系。侧重于两个方面：其一，人类智慧也是大自然所赋予的，人类智慧是自然智慧的一部分，是宇宙自我认识的工具。其二，人类智慧是宇宙智慧的高级形态，人类智慧与宇宙智慧，是同一智慧的不同阶段。既然人是自然的一部分，人与自然是一体的，理所当然，人类应该爱护自然。作者在文章中得出的结论是：人类理应敬畏自然。这是对大自然、人在宇宙中的地位、人和自然关系的重新认识与思考。文中对长期支配人们的一些传统观念，如："人是万物之灵""人要征服大自然""人定胜天"等，进行了深刻的科学质疑，强调了"敬畏宇宙，敬畏自然，就是敬畏我们自己的"。作家莽萍说得好：人的科学目的是至高无上的吗？自然界的生物是为了满足人类的科学实验癖好而进化出来的吗？生物难道没有自给自足的价值？人有什么理由决绝地认为地球上的生物全都是为人类而造出来的，甚或全都是为人类服务的呢？"这是作者一次外出"观鸟"的途中捉到一只小蜥蜴后有感而发，引发了作者对人类的拷问。

　　从阅读的角度，作者在回顾本文的写作过程和回答别人的质疑时，说过一段很中肯的话，可以作为我们阅读本文的指导与借鉴。他说：这篇文字的性质是散文，至少是哲理性散文，而不是一篇学术论文，更不是科普文章，因而无法像论文那样进行细致、周密的论证。除此以外，个别问题的产生或许还与文章的删改有关。比如有人说某些地方有跳跃性，转折太突然；有人说"作者上文说一切都是自然的，那么生物入侵，病毒侵害也是自然的，我们人类要不要去征服呢？畜禽是与我们平等的生命，是'宇宙智慧的创造物'，我们去屠宰享用，是犯了大罪过了。"其实，这个问题在原文中已经有说明：我们不得已吃它们的时候，要尽可能让它们死得人道些，尽量减少它们的痛苦。至于病毒等的侵害，也并非斩尽杀绝人类就一定健康，如果消除了所有的病毒和细菌，人将无法存活，这已经成为常识。而且，人们也只能是在它们侵害我们的时候才去消灭它们，谁会在健康的时候去吃药消灭病毒和细菌呢？显然，要全面地理解这篇文章，首先应当阅读文章的全部还要进行综合分析，还应当从这篇文章的前提——宇宙全息统一论去进行理解，因为文章是以此为理论依据的。

　　这篇文章，与其说是科学的、哲学的论文，不如说是诗性的散文。作者反复说到的敬畏自然，更像是一种诗人的态度，首先是美，然后才是真。比如面对一朵花，科学家会去动手解剖，从物质上寻找它美的原因；哲学家则从理性角度分析、论证它之美。诗人则不同，他只是欣赏，感叹，赞美，惊异，敬畏。由于这种敬畏之情，他不会去分析，更不会去解剖。他会从这小小的花朵中发现一个广袤的世界，听到寒风的呼啸，夏雷的轰鸣，以至于宇宙的呼吸：这微小的花朵难道不是汇聚着整个宇宙的智慧吗？所以，诗人不会轻举妄动，而只是观赏。也正是由于科学的进展，人类从来没有像今天这样具有如此巨大的改造自然的能力；但同时，也从来没有像今天这样巨大的欲望。数万年来，我们的祖先没有这样的能力，没有这样大规模地改造过自然，因而没有引起环境大尺度的恶化，他们的自然环境比我们优越得多。这不仅让人怀疑，我们的改造究竟要达到什么目的？为什么人类进行改造的结果，却导致我们生活于更糟糕的环境之中？

我们坚信，自然是伟大的，人类应该敬畏自然。人类也是伟大的，人类有不容忽视的创造力。但是，人类在行进的过程中，应该谋求与自然和谐发展。这才是作者的本意。就"人与自然的关系"来说，对自然的改造和利用，永远不能过于贪婪。"现代人享受的花样愈来愈多了。但是我深信人间最甜美的享受始终是那最古老的享受。"

人

和宇宙

◇[波兰] 维克多·奥辛廷斯基

本文选自《未来启示录:苏美思想家谈未来》(上海译文出版社1988年版,徐元译。有删节,题目是编者加的),维克多·奥辛廷斯基,波兰学者和作家,曾任波兰《文化》周刊记者,多次访问苏联和美国,《未来启示录:苏美思想家谈未来》就是他编的一本访谈录。这本书荟萃了一批当代科学文化界著名的专家学者的谈话,探讨

维克多·奥辛廷斯基(以下简称奥):什克洛夫斯基教授,近来越来越多的人都在谈论人类与宇宙的联系,地球上生命的进化对宇宙命运的依赖,以及外层空间的全部历史对人类的出现到底有什么样的贡献。有些人则从中看到克服人类在宇宙中的凄凉孤独地位的机会。

约瑟夫·S·什克洛夫斯基(以下简称什):我没有明白你的意思,你是不是说人类是上帝创造的?

奥:不,我是说或许宇宙对我们的影响要比以前所想象的大得多。

什:你真的是说有某种外层空间对地球的干预吗?人类作为一种文化,其历史只不过10 000余

年。我可以肯定地告诉你,从未有过什么外空的东西来到这里。

奥:那我们为什么还要去寻找其他的文明呢?为什么我们还要寄送各种"宇宙信件"呢?

什:这根本就没有用,纯粹是愚蠢,假如某种高级文明存在的话,我们早就该发现其活动的信号了。技术发展的速度如此之迅猛,某种与我们可以媲美的文明,只需300年就能征服邻近的空间,在1 000年的时间里就能控制该星球所在的整个太阳系,甚至于到达其他的星系。假如有比我们早1000年的文明存在的话——在宇宙范畴中这个数字几乎等于零——那么它早就发展到自己的星球以外了。这种文明就已经可能控制了自己的太阳系,并且拓展到我们的太阳系中来了。可是,任何地方都找不到这些活动的踪迹,这就意味着我们的文明是唯一的。

奥:是否其他的文明不想征服宇宙? 或许是通过另一种方式来达到这一目的?

什:不,那是不可能的。有人说文明可能只在其自己封闭的界限内发展,仅仅在内部使用其能量,而丝毫不发射到周围的外层空间去,这在物理上是不可能的,它违反了热力学原理。

奥:你是不是说,假定有某种文明存在的话,那它就一定与我们一模一样演化?

什:是的。然而,我们技术的进步,只不过是最近的事,科学还只有350年的历史。在这样短短的时

了科学的社会功用、人类的生存发展等热门话题,提出了许多新的理论观点。

119

间里,人类的知识几乎是从零发展到了目前的水平;从野蛮愚昧的境地发展到一种高度发达的文明阶段。这意味着,如果人类潜力的发挥,每10年到20年翻一番的话,那么在未来的300年中,我们的文明将遍布整个太阳系。

奥:以何种方式? 我们活动的踪迹,会不会像我们发出的电波或空间探测器一样,遍及整个太阳系?

什:人类将完全有可能在太阳系里旅行。人们已经设计出了空间城市,今天的空间技术已经有可能为10000人建造一个居民点,在月球的轨道上舒舒服服地生活,这些人不是宇航员,而是普普通通的人。大概10到15年后,用约1000亿美元,就能造一个空间居民点,其价格,刚好是人在月球上着陆的费用的3倍。50年后,我们将能为3000万到4000万的人口在空间建立一个居民点。

奥:这样做合算吗?

什:那是另外一个问题。我一直是在说其可能性。然而,我认为是否要去探索宇宙,不决定于人类是否愿意,它将是人类的唯一选择,因为这是人类生存的唯一出路。你看,现在地球上正在闹能源危机,但只需一个月球轨道上的空间站,就能满足整个美国的能源需求,它把转换成微波的太阳能输送给地球。再例如污染问题,人类将永远不可能完全消除能源工厂污染和化学实验污染所构成的威胁。因此,有污染的工厂不应在地球上建造,而应建到空间中去。

奥：我们从哪里弄到能源和材料去创造它？

什：我们可以使用太阳能；这种能量在整个太阳系到处都有，我们的建筑材料可以从木星或者小行星上取得。

奥：这听起来像幻想曲或科幻小说。

什：喔，很快就不会是梦幻了。我们朝这个目标发展有其必然性，不走这条路就意味着延误、停滞，就好像不用的蒸汽机会生锈一样。

奥：现在我懂了，你为什么排除存在其他文明的可能性。假如的确存在有其他文明的话，他们也会用同样的方式来发展，并且已经到达我们这里了，否则他们就会"生锈"。是不是他们现在正在"生锈"呢？或许技术发展到一定水平，如核能的利用，某种内部的力量破坏了他们的文明。

什：有这种理论，但相信这种理论的人并不普遍。也许有可能某些文明在克服其内部的问题，但我们并没有发现他们在空间的任何活动。

奥：也许他们都灭亡了。

什：但那并不能改变我对是否存在具有发达技术的文明这个问题的答案。他们现在不存在，要么从未有过，要么已经灭亡了。

奥：你如何衡量空间研究的效益？是从实用的和技术的角度，或者从一种哲学本质的角度来看待这个问题。

什：两者兼有。

奥：那么，按照你的观点，在过去20年的空间研究中,最有意义的哲学效果是什么?

什:我认为,就是人在宇宙中的地位更明确了。在学校里,老师教导我们,我们是居住在一颗小行星上,可是谁也不承认这一点。相反,我们却相信经验告诉我们的,地球的范围和资源几乎是无限的。太空时代的到来,使人们清醒地看到,我们的星球一点也不大。此外,太空时代的另一个重要成果,就是在整个太阳系中我们还没有发现任何新的东西,只不过证实了以前天文学家所知道的有关太阳、行星以及整个系统的情况。宇宙飞行只不过证实了我们的推测,是对我们有关太阳系知识可靠性的直接检验——这种知识是基于间接推断而得出的。继而,就可帮助我们检验有关宇宙中更遥远区域的推测的可靠性,那些地方,宇宙飞船在我们这一辈还无法到达。我们还能够检验有关宇宙历史和演化的命题。总之,空间计划已经证实了科学和我们所使用的科学方法的正确性。这不是已经够多的了,是不是?

奥:你提到了宇宙的历史和演化,今天大多数科学家都相信这种假说,即宇宙是从一种称之为宇宙大爆炸的爆发开始的,人们常常在想,在宇宙大爆炸之前是个什么样的情形?

什:你是想知道什么都没有之前的情形?

奥:我不清楚。我只是想,时间和空间无限性的概念是一个被人们提出来,但又无法解决的问题。

什:我想也许你是对的,但只是在一定程度上。时间的概念并不像想象的那么重要。这个问题有一个非常简单的答案：在宇宙大爆炸之前有些什么？在此之前，时间概念本身根本就不存在。现在很难想象这一点，但让我们试试看。比如说宇宙是一个电子的大小，即 10^{-12} 厘米，这个粒子的重量是 10^{120} 克/厘米 ^{3}，在这种极端情况下，时间的概念是毫无意义的，特别是因为在那种情况下根本没有人们可据以感觉时间在流逝的变化。帮助我们认识在大爆炸之前引力有多么神奇的是广义相对论，所以，我们在那种情况下不能使用时间和空间的概念。那里不存在我们所知道的时间和空间。当我们问"在此之前是什么"时，"之前"这个词就暗示了时间，我们没有领会"之前"这个时间根本就不存在。实际上时间只能在"以后"才产生……

奥：那么将来会发生些什么？时间和空间的概念是否会再消失？

什：不会的，宇宙——我们的宇宙——将会无止境地发展，任何力量都不能阻止它的发展。

奥：你是说宇宙不会停止其膨胀而再次开始收缩吗？

什：不，未来宇宙发展的规律取决于它的平均密度。现代天文学曾帮助我们测量了宇宙的实际密度是 10^{-31} 克/厘米 ^{3}，即相当于在每立方米中，仅有一个原子核。假如宇宙的密度是现在的20倍的话，那么数百亿年后，宇宙就会停止膨胀而开始再次收缩，直到宇宙变成一个微小的点。然而，既然物质并非如此稠密，所以宇宙扩张的过程是无法阻止的。

奥：是否宇宙比现在小20倍，就会达到临界点？

什：不是，随着宇宙的扩张，这种临界值也会发生变化。原子核的数目是严格确定的，它是10^{80}个。这个数目是临界值。这就是我们的宇宙是怎样构成的，它的结构本身就已决定了其未来。

奥：我怀疑谁能如此绝对而又权威地测知宇宙中物质的密度或原子核的数目，因为这些值仍旧有争议和不肯定。不过，让我们假设你是对的，这是否意味着没有什么"宇宙边界"？

什：是的。宇宙起源时出现的一种非常奇怪的现象，以后不可能再出现。宇宙将永无止境地膨胀，至少今天的科学是这样认为的。

奥：我们太阳系的未来会怎样呢？是否有一天会出现"太阳末日"？

什：当然有可能。宇宙中的每一单元都有其自己的历史。曾经有过没有星系、恒星、太阳系和行星，甚至没有化学元素的时候。只有均匀分布的等离子体。这种等离子体开始形成，从等离子体中产生了星系，当它浓集时就形成了恒星。在恒星内部的热核反应导致了化学元素的产生等等，随之出现了行星，然后又出现了生命。宇宙从简单的形式向越来越复杂的形式发展。我们的太阳，是从一种物质云中产生出来的，大约50亿年前，就形成了我们今天所见到的太阳，其他行星也同时形成……

奥：未来会怎么样呢？

什：在以后的40亿到60亿年中，太阳的能量将会耗尽,尽管它不会达到零点。太阳将会膨胀为一个红巨星,并且将比现在亮100倍,其边缘将会扩展到地球,甚至到达火星。之后,物质云会与红巨星分开,产生一种行星状的星云。然而,太阳的中心部分将会收缩,变成一种很小的星体,我们称之为白矮星,其后再也不会发生什么变化。实际上它将永远存在下去。

奥:它会不会消失?

什:不会的,虽然有时白矮星的电子外壳会破裂,但我们的太阳不会出现这种情况。它太小了。白矮星的临界质量是太阳质量的1·2倍。所以,如果太阳的质量再增加16%的话,它就可以从空间捕获其他物质,大灾难就会发生。白矮星会变成所谓中子星并且坍缩。然而,这些天体是怎样产生的,一些白矮星为什么会坍缩,其机制还很不清楚。

奥:但是我们的太阳不会发生这样的事情。

什:你不喜欢那种观点,是吗?太阳变成白矮星这件事条件还不够充分。

奥:我真的无所谓,既然太阳会变成一颗白矮星,而我们的星球是绕其运动——寒冷、没有空气、荒凉,一切都死灭了——那时将不会有人类存在了。

什:并不一定会如此。这种情况要几十亿年后才会出现,那时人类也许可以创造自己的新的大气和自己的新的能源。人的潜力是无限的。人类毕竟只需1 000年就能征服整个太阳系,而太阳变成白矮星则要几十亿年。

奥:是不是到那时,人类就能改变那种事物发展的自然过程?

什:不,这些过程不可能停止或改变。人类可以调节自己——只要有新的人造能源,人类就可以创造一种人工环境,不必依靠太阳来生存。

奥:人类生存的时间是否有可能超过太阳系?

什:为什么不行? 人类思维的潜力是巨大的。如果人类按现在的速度发展下去,不出几百万年,就可以控制并改变整个银河系。人类也许可以在每一个恒星的周围建造一座太空城。的确,这很快就可以实现,因为一个星系绕其自身的轴运转一周所花的时间是两亿年,那么,五六百万年这区区小数就不足挂齿了。但人类一定得学会运用其潜力。假如没有什么大灾难摧毁人类的话,人类可以永远生存下去。

奥:你心目中的大灾难是什么样的? 是内部的,还是外部的?

什:人类内部的大灾难如同幽灵一样萦绕在全世界所有政治家的头脑中,这种灾难可以毁灭整个人类文明。虽然人类具有无限的技术潜力,但在道德和社会方面还很不成熟,这些缺陷可能引起一场大灾难,从内部破坏整个文明。

奥:所以,在你看来,这样一种不完美的高级动物在宇宙中居然是独一无二的,并且甚至可能成为宇宙的主宰,也许这很遗憾,是吗?

什:恐怕你并没有完全理解我所说的意思,当我谈到人类的独特性,谈到向地球以外的空间拓展的必要性时,你似乎对"扩张主义"这个词感到恐惧。相反,你没有考虑到,在实现扩张主义的同时,人也能改造自己,它使人在道德方面更完善,对其行动更加负责任。

奥:因为作为宇宙的主人,我们就应为宇宙担当起责任?

什:因为我们承担着这种责任。

简 评

本文是学者、作家身份的记者奥辛廷斯基采访苏联天体物理学家约瑟夫·S·什克洛夫斯基的谈话录。什克洛夫斯基是原苏联科学院院士,全美科学院外籍院士。他在这篇谈话中否定了外星文明的存在,认为人类文明在宇宙中是唯一的,从人类思维的潜力和科学发展的速度看,人类开发利用太空的前景是乐观的。再过1000年就能征服太阳系,"不出几百万年,就可以控制并改变整个银河系"。这样,人类面临的生存空间危机、能源危机等,都可以通过科技进步来解决,不值得忧虑。令人担心的倒是人类在社会道德方面的不成熟,有可能"从内部破坏整个文明"。

这是一篇以答问为主的对话。阅读时应沿着论者的思路,去思考它的结论。

当作者谈到人类文化和宇宙间其他文明的关系时,约瑟夫·S·什克洛夫斯基教授肯定地说:"这根本就没有用,纯粹是愚蠢,假如某种高级文明存在的话,我们早就该发现其活动的信号了。技术发展的速度如此之迅猛,某种与我们可以媲美的文明,只需300年就能征服邻近的空间,在1000年的时间里就能控制该星球所在的整个太阳系,甚至于到达其他的星系。假如有比我们早1000年的文明存在的话——在宇

人和宇宙

宙范畴中这个数字几乎等于零——那么它早就发展到自己的星球以外了。这种文明就已经可能控制了自己的太阳系,并且拓展到我们的太阳系中来了。可是,任何地方都找不到这些活动的踪迹,这就意味着我们的文明是唯一的。"顺着这一思路,当作者提出在此基础上一个更现实的问题:"你心目中的大灾难是什么?是内部,还是外部?"约瑟夫·S·什克洛夫斯基教授作出了让人警醒的回答:"人类内部的大灾难如同幽灵一样萦绕在全世界所有政治家的头脑中,这种灾难可以毁灭整个人类文明。虽然人类具有无限的技术潜力,但在道德和社会方面还很不成熟,这些缺陷可能引起一场大灾难,从内部破坏整个文明。"

这并非骇人听闻,人类在社会和道德方面的不成熟是客观存在的。

首先,科技革命、信息革命使人们的思想观念产生了飞跃式的发展,以至于人们的心理素质尚无法适应,日新月异的科技信息革命给人们不断创造着奇迹,使人们感觉"只有想不到的,没有科技创造不出来的"。社会发生了翻天覆地的变化,人民生活更是蒸蒸日上,可是物质文明的快速发展,使得一部分人认为只有物质生活才是幸福,所以不惜代价来获得物质满足。人们逐渐感受到只有物质文明与精神文明并驾齐驱才是真正的幸福。其次,人类文明的发展史告诉我们,真正创造、发明一切的是人,那么只有人的思想真正超越了,科技才能向更高、更新的方向前进,也就是精神文明与物质文明同步发展才是完美的。比如:挑战大自然、破坏生存环境、灾难性地掠夺地球资源……结果一定会是被迫付出巨大的代价。英国浪漫主义诗人雪莱以诗人的敏感,在西方工业革命正如火如荼地开展的时候,在《诗辨》中就明确地看到了工业革命必然产生一定的恶果。人们醉心于利用新兴的科学占领财富,一味放纵钻营的才能,而忽视心灵的培养。

本文提出的观点还是使我们感到乐观的:在科技进步、社会发展的同时,人也能改造自己,它使人在道德方面更完善,对其行动更加负责任。人类的先哲早就认识到:人和宇宙万物是和谐统一的整体。

人类要想走向幸福的大同社会,必须在现有的基础上,自我改造、自我完善。提高每个个体的思想素质,才能提高人类的整体思想素质,推动人类社会科学技术的迅猛发展,最终走向人与自然和谐的大同社会。否则人类将会面临着能源耗尽,战争自然灾害频仍,甚至最终导致自我毁灭的境地。我们每个人都要担当起推动人类社会发展的责任,这样才能符合宇宙发展规律,才能有幸福的人生,才能有一个美好的宇宙世界。

"因为作为宇宙的主人,我们就应为宇宙担当起责任?""因为我们承担着这种责任。"这是什克洛夫斯基发自内心的呼吁,也是我们每一个地球人的责任。我们需要的是如德国大诗人歌德在《上帝和世界》歌唱的:

> 辽阔的世界,宏伟的人生,
>
> 长年累月,真诚勤奋,
>
> 不断探索,不断创新,
>
> 常常周而复始,从不停顿;
>
> 忠于守旧,
>
> 而又乐于创新,
>
> 心情舒畅,目标纯正,
>
> 啊,这样又会前进一程!

人和宇宙

找

寻远去的家园

——复旦大学葛剑雄教授畅谈传统文明的保护和发展

◇ 葛剑雄

本文选自《社会科学报》2001 年 10 月 25 日第 8 版。葛剑雄，中国当代学者。祖籍浙江绍兴，1945 年出生于浙江湖州。曾任复旦大学中国历史地理研究所、历史地理研究中心主任、复旦大学图书馆馆长，教育部社会科学委员会委员。著有《西汉人口地理》《中国人口发展史》《普天之

乡者，故乡也；土者，民间也；

吾乡吾土是老家！

——民谚

背 景

2001 年夏初，出于对古老、传统、地域化的传统文明和乡土建筑在中国飞速前进的现代化进程中濒临灭绝景况的忧虑，香港凤凰卫视、天津电视台等共同组成"远去的家园"摄制组，联合《乡土中国》的作

者李玉祥,聘请复旦大学中国历史地理研究所所长葛剑雄教授等为顾问,在湘西土家人聚居文化区、闽西客家文化区域、徽州文化区域等地进行了时间长达四个月抢救式的古文明遗存拍摄。期间克服了无数难以想象的困难,付出了巨大的努力,甚至是血的代价(凤凰卫视副台长、优秀航空摄影家赵群力先生为拍摄一个村落,不幸坠机,以身殉职),希望能够用自己的努力去"找寻远去的家园"。

日前,"远去的家园"摄制组在复旦大学举行了拍摄成果介绍及学术研讨会。会后,本报(编者按:指《社会科学报》)实习记者梁清富就此对葛剑雄教授进行了采访。

乡土社会与传统文明

记者:葛教授,你们这次选择古文明遗存作为拍摄主题主要是基于什么考虑?

葛剑雄:每个人都珍惜自己的童年。我们去寻找远去的家园,首先是精神上的一种基本需要。不仅是我们个人的需要,也是我们民族、国家,甚至人类的一种基本需要。但是历史是不能选择的,过去了也就过去了,不会再回来。正因为这样,历史就更加珍贵。而中国的历史、人类的历史,不仅仅是政治家、军事家、文学家和无数英雄的历史,更应该是老百姓,是那些生我们、养我们的父老兄弟等普通人的历史。而这个历史,在很大程度上,记录在"远去的家园"中,记录在乡土中国上。尽管这些生产、生活

下:统一分裂与中国政治》《统一与分裂:中国历史的启示》《中国移民史》《往事与近事》《泱泱汉风》《未来生存空间·自然空间》《悠悠长水:谭其骧前传》《悠悠长水:谭其骧后传》《葛剑雄自选集》《行路集》《碎石集》《千秋兴亡》(主编)、《长城的价值》等及论文百余篇。在央视"百家讲坛"主讲《葛剑雄谈地域文化》。作品获"纪念党的十一届三中全会理论研讨会"论文奖、"五个一工程入选作品奖"、"郭沫若史学奖"等。曾参加中国"人文学者南极行"活动,多次在哈佛大学、剑桥大学等国际著名高等学府进行学术交流。本人被国务院学位委员会、教育部评为"作出突出贡献的中国博士学位获得者"。

的方式绝大多数已经不适应我们今天和未来的需要了，但是它包含着我们祖先的文明，并会给我们很多有益的启示。比如说，我们看到的那些生活方式，难道我们就不能借鉴历史的智慧来建设我们未来的文明吗？所以我想，这也应该是凤凰台和天津台联合摄制"远去的家园"的一点考虑吧。

记者：古代文明遗存有多种传承载体，就建筑领域而言，古代的皇家建筑或公共建筑是不是更能体现传统文化的特色？为什么这次活动主要集中在农村呢？

葛剑雄：大家知道，这次的旅程主要在农村，也就是我们一直说的所谓"乡土中国"。既然有"乡土中国"，那么就必然有"庙堂中国"。我想"乡土中国"的含义就是过去中国社会的农村及农村的日常生活，而不是过去的官府、朝廷。过去的朝廷、官府，以及那些大型的建筑，例如紫禁城、十三陵，很多大的庙堂、辉煌的长城等当然是我们历史的组成部分，但是，历史还有另一方面，那就是民间老百姓的日常生活。大家也知道中国幅员辽阔，有各种各样的地理环境，内部差异非常大。这些差异会反映在公共的、官方的大型建筑上面，也会反映在政治生活中间。但是我们知道这些建筑和生活方式，可以不考虑地理环境的影响。例如，在北京有太和殿这样宏伟的皇家宫殿，而北京当地并不出产这样大的木材，这些木材是从什么地方运来的呢？原来，这些大的木材是从千里之外的云、贵、川等地运来的。我们可以想象,如果当时北京的一个普通老百姓想建房子,他能这样吗? 所以,最能够反映历史文明的,还是民间建筑,还是普通老百姓的生活。而这样的文化和生活也会反映传统中国的主流思想。

记者:这方面有比较典型或者有说服力的例子吗?

葛剑雄:有的。在农村,我们可以看到农民都接受"耕读传家"这一思想,当然了,并不一定都能读,即便他想读也读不了,但这却是他们的一种信仰,一种追求。反映了儒家的伦理思想的确在中国有很大的影响;但是另一方面呢,他的生产也好、生活也好,都必须适应当地的地质地理条件。这也就是为什么我们中国在一个大的中华文化圈里面,还有许多非常富有自己特点的文化区或者文化亚区。

这一次拍摄的地方(湘西土家人文化区域、闽西客家文化区域、徽州文化区域等),尽管都是属于中华文明范畴,但是各自具有非常明显的特点。为什么呢? 因为老百姓要过日子! 他们要生活、要生产,就必须适应当地的环境,用最小的代价,最大限度地利用地理环境的优势。所以我们看到这样的多元乡土文化现象、多元的乡土建筑,无论是湘西的吊脚楼,还是福建客家人的永定土楼,江南的水乡,还有徽州这样的徽派建筑,它们都是和当地的地理历史条件相结合的。那么,这种方式能够保持这样长的时间,也就说明他们有着顽强的生命力,他们是充分地利用或者适应了当地的历史环境条件,满足了当地老百姓最基本的生产、生活需要,所以这些历史(地方)文化具有巨大的生命力。

传统文明的保护与发展

记者:从20世纪80年代开始的现代化进程已经在很大程度上改变了传统意义上的乡土社会。中国的一个实际情况是,具有典型古代文明特色的建筑大多留存在经济不发达或欠发达地区。在这样的地方,发展经济与保护传统之间存在某种必然的张力。您如何评价这种现实情况?

葛剑雄:传统文化是最能够体现中国地方特色的!但是,历史毕竟在前进!今天我们能够看到的古代文明的遗存,很大程度上都在一些交通闭塞,经济落后的地方,或者很少引起人们注意的地方。例如上海附近的周庄,为什么现在能够保存得那么好呢?其实一直到80年代初,周庄是不通公路的。很多保留传统文明与乡土特色的地方,都是最不会引起人们注意的地方。例如婺源是最具有传统文化和地方特色的,而到婺源的交通也是最差的。比如这一次我们到黄山,本来以为从黄山到婺源的交通应该是比较好的,而实际上这段路非常难走,超乎了人的想象。还有些地方,像楠溪江,我们最近去看到了宋代的建筑:水庄周围是房屋,中间是活水,建筑非常传神,但是很遗憾,走进去几乎没有办法下脚,环境是非常的脏乱差,也不知道是猪粪、鸡粪还是人粪,水池中间也放着许多废弃物。所以说,这些文明之所以保持到今天，很大程度上是依靠了贫穷、落后、交通不便。相反的，在经济发达和交通便捷的地方，在人去楼空、当地人已经去了大城市谋生的地方，这些古代文明的遗存基本上不存在了！也就是说，到现在为止，对古文明遗存主要还是依靠被动的保护，而不是主动的保护：往往在引起人们注意了以后，就是蜂拥而至的游客；然后就是拯救、复兴这些建筑，同时也造就了一大批假古董。难道这就是唯一的出路吗？我想不是！

记者：现在我们看到很多地方都把发展经济与保护古文明遗存结合起来，其中有成功的例子也有比较多的败笔，那么在现代如何保护古文明遗存以及如何有效保护传统文明？

葛剑雄：今天经济发展了，我们才有了一些钱。我们的文化程度提高了，也才有更多的人意识到保存古代文明的价值。交通发达了，古文明遗存可以引起更多人的关注，我们也就可以同时通过多种方法对它们进行开发利用式的保护。为什么中华民族就不能自觉地保存我们应该保存的历史文明呢？这个问题是我始终在考虑的！对未来，我本人一直是非常乐观的。现在有些地方已经开始探索积极保护的措施，例如安徽某地有条措施：凡是到您家里（民居）的游客人数都有登记，到年底分红的时候，到您家来的游客人数越多，您拿的钱也越多。因此这里的老百姓也对保护古文明遗存持积极的态度，外商来买还不同意，他们自己就把保护和开发结合起来了。相反,有的地方呢,因为政策不落实,老百姓就只想着把老房子拆掉,为什么呢? 因为旧房子不拆掉就没办法造新房子。还有些地方因为缺乏规划,老百姓盖的新房和古建筑混建在一起,现在为了申请世界文明遗产,又得拆新建旧,乱来一气。

作为一种文化现象,一个特定行业或者一种建筑方式,它们的消失几乎是历史的必然。比如历史上有一种手工做碗的,现在就不现实了,除非是作为手工艺品来收藏。因为现代社会的家庭,一般是什么碗实惠买什么碗,手工做碗也就退出了历史舞台。比如还有很多表演的形式,如锣,现在就只能作为一种民间习俗来看待了,不可能与现代城市里的卡拉OK、电影、电视片竞争。所以我们只能把它作为一种艺术品来珍惜、来对待。我们决不能因为人类怀念历史,就让我们今天的生活停留在过去,而应该希望我们的社会进一步发展。而且,也只有通过社会的发展与进步,我们也才能自觉地留住我们即将消逝的远去的家园。

记者:不同的人对古文明遗存保护的态度与方法是不一样的,特别是发达地区与欠发达地区。作为对历史地理学术有专攻的学者,您怎么看待这个问题?

葛剑雄:我想是能够找到一个恰当的保护方法,关键的问题是当地老百姓和政府官员的自觉意识。对于学者而言,我们应该深刻地反省——我们是不是真正有了一种人文的关怀? 一些学者经常指责当地的老百姓不懂得爱惜祖先留下的古文明遗存;经常也有人住在城市的高楼里面却又向往农村的田园风光。这是非常不公平的。我就经常对他们说,真要让您到这样的农村住上一年半载,愿意吗? 我想没人愿意。这些建筑都是只能看不能住的,难道这里的主人就没有权利改善他们的生活吗? 为什么要让他们住在这样风吹雨打、朝不保夕的房子里面,为什么他们就不能像我们一样,用上自来水、抽水马桶,用热水洗澡,甚至用上空调? 他们也要生存、生活,也有追求、改善自己处境的权利。同时我们也看到,历史不可能将什么东西都留下,都留下来也没有什么价值。假如现在北京的房子都是四合院,福建、湖南的建筑还都是明清时代的建筑,也就没有什么价值了。我们现在珍惜这些古建筑,因为它们越来越少! 不是什么样的古建筑都应该保护,我们应该保护古建筑中最有价值的部分。保存的方法也不是一味地要求当地人怎么怎么做,我们都是这些历史文明的传承者,都负有保存文化传统的历史责任。

我们对待古文明遗存,既不能做伪君子,也不能做书呆子。做书呆子就是只知道一味地消极保护而不开发利用,不考虑当地的生活实际需要;做伪君子就是自己可以享受城市的现代文明,你们却只能住在这样的老房子里。这都是不应该的。通过这次活动,我们可以明白保护和利用古文明传统同样的重要。

简评

《人,诗意地栖居》是德国19世纪浪漫派诗人荷尔德林的一首诗,后经海德格尔的哲学阐发,"诗意地栖居在大地上",就几乎成为所有人的共同向往。19世纪的美国文化巨匠亨利·戴维·梭罗的代表作《瓦尔登湖》与《圣经》等书一起被美国国会图书馆评为"塑造读者的25本书"。1845年到1847年,梭罗独自一人幽居在瓦尔登湖畔的自筑木屋中,渔猎、耕耘、沉思、写作,追逐回归本心、亲近自然的生活,打造了一个被人津津乐道的"诗意的家园"。然而,曾几何时,住在喧嚣的城市的人们,出门见到的是车水马龙,空气中到处弥漫着的是汽车尾气,现代化的城市已不是传统意义上的"家园";辽阔农村呢,记忆中的青山绿水已经被砍伐和污染得不堪入目,很多村庄已变得了无生气,如果走近它们,所见大多是留守的步履蹒跚的老人和儿童,"暧暧远人村,依依墟里烟,狗吠深巷中,鸡鸣桑树颠"的充满人气的乡村生活已成为遥远的记忆。家园在哪里? 家园已经远去……

本文中有一个基本的观点:"在任何一个时期人类的家园,它总会离开我们,而且会越来越远,那我们为什么还要去寻找它呢? 它曾经是我们走过的路,是我们人类的童年,所以保留这样的记忆,有一种人文上的价值,随着时间的推移,它会越来越珍贵,所以我们保留它,不一定有多少物质上的财富和价值,但它有一种精神,这是我们人类的一个历史,我们国家一个民族的历史。"是因为,如同泰勒在《原始文化》一书中认为的那样,"文化是一个复杂的总体,包括知识、信仰、艺术、道德、法律、风俗以及人类在社会里所得的一切能力和习惯。"葛剑雄先生曾经参加过香港凤凰卫视举办的"找寻远去的家园"大型电视节目,剧组经过一百二十多天长途跋涉,足迹遍及中国的广东、岭南、闽西、赣南、湘西、皖南和江浙地区的山山水水、古村古镇,行程达两万多公里。在偏僻、穷困的山沟里,"城市化"暂时还没有波及的地方,倒还可以看到保留得比较完整的中国传统文化,包括传统建筑、民俗民风等,人们似乎在这里找到了"远去的家园"。是所谓:乡者,故土也;土者,民间也;吾乡吾土是老家。

中国几千年的历史,积淀了深厚的中华文化传统,散落在民间的一个个古朴村落,以其风格独具的建筑、人文气息而闪烁着传统文化的光芒。然而,在城市化的进程中,在乡镇工业化的浪潮中,这些曾经的文明正处于损毁、消失的边缘。中华民族是一个历史悠久的民族,经过漫长的历史沉淀,流传下来许多宝贵的精神财富和物质财富。这些精神财富和物质财富的融合,就是我们引以为自豪的中国传统文化。这其中既有像万里长城这样的人间奇观,也有像京剧这样的艺术瑰宝;既有诸子百家深邃的哲学思想,也有《红楼梦》这样的文学名著;既有书法、中国画所表现的神奇的艺术世界,也有中医中药这样的传统医学……中国的传统文化,是我们的祖先用他们的血和汗创造出来的,这里面凝聚着他们辛勤的劳动,凝结着他们聪明和智慧,是我们中华民族的骄傲;是中华民族的根,是炎黄子孙的本,是龙的传人的灵魂;是民族主义和爱国主义的根本和基石。

中国的传统文化是中华民族发展的动力,保护和发展传统文化是我们义不容辞的责任。保护和发展传统文化要从尊重传统文化做起,这是每一个中国人都应该担负起来的责任。对待中国的传统文化,我们要有一个正确的态度,既不能盲目自大,也不可以妄自菲薄。"有容乃大",中国的传统文化魅力,就是它自身的融合能力和自我更新能力。我们保护与发展传统文化,并不是要关起门来抵制外来文化,而是要通过自身的发展融合外来文化的积极因素,这才是对待传统文化应有的态度。

庐山游记（节选）

◇ 胡适

本文选自易竹贤编《胡适散文选集》（百花文艺出版社2004年版）。胡适（1891—1962），字适之，安徽绩溪人。幼年就读于家乡私塾。思想上深受程朱理学影响。曾留学美国，师从著名教育家约翰·杜威，1917年夏回国，受聘为北京大学教授。1918年加入《新青年》编辑部，大力提倡白话文，宣扬个性解放、思想自由，与陈

昨夜大雨，终夜听见松涛声与雨声，初不能分别，听久了才分得出有雨时的松涛与雨止时的松涛，声势皆很够震动人心，使我终夜睡眠甚少。

早起雨已止了，我们就出发。从海会寺到白鹿洞的路上，树木很多，雨后清翠可爱。满山满谷都是杜鹃花，有两种颜色，红的和轻紫的，后者更鲜艳可喜。去年过日本时，樱花已过，正值杜鹃花盛开，颜色种类很多，但多在公园及私人家宅中见之，不如今日满山满谷的气象更可爱。因作绝句记之：

长松鼓吹寻常事，最喜山花满眼开。

嫩紫鲜红都可爱，此行应为杜鹃来。

到白鹿洞。书院旧址前清时用作江西高等农业学校,添有校舍,建筑简陋潦草,真不成个样子。农校已迁去,现设习林事务所。附近大松树都钉有木片,写明保存古松第几号。此地建筑虽极不堪,然洞外风景尚好。有小溪,浅水急流,铮淙可听;溪名贯道溪,上有石桥,即贯道桥,皆朱子起的名字。桥上望见洞后诸松中一松有紫藤花直上到树杪,藤花正盛开,艳丽可喜。

白鹿洞本无洞;正德中,南康守王溱开后山作洞,知府何濬凿石鹿置洞中。这两人真是大笨伯!

白鹿洞在历史上占一个特殊地位,有两个原因。第一,因为白鹿洞书院是最早一个书院。南唐升元中(937—942)建为庐山国学,置田聚徒,以李善道为洞主。宋初因置为书院,与睢阳石鼓岳麓三书院并称为"四大书院",为书院的四个祖宗。第二,因为朱子重建白鹿洞书院,明定学规,遂成后世几百年"讲学式"的书院的规模。宋末以至清初的书院皆属于这一种。到乾隆以后,朴学之风气已成,方才有一种新式的书院起来;阮元所创的诂经精舍、学海堂,可算是这种新式书院的代表。南宋的书院祀北宋周邵程诸先生;元明的书院祀程朱;晚明的书院多祀阳明;王学衰后,书院多祀程朱。乾嘉以后的书院乃不祀理学家而改祀许慎郑玄等。所祀的不同便是这两大派书院的根本不同。

朱子立白鹿洞书院在淳熙己亥(1178),他极看重此事,曾札上丞相说:

独秀、李大钊、鲁迅等同为新文化运动的领袖。他首先采用了近代西方哲学的体系和方法研究中国先秦哲学。著有《白话文学史》《胡适文存》《尝试集》《中国哲学史大纲》等书。

愿得比祠官例,为白鹿洞主,假之稍禀,使
得终与诸生讲习其中,犹愈于崇奉异教香火,
无事而食也。(《庐山志》八,页二,引《洞志》。)

他明明指斥宋代为道教宫观设祠官的制度,想从白
鹿洞开一个儒门创例来抵制道教。他后来奏对孝
宗,申说请赐书院额,并赐书的事,说:

今老佛之宫布满天下,大都逾百,小邑亦
不下数十,而公私增益势犹未已。至于学校,
则一郡一邑仅置一区,附廓之县又不复有。盛
衰多寡相悬如此!(同上,页三。)

这都可见他当日的用心。他定的《白鹿洞规》,简要
明白,遂成为后世七百年的教育宗旨。

庐山有三处史迹代表三大趋势:(一)慧远的东
林,代表中国"佛教化"与佛教"中国化"的大趋势。
(二)白鹿洞,代表中国近世七百年的宋学大趋势。
(三)牯岭,代表西方文化侵入中国的趋势。

从白鹿洞到万杉寺。古为庆云庵,为"律"居,宋
景德中有大超和尚手种杉树万株,天圣中赐名万
杉。后禅学盛行,遂成"禅寺"。南宋张孝祥有诗云:

老干参天一万株,庐山佳处浮着图。
只因买断山中景,破费神龙百斛珠。

(《志》五,页六十四,引《程史》。)

今所见杉树,粗仅如瘦碗,皆近年种的。有几株大樟

树,其一为"五爪樟",大概有三四百年的生命了;《指南》(编者按指《庐山指南》)说"皆宋时物",似无据。

从万杉寺西行约二三里,到秀峰寺。吴氏旧《志》无秀峰寺,只有开光寺。毛德琦《庐山新志》(康熙五十九年成书。我在海会寺买得一部,有同治十年,宣统二年,民国四年补版。我的日记内注的卷页数,皆指此书。)说:

> 康熙丁亥(1707)寺僧超渊往淮迎驾,御书秀峰寺赐额,改今名。

明光寺起于南唐中主李璟。李主年少好文学,读书于庐山;后来先主代杨氏而建国,李璟为世子,遂嗣位。他想念庐山书堂,遂于其地立寺,因有开国之祥,故名开先寺,以绍宗和尚主之。宋初赐名开先华藏;后有善暹,为禅门大师,有众数百人。至行瑛,有治事才,黄山谷称"其材器能立事,任人役物如转石于千仞之溪,无不如意。"行瑛发愿重新此寺。

> 开先之屋无虑四百楹,成于瑛世者十之六,穷壮极丽,迄九年乃即功。(黄庭坚《开先禅院修造记》,《志》五,页十六至十八。)

此是开先极盛时。康熙间改名时,皇帝赐额,赐御书《心经》,其时"世之人无不知有秀峰"(郎廷极《秀峰寺记》,《志》五,页六至七。)其时也可称是盛世。到了今日,当时所谓"穷壮极丽"的规模只剩败屋十几间,其余只是颓垣废址了。读书台上有康熙帝临米芾书碑,尚完好;其下有石刻黄山谷书《七佛偈》,及王阳明正德庚辰(1520)三月《纪功题名碑》,皆略有损坏。

寺中虽颓废令人感叹,然寺外风景则绝佳。为山南诸处的最好风景。寺址在鹤鸣峰下,其西为龟背峰,又西为黄石岩,又西为双剑峰,又西南为香炉峰,都嵌奇可喜。鹤鸣与龟背之间有马尾泉瀑布,双剑之左有瀑布水;两个瀑泉遥遥相对,平行齐下,下流入壑,汇合为一水,迸出山峡中,遂成最著名的青玉峡奇景。水流出峡,入于龙潭。昆山与祖望先到青玉峡,徘徊不肯去,叫人来催我们去看。我同梦旦到了那边,也徘徊不肯离去。峡上石刻甚多,有米芾书“第一山”大字,今钩摹作寺门题榜。

徐凝诗“今古长如白练飞,一条界破青山色”,即是咏瀑布的。李白《瀑布泉》诗也是指此瀑。旧《志》载瀑布水的诗甚多,但总没有能使人满意的。

由秀峰往西约十二里,到归宗寺。我们在此午餐,时已下午三点多钟,饿的不得了。归宗寺为庐山大寺,也很衰落了。我向寺中借得《归宗寺志》四卷,是民国甲寅先勤本坤重修的,用活字排印,错误不少,然可供我的参考。

我们吃了饭,往游温泉。温泉在柴桑桥附近,离归宗寺约五六里,在一田沟里。雨后沟水浑浊,微见有两处起水泡,即是温泉。我们下手去试探,一处颇热,一处稍减。向农家买得三个鸡蛋,放在两处,约七八分钟,因天下雨了,取出鸡蛋,内里已温而未熟。田陇间有新碑,我去看,乃是星子县的告示,署民国十五年,中说,接康南海先生函述在此买田十亩,立界碑为记的事。康先生去年死了。他若不死,也许能在此建立一所浴室,他买的地横跨温泉的两岸。今地为康氏私产,而业归海会寺管理,那班和尚未必有此见识作此事了。

此地离栗里不远,但雨已来了,我们要赶回归宗,不能去寻访陶渊明的故里了。道上见一石碑,有"柴桑桥"大字。旧《志》已说,"渊明故居,今不知处"。(四,页七。)桑乔疏说,去柴桑桥一里许有渊明的醉石。(四,页六。)旧《志》又说,醉石谷中有五柳馆,归去来馆。归去来馆是朱子建的,即在醉石之侧。朱子为手书颜真卿《醉石诗》,并作长跋,皆刻石上,其年月为淳熙辛丑(1181)七月。(四,页八。)此二馆今皆不存,醉石也不知去向了。庄百俞先生《庐山游记》说他曾访醉石,乡人皆不知。记之以告后来的游者。

今早轿上读旧《志》所载周必大《庐山后录》,其中说他访栗里,求醉石,土人直云,"此去有陶公祠,无栗里也。"(十四,页十八。)南宋时已如此,我们在七百年后更不易寻此地了,不如阙疑为上。《后录》有云:

尝记前人题诗云:
五字高吟酒一瓢,庐山千古想风标。
至今门外青青柳,不为东风肯折腰。

惜乎不记其姓名。

我读此诗,忽起一感想:陶渊明不肯折腰,为什么却爱那最会折腰的柳树?
今日从温泉回来,戏用此意作一首诗:

陶渊明同他的五柳

当年有个陶渊明,不惜性命只贪酒。

骨硬不能深折腰,弃官回来空两手。

瓮中无米琴无弦,老妻娇儿赤脚走。

先生吟诗自嘲讽,笑指篱边五株柳:

"看他风里尽低昂! 这样腰肢我无有。"

晚上在归宗寺过夜。

简评

　　胡适之先生毕生以长于理性、坦然冷静而名世,先生笔下的游记,
如《庐山游记》等,近人读起来似乎有一种异样的感觉,而此类的游记今
天已较为少见。尤其是文中随处可见的考证、校勘,和古今文人雅士心
平气和的交流,匠心独运的广征博引,等等。所以,读胡适先生的游记,
我们最好还是简单地了解一下胡适其人。胡适先生兴趣广泛,著述丰
富,在文学、哲学、史学、考据学、教育学、伦理学、红学等诸多领域都有
深入的研究。胡适在中国现代学术方面,较早引入西方哲学方法来研
究中国先秦哲学。以其博士论文《先秦名学史》为基础,编写了《中国哲
学史大纲》。蔡元培赞扬《中国哲学史大纲》的长处是证明的方法、扼要
的手段、平等的眼光及系统的研究,称其为第一部新的哲学史。冯友兰

多次肯定《中国哲学史大纲》，认为它表明在中国哲学史研究的近代化工作中，胡适创始之功，是不可埋没的。胡适因提倡文学改良而成为新文化运动的领袖之一，是第一位提倡白话文、新诗的学者，致力于用白话文取代使用了两千多年的文言文，虽与陈独秀政见不合，但与其同为五四运动的轴心人物，对中国近代史产生了较为深远的影响。尤其是他的《尝试集》在白话诗的发展中有"筚路蓝缕，以启山林"之功。但胡适先生自己很是冷静，他在《蕙的风·序》里说："当我们在五六年前提倡做新诗时，我们的'新诗'实在还不曾做到'解放'两个字，远不能比元人的小曲长套，近不能比金冬心的自度曲。……故民国六、七、八年的'新诗'，大部分只是一些古乐府式的白话诗，一些击壤式的白话诗，一些词曲式的白话诗——都不能算是真正的新诗。"

1928年4月，胡适登上庐山，兴致勃勃。此时正值江南草长，杂花生树，群莺乱飞之时。他游兴正浓，沿途参观访问，查阅资料，进行实地考证研究。他在庐山整整游玩了三天，回去之后，他写下了这篇久负盛名的《庐山游记》。胡适这篇游记不同于一般的记游，他既写到了游踪，又详细介绍考证成果，并于游乐之中，兴致一来，吟诗戏作，于考究端详之中，见出大学者的幽默风趣，个性鲜明独特。

胡适的新风格的游记出来，一洗古典的习气，突出地表现了白话散文流畅、明了、平易的作风，也把他"不摹仿古人"的文学改良的口号落实到创作上。在这篇《庐山游记》中，庞然一座千古匡庐在他的笔下有血有肉，写作过程中不去循着古人登览寄慨的旧格，指陈史实，也不深藏什么典故，使得一般读者读而易解，文章面目、笔墨滋味，在千百年游记文章中另辟蹊径。从海会寺走到白鹿洞的路上，他看见满山满谷的杜鹃花，心花怒放，吟诵绝句一首："长松鼓吹寻常事，最喜山花满眼开。嫩紫鲜红都可爱，此行应为杜鹃来。"到了白鹿洞书院，他了解书院旧址现状，感叹建筑的颓败。仰观古松，俯听清流，过道桥，观紫藤花。

面对白鹿洞本无洞,而是王太守开后山作洞,后任知府凿下石鹿,放在洞中,他开怀大笑,讥笑两人真是"大笨伯"!胡适考证白鹿洞书院,十分认真,态度严谨,他指出白鹿洞书院在中国书院史上具有"特殊地位",分析其具体原因。介绍了当年朱熹为了修建白鹿洞书院,上下奔走,上奏朝廷,请赐匾额,并亲手制订书院院规条陈,成为后世七百年的教育宗旨。胡适分析朱熹办书院之由,实为抵制南宋道、佛、老的盛行,可谓不遗余力,用心良苦!值得注意的是,对于庐山建筑文化,胡适见解独特,一针见血。他认为,庐山有三处史迹代表三大趋势:一是慧远的东林,代表中国"佛教化"与佛教"中国化";二是白鹿洞,代表中国近世七百年的宋学大趋势;三是牯岭,代表西方文化侵入中国的趋势。更是发前人所未发。牵扯到学术思想上,似乎可以认为是,胡适的《庐山游记》再一次亲身实践了"大胆地假设,小心地求证"的胡氏治学方法。

"书院"和"佛寺",为庐山文化的两大特色,也正是胡适先生在文章中最用力的地方。笔笔皆从浅处写来,把中国书院的源流和禅家的大致情况说得简要明白。不入艰深,在他这样一位鸿儒的法眼中,自有道理。身临风景,他的兴味多在满山满谷的杜鹃花,深峡间的瀑布水。到了庐山这样的胜处,忆古和追史都不可免。能以清晰而扼要的文字写出,实属不易。胡先生写白鹿洞书院一段,删繁就简,有平易素淡之美。比如:"白鹿洞在历史上占一个特殊地位,有两个原因。第一,因为白鹿洞书院是最早的一个书院。南唐升元中(937—942)建为庐山国学,置田聚徒,以李善道为洞主。宋初因置为书院,与睢阳石鼓岳麓三书院并称为'四大书院',为书院的四个祖宗。第二,因为朱子重建白鹿洞书院,明定学规,遂成后世几百年'讲学式'的书院的规模。宋末以至清初的书院皆属于这一种。到乾隆以后,朴学之风气已成,方才有一种新式的书院起来;阮元所创的诂经精舍、学海堂,可算是这种新式书院的代表。南宋的书院祀北宋周邵程诸先生;元明的书院祀程朱;晚明的书院多祀阳明；王学衰后，书院多祀程朱。乾嘉以后的书院乃不祀理学家而改祀许慎郑玄等。所祀的不同便是这两大派书院的根本不同。"如宣讲书院史略而要言不烦，完全出诸平白的直叙，不发一点议论、不夹杂一点感情在里面，完全可以看出胡适先生在学问上的功夫。这种学者式的叙写状态，偏重的是知识，而非世人习见的理与情，或是看似精彩的比喻和形容，很可以透出一种从容的风致。再比如，参观万杉寺时，他探究了寺名的由来，引用了南宋张孝祥的诗，实证宋朝景德年间已有万株杉树，后来逐渐成为"禅寺"。数百年后，寺外杉树细瘦。对"五爪樟"牌子上写的树龄三四百年历史，提出质疑。接着胡适来到秀峰寺，深入寺中，查阅史料，考证秀峰寺名称的来历以及变化发展。盛赞了当年康熙年间寺庙发达的盛况，"世之人无不知有秀峰"！而到了民国时，当年"穷壮极丽"的规模，"只剩败屋十几间，其余只是颓垣废址了"。为周边黄山谷及王阳明的字刻及碑刻，未能得到保护而深感惋惜。山中的万杉寺、秀峰寺、归宗寺，大约是胡先生在一日间游到的。古樟、废址，同旧寺相关的人与史，在他这里，虽博通，也只是略说而已，并无心生发开去，足见胡适先生一番清幽的襟怀。倒是柴桑桥近处的渊明醉石和朱子的长跋，颇涉遐想。他说得对，"不如阙疑为上"。他在这里的一句议论也发得极妙："陶渊明不肯折腰，为什么却爱那最会折腰的柳树？"

　　读完胡适的《庐山游记》，回首一路走来的山光云影、文化典故、历史陈迹……仿佛走进了美丽的"大观园"，聆听了胡适之先生他那充满智慧的话语，更是受益匪浅。娓娓道来，从容不迫，舒缓有度，让人感受到他身上那种重视考证而严谨治学的学者之风，感受到他那种随性自然，幽默诙谐，平易近人的性格魅力。在游记散文中，这是十分难得的。

北京城杂忆

◇ 萧乾

本文选自萧乾著，文洁若编《北京城杂忆》（生活·读书·新知三联书店2012年版）。萧乾（1910—1999），原名肖秉乾、萧炳乾。现代作家、记者、翻译家。1933年开始创作。历任中国作家协会理事、顾问，全国政协委员，中央文史馆馆长等。1935年他进入

一、市与城

如今晚儿，刨去前门楼子和德胜门楼子，九城全拆光啦。提起北京，谁还用这个"城"字儿！我单单用这个字眼儿，是透着我顽固？还是想当个遗老？您要是这么想可就全拧啦。

咱们就先打这个"城"字儿说起吧。

"市"当然更冠冕堂皇喽，可在我心眼儿里，那是个行政划分，表示上头还有中央和省哪。一听"市"字，我就想到什么局呀处呀的。可是"城"使我想到的是天桥呀地坛呀，东安市场里的人山人海呀，大糖

葫芦小金鱼儿什么的。所以还是用"城"字儿更对我的心思。

我是羊管儿胡同生人,东直门一带长大的。头十八岁,除了骑车跑过趟通州,就没出过这城圈儿。如今奔七十六啦,这辈子跑江湖也到过十来个国家的首都。哪个也比不上咱们这座北京城。北京"市",大家伙儿现下瞧得见,还用得着我来唠叨!我专门说说北京"城"吧。

谈起老北京来,我心里未免有点儿嘀咕!说它坏,倒落不到不是。要是说它好,会不会又有人出来挑剔?其实,该好就是好,该坏就是坏,用不着多操那份儿心。反正好的也说不坏,坏的说成好,也白搭。您说是不是这个理儿?

况且时代朝前跑啦。从前用手摇的,后来改用马达了——现在都使上电子计算机啦。这么一来,大家伙儿自然就不像从前那么闲在了。所以有些事儿就得简单点儿。就说规矩礼数吧,从前讲究磕头,请安,作揖。那多耽误时候!如今点个头算啦。我赞成简单点。您瞧,我这人不算老古板吧!

可凡事都别做过了头。就拿"文明语言"来说吧。本来世界上哪国也比不上咱北京人讲话文明。往日谁给帮点儿忙,得说声"劳驾";送点儿礼,得说"费心";向人打听个道儿,先说"借光";叫人花了钱,说声"破费"。光这一个"谢"字儿,就有多么丰富、讲究。

现在倒好,什么都当"修"给反掉啦,闹得如今北

《大公报》当记者。1949年后,主要从事文学翻译工作,晚年与妻子文洁若合译爱尔兰作家詹姆斯·乔伊斯的名著《尤利西斯》。著有《萧乾回忆录:未带地图的旅人》,散文集《小树叶》等。

京人连声"谢谢"也不会说了，还得政府成天在电匣子里教，您说有多臊人呀！那简直就像少林寺的大和尚连柔软体操也练不利落了。

您说怎么不叫我这老北京伤心掉泪儿！

二、京白

50年代为了听点儿纯粹的北京话，我常出前门去赶相声大会，还邀过叶圣陶老先生和老友严文井。现在除了说老段子，一般都用普通话了。虽然未免有点儿可惜，可我估摸着他们也是不得已。您想，现今北京城扩大了多少倍！两湖两广陕甘宁，真正的老北京早成"少数民族"啦。要是把话说纯了，多少人能听得懂！印成书还能加个注儿。台上演的，台下要是不懂，没人乐，那不就砸锅啦?

所以我这篇小文也不能用纯京白写下去啦。我得花搭着来——"花搭"这个词儿，作兴就会有人不懂。它跟"清一色"正相反：就是京白和普通话掺着来。

京白最讲究分寸。前些日子从南方来了位愣小伙子来看我。忽然间他问我"你几岁了?"我听了好不是滋味儿。瞅见怀里抱着的，手里拉着的娃娃才那么问哪。稍微大点儿，中学的，就得问"十几啦?"问成人"多大年纪"。有时中年人也问"贵庚"，问老年人"高寿"，可那是客套了，我赞成朴素点儿。

北京话里，三十"来"岁跟三十"几"岁可不是一码事。三十"来"岁是指二十七八，快三十了。三十

"几"岁就是三十出头了。就是夸起什么来,也有分寸。起码有三档。"挺"好和"顶"好发音近似,其实还差着一档。"挺"相当于文言的"颇"。褒语最低的一档是"不赖",就是现在常说的"还可以"。代名词"我们"和"咱们"在用法上也有讲究。"咱们"一般包括对方,"我们"有时候不包括。"你们是上海人,我们是北京人,咱们都是中国人。"

京白最大的特点是委婉。常听人抱怨如今的售货员说话生硬——可那总比待理不理强哪。从前,你只要往柜台前头一站,柜台里头的就会跑过来问:"您来点儿什么?""哪件可您的心意?"看出你不想买,就打消顾虑说:"您随便儿看,买不买没关系。"

委婉还表现在使用导语上。现在讲究直来直去,倒是省力气,有好处。可有时候猛孤丁来一句,会吓人一跳。导语就是在说正话之前,先来上半句话打个招呼。比方说,知道你想见一个人,可他走啦。开头先说,"您猜怎么着——"要是由闲话转入正题,先说声:"喂,说正格的——"就是希望你严肃对待他底下这段话。

委婉还表现在口气和角度上。现在骑车的要行人让路,不是按铃,就是硬闯,最客气的才说声"靠边儿"。我年轻时,最起码也得说声"借光"。会说话的,在"借光"之外,再加上句"溅身泥"。这就替行人着想了,怕脏了您的衣服。这种对行人的体贴往往比光喊一声"借光"来得有效。

京白里有些词儿用得妙。现在夸朋友的女儿貌美,大概都说:"长得多漂亮啊!"京白可比那花哨。先来一声"哟",表示惊讶,然后才说:"瞧您这闺女模样儿出落得多水灵啊!"相形之下,"长得"死板了点儿,"出落"就带有"发展中"的含义,以后还会更美;而"水灵"这个字除了静的形态(五官端正)之外,还包含着雅、娇、甜、嫩等等素质。

名物词后边加"儿"字是京白最显著的特征,也是说得地道不地道的试金石。已故文学翻译家傅雷是语言大师。50年代我经手过他的稿子,译文既严谨又流畅,连每个标点符号都经过周详的仔细斟酌,真是无懈可击。然而他有个特点:是上海人可偏偏喜欢用京白译书。有人说他的稿子不许人动一个字。我就在稿中"儿"字的用法上提过些意见,他都十分虚心地照改了。

正像英语里冠词的用法,这"儿"字也有点儿捉摸不定。大体上说,"儿"字有"小"意,因而也往往带有爱昵之意。小孩加"儿"字,大人后头就不能加,除非是挖苦一个佯装成人老气横秋的后生,说:"嗬,你成了个小大人儿啦。"反之,一切庞然大物都加不得"儿"字,比如学校、工厂、鼓楼或衙门。马路不加,可"走小道儿""转个弯儿"就加了。当然,小时候也听人管太阳叫过"老爷儿"。那是表示亲热,把它人格化了。问老人"您身子骨儿可硬朗啊",就比"身体好啊"亲切委婉多了。

京白并不都娓娓动听。北京人要骂起街来,也真不含糊。我小时,学校每年办冬赈之前,先派学生去左近一带贫民家里调查,然后,按贫穷程度发给不同级别的领物证。有一回我参加了调查工作,刚一进胡同,就看见显然在那巡风的小孩跑回家报告了。我们走进那家一看,哎呀,大冬天的,连床被子也没有,几口人全蜷缩在炕角上。当然该给甲级喽。临出门,我多了个心眼儿,朝院里的茅厕探了探头。嗬,两把椅子上是高高一叠新棉被。于是,我们就要女主人交出那甲级证。她先是甜言蜜语地苦苦哀求。后来看出不灵了,系了红兜肚的女人就又腰横堵在门槛上,足足骂了我们一刻钟,而且一个字儿也不重,从三姑六婆一直骂到了动植物。

《日出》写妓院的第三幕里,有个家伙骂了一句"我教你养孩子没屁股眼儿",咒得有多狠!

可北京更讲究损人——就是骂人不带脏字儿。挨声骂,当时不好受。可要挨句损,能叫你恶心半年。

有一年冬天,我雪后骑车走过东交民巷,因为路面滑,车一歪,差点儿把旁边一位骑车的仁兄碰倒。他斜着瞅了我一眼说:"嗨,别在这儿练车呀!"一句话就从根本上把我骑车的资格给否定了。还有一回因为有急事,我在人行道上跑。有人给了我一句:"干嘛? 奔丧哪!"带出了恶毒的诅咒。买东西嫌价钱高,问少点儿成不成,卖主朝你白白眼说:"你留着花吧。"听了有多窝心!

三、吆喝

一位20年代在北京做寓公的英国诗人奥斯伯特·斯提维尔写过一篇《北京的声与色》,把当时走街串巷的小贩用以招徕顾客而做出的种种音响形容成街头管弦乐队,并还分别列举了哪是管乐、弦乐和打击乐器。他特别喜欢听串街的理发师("剃头的")手里那把钳形铁铉。用铁板从中间一抽,就会刺溜一声发出带点颤巍的金属声响,认为很像西洋乐师们用的定音叉。此外,布贩子手里的拨浪鼓和珠宝玉石收购商打的小鼓,也都给他以快感。当然还有磨剪子磨刀的吹的长号。他惊奇的是,每一乐器,各代表一种行当。而坐在家里的主妇一听,就准知道街上过的什么商贩。最近北京人民广播电台还广播了阿隆·阿甫夏洛穆夫以北京胡同音响为主题的交响诗,很有味道。

囿于语言的隔阂,洋人只能欣赏器乐。其实,更值得一提的是声乐部分——就是北京街头各种商贩的叫卖。

听过相声《卖布头》或《大改行》的,都不免会佩服当年那些叫卖者的本事。得气力足,嗓子脆,口齿伶俐,咬字清楚,还要会现编词儿,脑子快,能随机应变。

我小时候,一年四季不论刮风下雨,胡同里从早到晚叫卖声没个停。

大清早过卖早点的:大米粥呀,油炸果(鬼)的。

然后是卖青菜和卖花儿的,讲究把挑子上的货品一样不漏地都唱出来,用一副好嗓子招徕顾客。白天就更热闹了,就像把百货商店和修理行业都拆开来,一样样地在你门前展销。到了夜晚的叫卖声也十分精彩。

"馄饨喂——开锅!"这是特别给开夜车的或赌家们备下的夜宵,就像南方的汤圆。在北京,都说"剃头的挑子,一头热。"其实,馄饨挑子也一样。一头儿是一串小抽屉,里头放着各种半制成的原料:皮儿、馅儿和佐料儿,另一头是一口汤锅。火门一打,锅里的水就沸腾起来。馄饨不但当面煮,还讲究现吃现包。讲究皮要薄,馅儿要大。

从吃喝来说,我更喜欢卖硬面饽饽的:声音厚实,词儿朴素,就一声"硬面——饽饽",光宣布卖的是什么,一点也不吹嘘什么。

可夜晚过的,并不都是卖吃食的,还有唱话匣子的。大冷天,背了一具沉甸甸的留声机和半箱唱片。唱的多半是京剧或大鼓。我也听过一张不说不唱的叫"洋人哈哈笑",一张片子从头笑到尾。我心想,多累人啊!我最讨厌胜利公司那个商标了:一只狗蹲坐在大喇叭前头,支棱着耳朵在听唱片。那简直是骂人。

那时夜里还经常过敲小钹的盲人,大概那也属于打击乐吧。"算灵卦!"我心想:"怎么不先替你自己算算!"还有过乞丐,至今我还记得一个乞丐叫得多么凄厉动人。他几乎全部用颤音。先挑高了嗓子喊："行好的——老爷——太（哎）太"，过好一会儿（好像饿得接不上气儿啦），才接下去用低音喊："有那剩饭——剩菜——赏我点儿吃吧！"

四季叫卖的货色自然都不同。春天一到，卖大小金鱼儿的就该出来了，我对卖蛤蟆骨朵儿（未成形的幼蛙）最有好感，一是我买得起，花上一个制钱，就往碗里捞上十来只；二是玩够了还能吞下去。我一直奇怪它们怎么没在我肚子里变成青蛙！一到夏天，西瓜和碎冰制成的雪花酪就上市了。秋天该卖"树熟的秋海棠"了。卖柿子的吆喝有简繁两种。简的只一声"喝了蜜的大柿子"。其实满够了。可那时小贩都想卖弄一下嗓门儿，所以有的卖柿子的不但词儿编得热闹，还卖弄一通唱腔。最起码也得像歌剧里那种半说半唱的道白。一到冬天，"葫芦儿——刚蘸得"就出场了。那时，北京比现下冷多了。我上学时鼻涕眼泪总冻成冰。只要兜里还有个制钱，一听"烤白薯哇真热乎"，就非买上一块不可。一路上既可以把那烫手的白薯揣在袖筒里取暖，到学校还可以拿出来大嚼一通。

叫卖实际上就是一种口头广告，所以也得变着法儿吸引顾客。比如卖一种用秫秸秆制成的玩具，就吆喝："小玩意儿赛活的。"有的吆喝告诉你制作的过程，如城厢里常卖的一种近似烧卖的吃食，就介绍得十分全面："蒸而又炸呀，油儿又白搭。面的包儿来，西葫芦的馅儿啊，蒸而又炸。"也有简单些的，如"卤煮喂，炸豆腐哟"。有的借甲物形容乙物，如"栗子味儿的白薯"或"萝卜赛过梨"。"葫芦儿——冰塔儿"既简洁又生动,两个字就把葫芦(不管是山楂、荸荠还是山药豆的)形容得晶莹可人。卖山里红(山楂)的靠戏剧性来吸引人,"就剩两挂啦"。其实,他身上挂满了那用绳串起的紫红色果子。

有的小贩吆喝起来声音细而高,有的低而深沉。我怕听那种忽高忽低的,也许由于小时人家告诉我卖荷叶糕的是"拍花子的"——拐卖儿童的,我特别害怕。他先尖声尖气地喊一声"一包糖来",然后放低至少八度,来一声"荷叶糕"。这么叫法的还有个卖荞麦皮的。有一回他在我身后"哟"了一声,把我吓了个马趴。等我站起身来,他才用深厚的男低音唱出"荞麦皮耶"。

特别出色的是那种合辙押韵的吆喝。我在小说《邓山东》里写的那个卖炸食的确有其人,至于他替学生挨打,那纯是我瞎编的。有个卖萝卜的这么吆喝:"又不糠来又不辣,两捆萝卜一个大。""大"就是一个铜板。甚至有的乞丐也油嘴滑舌地编起快板:"老太太(那个)真行好,给个饽饽吃不了。东屋里瞧(那么)西屋里看,没有饽饽赏碗饭。"

现在北京城倒还剩一种吆喝,就是"冰棍儿——三分啦"。语气间像是五分的减成三分了。其实就是三分一根儿。可见这种带戏剧性的叫卖艺术并没失传。

四、昨天

40年代,有一回我问英国汉学家魏礼怎么不到中国走走,他无限怅惘地回答说:"我想在心目中永远保持着唐代中国的形象。"我说,中国可不能老当个古玩店。去秋我重访英伦,看到原来满是露天摊贩的剑桥市场,盖起纽约式的"购物中心",失去了它固有的中古风貌,也颇有点不自在。继而一想,国家、城市,都得顺应时代,往前走,不能老当个古玩店。

为了避免看官误以为我在这儿大发怀古之幽思,还是先从大处儿说说北京的昨天吧。意思不外乎是"温故而知新"。

还是从我最熟悉的东城说起吧。拿东直门大街来说,当时马路也就现在四分之一那么宽,而且是土道,上面只薄薄铺了层石头子儿,走起来真硌脚!碰上刮风,沙土能打得叫人睁不开眼。一下雨,我经常得趟着"河"回家。我们住的房还算好,只漏没塌,不然我也活不到今天了。可是只要下雨,(记得有一年足足下了一个月!)家里和面的瓦盆,搪瓷脸盆,甚至尿盆就全得请出来,先是滴滴嗒嗒地漏,下大发了就哗哗地住下流。比我们更倒霉的还有的是呢,每回下雨都得塌几间,不用说,就得死几口子。

那时候动不动就戒严。城门关上了,街上不许走人。街上的路灯比香头亮不了多少,胡同里更是黑黢黢的。记得一回有个给人做活计的老太太,挎着一包袱棉花走道儿,一个歹人以为是皮袄,上去就抢。老太太不撒手。那家伙动了武,老太太没气儿啦。第二天就把那凶手的头砍下来,挂在电线杆子上。

看《龙须沟》看到安自来水那段,我最感动了。那时候平民只能吃井水,而且还分苦甜两种。比较过得去的,每天有水车给送到家门口。水车推起来还吱吱吜吜地叫,倒挺好听的。我们家自己就钉了个小车,上头放两只煤油桶,自己去井台上拉,可也不能白拉。

这几年在北京不大看见掏粪的了。那时候除了住在东单牌楼一带的洋人和少数阔佬,差不多都得蹲茅坑,所以到处都过掏粪的。粪是人中宝。所以有粪霸,也有水霸,都各有划分地带,有时候也闹斗殴。

至于垃圾,满街都是,根本没有站。北京城有两个地名起得特别漂亮:一个是护国寺旁边的"百花深处";一个是我上学必经过的"八宝坑"。可笑的是,这两个地方那时堆的垃圾都特别多,所以走过时得捏着鼻子。

我小学一二年级的时候,北京有电车了。起初只从北新桥开到东单。开的时候驾驶员一路还很有节奏地踩着脚铃,所以也叫"叮当车"。我头回坐,还是冰心大姐的小弟为楫请的。从北新桥上去没多会儿,就听旁边的人嘀咕:"这要是一串电,眼睛还不瞎呀!"我听了害起怕来。票买到东单,可我一到十二

北京城杂忆

161

条就非下去不可。我一回想这件事心里就不对劲儿，因为这证明那时我胆儿有多么小！

50年代为防细菌战，北京不许养狗了，真可我心意。小时候我早晨送羊奶，每次撂下奶瓶取走空瓶时，常挨狗咬。那阵子每逢去看人，拍完门先躲开，老怕有恶犬从里头扑出来。1945年在德国看纳粹集中营的种种刑具时，在我看来，最可怕的刑罚是用十八条狼犬活活把人扯成八瓣儿咬死。

那时出门还常遇到乞丐。一家大小饿肚皮，出来要点儿，本是值得同情的，可有些乞丐专靠恐怖方法恶化缘。在四牌楼一家铺子门前，我就见过一个三十来岁满脸泥污的乞丐，他把自己的胳膊用颗大钉子钉到门框上，不给或者不给够了，就不走。更多的乞丐是利用自己身上的脏来讹诈。他浑身泥猴儿似的紧紧跟在你身后。心狠的就偏不给，叫他跟下去，但一般总是快点儿打发掉了心净。可是这个走了，另一群又会跟上来。

另外还有变相乞丐，叫"念喜歌儿"的。听见哪家有点儿喜事，左不是新婚，孩子满月，要不就是老爷升官，少爷毕业，他们就打着竹板儿到门前念起喜歌了。也是不给赏钱不走。要是实在拿不到钱，还有改口念起"殃歌儿"来的呢。比方说，在办喜事的家门口念到："一进门来喜冲冲，先当裤子后当灯。"完全是咒话。

比恶化缘更加可怕的，是"过大车的"。我就碰上过一回，那时候我刚上初中，好几宿就睡不踏实。

"大车"就是拉到天桥去执行枪毙的死囚车,是辆由两匹马拉的敞车。车沿上坐着三条"好汉"。一个个背上插着个"招子",罪名上头还画着红圈儿。旁边是武装看守——也许就是刽子手。死囚大概为了壮壮胆,一路上大声唱着不三不四的二黄。走过饽饽铺或者饭馆子,就嚷着停下来,然后就要酒要肉要吃的,一边大嚼还一边儿唱。因为是活不了几个钟头的人了,所以要什么就给什么。

那时候管警察叫巡警,经常看到他们跟拉车的作对。嫌车放的不是地方,就把车垫子抢走,叫他拉不成。另外还有英国人办的保安队。穿便衣的是侦缉队,专抓人的。我就吃过他们的苦头。后来又添上戴红箍的宪兵。可是最凶的还是大兵(那时通称作"丘八"),因为他们腰里挂着盒子炮。我永远忘不了去东安市场吉祥戏院碰上的那回大兵砸戏馆子。什么茶壶、板凳全从楼上硬往池子里扔。带我去的亲戚是抱着我跳窗户逃出的。打那儿,我就跟京戏绝了缘。

我说的这些都不出东城。那时候北京真正的黑世界在南城。1950年我采访妓女改造,才知道八大胡同是怎样一座人间地狱。我一直奇怪市妇联为什么不把那些材料整理一下,让现今的女青年们了解了在昨天的北京,"半边天"曾经历过怎样悲惨的年月。

五、行当

　　每逢走过东四大街或北新桥，我总喜欢追忆一下五十年前那儿是个什么样子。就拿店铺来说，由于社会的变迁，不少行当根本消灭了，有的还在，可也改了方式和作用。

　　拿建筑行当里专搭脚手架的架子工来说，这在北京可是出名的行当。50年代我在火车上遇过一位年近七旬的劳模，他就是为修颐和园搭佛香阁的脚手架立的功。现在盖那么多大楼，这个工种准得吃香。可五六十年前北京哪儿有大楼盖呀。那时候干这一行的叫"搭棚的"。办红白喜事要搭，一到夏天，阔人家院里就都搭起凉棚来了。

　　那可真是套本事！拉来几车杉篙、几车绳子和席，把式们上去用不了半天工夫，四合院就覆盖上了。下边你爱娶媳妇、办丧事，随便。等办完事，那几位哥儿们又来了。噜噜噜爬上房，用不了一个时辰又全拆光；杉篙、席和绳子，全分门别类，有条不紊地放回大车上拉走了。

　　整个被消灭的行业，大都同迷信有关系。比如香烛冥纸这一行。从北新桥到四牌楼，就有好几家。那时候一年到头，香没完没了地烧，平常在家里烧，初一、十五上庙里烧。腊月二十三祭灶烧，八月十五供兔儿爷烧。一到清明，家家更得买点子冥纸。一张白纸凿上几个窟窿，就成制钱啦。金纸银纸糊成元宝形，死人拿到更阔气了。还有钞票：上面印着酆都银行，多少圆的都有。拿到坟上去烧，一边儿烧，一边儿哭天号地。等腊月祭灶，就更热闹了。为了贿赂灶王爷，让他"上天言好事，下地保平安"，就替他烧个纸梯子，好像他根本没有上天的本事；并且要烧点子干豌豆，说是为了喂他的马。小时候祭完灶，我就赶快去灰烬里扒那烧糊了的豆子吃，味道美滋滋的。不过吃完了嘴巴两边甚至半个脸就全成炭人儿啦。

现在糊灯笼和糊风筝的高手是工艺美术家了。那时候，还有糊楼库的。这种铺子也到处都是。办丧事的，怕死人到阴间在住房和交通工具上发生困难，就糊点子纸房子纸车纸马，有的还糊几名纸仆人。到七月盂兰节，就糊起法船来了，好让死人在阴间超度苦海，早早到达西天。这些都先得用秫秸秆儿搭成架子，然后糊上各种颜色的纸。工一个比一个细。糊人糊马讲究糊得惟妙惟肖。可到时候都一把火烧掉。有时候还专在马路当中去烧！

这就说到那时候办红白事来了。

先说结婚吧，那当然全由家里一手包办喽，新婚夫妇到了洞房才照面儿。订婚时，男方先往女方家里送鹅笼酒海，一挑挑的。那鹅一路上还从笼里伸出脖子来一声声地吼。作闺女的没出阁，就先得听几天鹅叫，越叫越心慌。女方呢，事先就一挑挑地往男家送嫁妆：从茶壶脸盆、铺盖衣服、掸瓶梳妆台到硬木家具。

那时候的交通警可不好当。娶亲的花轿，出殡的棺材,都专走马路当中。出殡的棺材起码也得八个"杠"——就是八个穿了蓝短褂的壮汉来抬。场面大的,棺材上还罩个大盖子,最多的到六十四人杠。前面的执事还得占上半里地。娶亲的,花轿一般也是八个人抬。走在前边的执事可热闹啦!有刀枪剑戟,斧钺钩叉。到女家,女方还先把门关严,故意不开。外头敲锣打鼓,里头故意刁难,要乐师吹这个奏那个。再说,明明是白天,执事里干嘛举着木灯?后来学人类学才懂得,那显然是俘虏婚姻制的遗留。

30年代,我在燕京大学念书的时候,教务长梅贻琦先生结婚就特意用过花轿,新娘还是一位女教授。当时是活跃了校园的一桩趣事。

丧事呢,也涉及不少行业。我那时最怕走过寿衣铺。那是专卖为装殓死人用的服装店。枕头两头绣着荷花,帽子上还嵌着颗珠子。

有段快板是说棺材铺的:"打竹板的迈大步,一迈迈到棺材铺。棺材铺掌柜的本事好,做出棺材来一头大,一头小。装上人,跑不了。"

那时候还有个行当,大都是些无业游民干的:专靠替人哭鼻子来谋生,叫号丧的。马路上一过出殡的,棺材前头常有这么一帮子,一个个缩着脖,揣着手,一声声地哀号着,也算是事主的一种排场。

这些,比我再小上一二十岁的人必然也都看见过。现在回顾一下这些可笑可悲的往事,可以看出现在社会的进步,就表现在人不那愚昧了,因而浪费减少了。

可不知道21世纪的人们再回过头来看今天的我们，又还有哪些愚昧和浪费呢！

六、方便

现在讲服务质量，说白了就是个把方便让给柜台里的，还是让给柜台外的问题（当然最好是里外兼顾）。这是个每天都碰到的问题。比方说，以前牛奶送到家门口，现在每天早晨要排队去领。去年还卖奶票呢：今天忙了，或者下大雨，来不及去取，奶票还可以留着用。现在改写本本了，而且"过期作废"，这下发奶的人省事了，取奶的人可就麻烦啦。

"文革"后期上干校之前，我跑过几趟废品站，把劫后剩余的一些够格儿的破烂，用自行车老远驮去。收购的人大概也猜出那时候上门去卖东西的，必然都是些被打倒了的黑帮，所以就百般挑剔，这个不收，那个不要。气得我想扔到他门口，又觉得那太缺德，只好又驮回去。

以前收购废品的方式灵活多了，并不都是现钱交易。比方说，"换洋取灯儿的"就是用火柴来换破旧衣服和报纸。"换盆儿的"沿街敲着挑子上的新盆吆喊。主妇们可以用旧换新。有时候是两三个换一个，有时候再贴上点钱。如今倒好，家里存了不少啤酒瓶子，就是没地方收！

说起在北京吃馆子难，我就想起当年（包括50年代）"挑盒子菜的"。谁家来了客人，到饭馆子言语一声，到时候就把点的菜装到两个笼屉里，由伙计给挑家来了。也可以把饭馆里的厨师请到家里来掌勺。那时候有钱就好办事。现在有时候苦恼的是：有钱照样也干着急。

我小时门口过的修理行业简直数不清。现在碟碗砸了，一扔了事。以前可不是。门口老过"锔盆儿锔碗儿的"，挑子两头各有一只小铜锣，旁边拴着小锤儿，走起来就奏出细小的叮当响声。这种人本事可大啦。随你把盆碗摔得多么碎，他都能一块块地给对上，并且用黏料粘好，然后拉着弓子就把它锔上啦。每逢看到考古人员拼补出土文物时，我就想，这正是"锔盆儿锔碗儿的"拿手本领。

有一回我跟一位同学和他母亲去东四牌楼东昇祥买布。同去的还有他的小弟，才三岁。掌柜的把我们迎进布铺之后，伙计就把那小弟弟抱上楼去玩了。买完布，我们上楼一看，店里有个小徒弟正陪着那小弟弟玩火车哪。原来楼上有各种玩具，都是为小顾客准备的。掌柜的想得多周到！这么一来，大人就可以安心去挑选布料啦。

去年我在德国参观一家市立图书馆。走进一间大屋子，里面全是三五岁的娃娃，一个个捧着本画儿书在乱翻。一问，原来主妇们带娃娃来看书，可以把孩子暂时撂在那里同旁的娃娃玩，有专人照看。

这样，还早早地就培养起孩子们对书的爱好。想得有多妙！当时我就想起了东昇祥来。

现在搬个家可难啦。有机关的还可以借辆卡车，来几位战友儿帮忙。没机关的可就苦啦。以前有专门包搬家的。包,就是事先估好了一共需要多少钱;另外,包也就是保你样样安全运到。家主只在新居里指指点点:这张桌子摆这儿,床摆那儿。搬完了,连个花盆也砸不了。

那时候要是不怕费事,走远点儿可以按批发价钱买点儿便宜货。我就常蹬车去果子市买水果,比铺子里按零售价便宜多了,但稍有不慎也会上当。

1983年在美国,有一天我们郊游路过一农家蜜瓜市场。文洁若花一美元买了三个大瓜。回来我们一合计,在超级市场一元钱也买不到半个瓜。我就想,在水果蔬菜旺季,要是北京也鼓励人到产地去买,不是可以减少些运输的压力,对买主也更实惠吗?

每逢在国外看到跳蚤市场,我就想北京德胜门晓市。那是个专卖旧货的地方。据说有些东西是偷来的黑货。晓市天不亮就开张,所以容易销赃。我可在那儿上过几回当。一次买了双皮鞋,没花几个钱,还擦得倍儿亮。可买回穿上没走两步,就裂口啦。原来裂缝儿是用浆糊或泥巴填平,然后擦上鞋油的!

我最怀念的,当然是旧书摊了。隆福寺、琉璃厂——特别是年下的厂甸。我卖过书,买过书,也站着看过不少书。那是知识分子互通有无的场所。50年代,巴金一到北京,我常陪他逛东安市场旧书店。他家那七十几架书(可能大都进了北图)有很大一部分是那么买的呢。

我希望有一天北京又有了旧书摊,就是那种不用介绍信,不必拿户口本就进得去的地方。

七、布局和街名

世界上像北京设计得这么方方正正、匀匀称称的城市,还没见过。因为住惯了这样布局齐整得几乎像棋盘似的地方,一去外省,老是迷路转向。瞧,这儿以紫禁城(故宫)为中心,九门对称,前有天安,后有地安,东西便门就相当于足球场上踢角球的位置。北城有钟、鼓二楼,四面是天、地、日、月四坛。街道则东单西单、南北池子。全城街道就没几条斜的,所以少数几条全叫出名来了:樱桃斜街,李铁拐斜街,鼓楼旁边儿有个烟袋斜街。胡同呢,有些也挨着个儿编号:头条、二条一直到十二条。可又不像纽约那样,上百条地傻编,北京编到十二条,觉得差不离儿,就不往下编了,给它叫起名字来。什么香饵胡同呀,石雀胡同呀,都起得十分别致。

当然,外省也有好听的地名。像上海二马路那个卖烧饼油条的"耳朵眼儿",伦敦古城至今还有条挺窄又不长的"针线胡同"。可这样有趣儿的街名都只是一个半个的。北京城到处都是这样形象化的地名儿,特别是按地形取的,什么九道湾呀,竹竿巷呀,月牙、扁担呀。比方说,东单有条胡同,头儿上稍微弯了点儿,就叫羊尾巴胡同。多么生动,富于想象啊!

我顺小儿喜欢琢磨北京胡同的名儿,越琢磨越觉得当初这座城市的设计者真了不起。不但全局布置得匀称，关系到居民生活的城内设计也十分周密，井井有条。瞧，东四有个猪市，西四就来个羊市。南城有花市、蒜市，北城就有灯市和鸽子市。看来那时候北京城的商业网点很有点儿像个大百货公司，各有分工。紧挨着羊市大街就是羊肉胡同。是一条生产线呀，这边儿宰了那边儿卖，多合理！我上中学时候，猪市大街夜里还真的宰猪。我被侦缉队抓去在报房胡同蹲拘留所的时候，就通宵地听过猪嗞嗞儿叫。

因为是京城，不少胡同当时都是衙门所在地，文的像太仆寺，武的像火药局、兵马司。还有管考举人的贡院、练兵的校场；还有掌管谷粮的海运仓和禄米仓，我眼下住的地方就离从前的"刑部街"不远。多少仁人志士大概就在那儿给判去流放或者判处死刑的。

有些胡同以寺庙为名，像白衣庵、老君堂、观音寺、舍饭寺。其中，有些庙至今仍在，像白塔寺和柏林寺。

有些胡同名儿还表现着当时社会各阶层的身份：像霞公府、恭王府，大概就住过皇亲国戚；王大人、马大人必然是些大官儿；然后才轮到一些大户人家，像史家呀魏家呀。

那时候，北京城里必然有不少作坊，手艺人相当集中。工人不像现在，家住三里河，上班可能在通州！那时候都住在附近，像方砖厂、盔甲厂、铁匠营。作坊之外，还有规模更大、工艺更高的厂子：琉璃厂必然曾制造过大量的各色琉璃瓦，鼓楼旁边的"铸钟厂"一定是那时候的"首钢"，外加工艺美术。

有些很平常的地名儿，来历并不平常，拿府右街的达子营来说吧。据说乾隆把香妃从新疆接回来之后，她成天愁眉不展，什么荣华富贵也解不了她的乡愁。那时候皇帝办事可真便当！他居然就在皇城外头搭了这么个地方，带有浓厚的维族色彩。香妃一想家，就请她站在皇城上眺望。也不知道那个"人工故乡"，可曾解了她的乡愁！

民国初年袁世凯就是在北京城这里搞起的假共和，所以北京不少街名带有民国史的痕迹，特别是今天新华社总社所在的国会街。野心家袁世凯就是在那里干过种种破坏共和的勾当，曹锟也是在那儿闹过贿选。50年代初期我在口字楼工作过几年，总想知道当时的参众两院设在哪块儿，找找那时议员们以武代文、甩手杖、丢墨盒儿的遗迹。

八、花灯

节日往往最能集中地表现一个民族的习俗和欢乐。西方的圣诞、复活、感恩等节日，大多带有宗教色彩，有的也留着历史的遗迹。节日在每个人的童年回忆中，必然都占有极为特殊的位置。多么穷的家里，圣诞节也得有挂满五色小灯泡的小树。孩子们一夜醒来，袜子里总会有慈祥的北极老人送的什么礼物。圣诞凌晨，孩子们还可以到人家门前去唱歌,讨点零花。

我小时候,每年就一个节一个节地盼。五月吃上樱桃和粽子了,前额还给用雄黄画个"王"字,说是为了避五毒。纽扣上戴一串花花绿绿的玩意儿,有桑椹,有老虎什么的,都是用碎布缝的。当时还不知道那个节日同古代诗人屈原的关系。多么雅的一个节日呀!七月节就该放莲花灯了。八月节怎么穷也得吃上块月饼,兴许还弄个泥捏挂彩的兔儿爷供供。九月登高吃花糕。这个节日对漂流在外的游子最是伤感,也说明中国人的一个突出的民族特点:不忘老根儿。但最盼的,还是年下,就是现在的春节。

哪国的节日也没有咱们的春节热闹。我小时候,大商家讲究"上板"(停业)一个月。平时不放假,交通没现在方便,放了店员也回不去家。那一个月里,家在外省的累了一年,大多回去探亲了。剩下掌柜的和伙计们就关起门来使劲地敲锣打鼓。

新正欢乐的高峰,无疑是上元佳节——也叫灯节。从初十就热闹起,一直到十五。花灯可是真正的艺术品。有圆的、方的、八角的;有谁都买得起的各色纸灯笼,也有绢的、纱的和玻璃的。有富丽堂皇的宫灯,也有仿各种动物的羊灯、狮子灯;羊灯通身糊着细白穗子,脑袋还会摇撼。另外有一种官府使用的大型纸灯,名字取得别致,叫"气死风"。这种灯通身涂了桐油,糊得又特别严实,风怎么也吹不灭,所以能把风气死。

纽约第五街的霓虹灯倒也是五颜六色,有各种电子机关,变幻无穷;然而那只有商业上的宣传,没什么文化内容。北京的花灯上,就像颐和园长廊的雕梁画栋,有成套的《三国》《水浒》和《红楼》。有些戏人儿还会耍刀耍枪。我小时最喜欢看的是走马灯。蜡烛一点,秫秸插的中轴就能转起来。守在灯旁的一个洞口往里望,它就像座旋转舞台:一下子是孙猴,转眼又出来八戒,沙和尚也跟在后边。至今我还记得一盏走马灯里出现的一个怕老婆的男人:他跪在地上,头顶蜡钎;旁边站着个梳了抓髻的小脚女人,手举木棒,一下一下地朝他头上打去。

灯,是店铺最有吸引力的广告。所以一到灯节,哪里铺子多,哪里的花灯就更热闹。

60年代初的一次春节,厂甸又开市了。而且正月十五,北海还举行了花灯晚会。当时我一边儿逛灯,一边儿就想:是呀,过去那些乌七八糟的要去掉,可像这样季节性的游乐恢复起来,岂不大可丰富一下市民的生活?

九、游乐街

说起北京的魅力来,我总觉得"吸引"这个词儿不大够。它能迷上人。著名英国作家哈罗德·艾克敦30年代在北大教过书,编译过《现代中国诗选》。1940年他在伦敦告诉我,离开北京后,他一直在交着北京寓所的房租。他不死心呀,总巴望着有回去的一天。其实,这位现年已过八旬的作家,在北京只住了短短几年,可是在他那部自传《一个审美者的回忆录》中,北京却占了很大一部分篇幅,而且是全书写得最动感情的部分。

使他迷恋的,不是某地某景,而是这座古城的整个气氛。

回想我漂流在外的那些年月,北京最使我怀念的是什么?想喝豆汁儿,吃扒糕;还有驴打滚儿,从大鼓肚铜壶里倒出的面茶和烟熏火燎的炸灌肠。这些,都是坐在露天摊子上吃的,不是在隆福寺就是在东岳庙。一想到那些风味小吃,耳旁就仿佛听到哗啦啦的风车声,听见拉洋片儿的吆喝,"脱昂昂、脱昂昂"地打着铜锣的是耍猴儿或变戏法儿的。这边儿棚子里是摔跤的宝三儿,那边云里飞在说相声。再走上几步,这家茶馆里唱着京韵大鼓,那边儿评书棚子里正说着《聊斋》。卖花儿的旁边有个鸟市,地上还有几只笼子,里边关着兔子和松鼠。在我的童年,庙会是我的乐园,也是我的学堂。

近来听说有些地方修起高尔夫球场来了,比那更费钱更占地的美国迪士尼式的乐园也建了起来。我想:这是洋人家门口就可以玩到的呀,何必老远坐飞机到咱们这儿来玩?比如我爱吃炸酱面,可怎么我也犯不着去纽约吃炸酱面,不管他们做得怎么地道——还能地道过家里的?到纽约,我要吃的是他们的汉堡包。最能招徕外国旅客的,总是具有民族本色的东西,而不是硬移植过来的。

听说北京要盖食品街,这当然也是从旅游着想的。然而满足口福并不是旅游者最大的、更不是唯一的愿望，他们更想体验一下我们这里的游乐——不是跟他们那里大同小异的电影院和剧院，而是有特色的民间艺人的表演。比起烤鸭来，那将在他们心目中留下更为深刻、持久的印象。

去年，我到过德意志联邦共和国的法兰克福。老实说，论市容，现代化的大都会往往给我以"差不多"的印象，三天的勾留，使我至今仍难以忘怀的却是在美因河畔偶然碰上的一个带有狂欢节色彩的集市。魔术团在铜鼓声中表演，长凳坐下来就有西洋景可看。儿童们举着彩色气球蹦蹦跳跳，大人也戴起纸糊的尖尖的丑角小帽。我们临河找了个摊子坐下来，吃了顿刚出锅的法兰克福名产：香肠。到处是五光十色，到处是欢快的喧嚣。我望着美因河，心里在想：高度工业化的德国居然还保留着这种中古式的市集。同时又想，即使光为了吸引旅游者，北京也应有一条以曲艺和杂技为主体的游乐街呀！

十、市格

1928 年冬天，我初次离开北京，远走广东。临行，一位同学看见我当时穿的是双旧布鞋，就把他的一双皮鞋送了我，并且说："穿上吧，脚底没鞋穷半截。去南方可不能给咱们北京丢人现眼！"多少年来，我常想起他那句话：可不能给咱们北京丢人现眼。真是饱含着一个市民的荣誉感。

在美国旅游，走到一个城市，有时会有当地人士白尽义务开着自己的车来导游。1979 年在费城，我就遇见过这么一位。她十分热情地陪我们游遍了市内各名胜和独立战争时期的遗迹。当我们向她表示谢意时,她意味深长地回答说:"我家几代都住在这儿,我爱这个城市,为它感到自豪。我能亲自把这个伟大的城市介绍给你们,对我来说是莫大的快乐。"

1983 年我去新加坡访问,参观市容的那天,年轻的胡君站在游览车驾驶台旁,手持喇叭向大家介绍说:"现在大家就要看到的是新加坡共和国的城市建设。"语气间充满了自豪感。他不断指着路旁的建筑说:"在英国殖民时代这原是……现在是共和国的……"从他的介绍中,我觉出这个青年对自己国家的荣誉感。

人有人格,国有国格,一座城市也该有它的市格。近来北京进行的文明语言、禁止吐痰等活动,无非就是要树立起我们这座伟大城市的高尚市格。北京确实不是座一般的城市,而是举世瞩目的历史名城,是十亿人民的第一扇橱窗,是我们这个民族有没有出息、究竟有多大出息的标志。每当公众场所敦促市民注意什么时,过去常写上"君子自重"。这是大有分量的四个字呀!

从客观上说,北京的变化确实大得惊人。这几年光居民楼盖了多少幢啊!可是我感到少数市民精神面貌的改变却大大落后于物质上的变化。就拿我所住的这幢楼来说吧,包括我们在内,不少人过去都住过大杂院,如今总算住上有起码现代化设施的楼房了。这楼从落成到现在才两年多,可是楼下的门窗早就给自行车什么的撞得七零八碎,修一回再撞破一回。上下十二层楼,本来楼道都安有电灯,偷泡子呀,拔电线呀,如今干脆成了一片黑暗世界。有人主动做了卫生值日牌,传不上几天就没影儿了。有好心人自告奋勇打扫楼梯,刚扫完,就有专喜欢一路嗑着瓜子上楼的人,毫无心肝地把楼梯又糟踏得不像个样子。

1949年以后,咱们这座古城也经历了一场脱胎换骨。现在看来,换骨(城市建设)固然不易,城墙得一截截地拆,大楼得一层层地盖;可脱胎(改变社会风气和市民的精神面貌)更要困难。

然而那正是市格的灵魂。

简评

萧乾先生是中国现当代卓有成就的作家、翻译家,也是富有传奇经历的著名记者和杰出的中外文化交流使者。他早在20世纪30年代就开始发表文学作品,1949年加入中国作家协会,曾任中国作协顾问、名誉委员,中央文史馆馆长,民盟中央参议委员会主任、文化委员会副主任等职。萧乾一生笔耕不辍、著译颇丰,出版作品40余部,著有400余万字的《萧乾全集》和320余万字的《萧乾译作全集》等。译著《尤利西斯》(和妻子文洁若女士共同翻译)获"第二届全国优秀外国文学图书一等奖""第二届中国图书奖提名奖",散文集《北京城杂忆》获"全国首届散文奖"。他创作和翻译的文学作品深受读者的欢迎和喜爱,在海内外赢得广泛赞誉。他是一位集著名作家、著名记者、著名翻译家和著名学者四重身份于一身的前辈学人,在以上每一个领域,他都取得了卓越的成就。严文井先生在回忆文章《关于萧乾点滴》中说:"萧乾爱自己出生的这片土地。虽然在这片土地上他吃了不少苦,受了不少罪。他的深情并不因之减少。这是不易理解又是容易理解的。""他的英文和英语都是第一流的,国外学术界都很尊重他。如果用一句开玩笑的话来说:在中国任何地方都完全可以当一个洋鬼子,但他从不卖弄,从不显摆什么洋味儿。"

1985年,《北京晚报·副刊》要组织"得写出味儿来"的关于老北京的文章。在北京文化人的圈子里萧乾先生身上的"老北京"的味道是众所周知的,在平常的交谈中,他那津津乐道的,记忆中的老北京的民俗,加之满口地道的"京片子",每每让人觉得趣味横生。后来就有了《北京城杂忆》这一组散文,总共收录萧乾先生对北京城抚今追昔的17篇文章,涉及社会生活风俗习惯的诸多方面。萧乾先生深情款款,用纯味京白娓娓道出。读来朗朗上口,令人会心一笑。萧乾的散文刊出时曾产生过轰动,至今读起来仍不失其新鲜感。编辑看到第一篇《市与城》的时候,就拍案叫绝!文章的起笔就来了个先发制人:"如今晚儿,刨去前门楼子和德胜门楼子,九城全拆光啦。提起北京,谁还用这个'城'字儿!我单单用这个字眼儿,是透着我顽固?还是想当个遗老?您要是这么想可就全拧啦。"活脱脱一个天桥艺人的口吻!那魅力全在一个饱经沧桑的老人坦诚的胸襟剖白,全在他对饶有情趣的生活习俗、历史文化、奇闻逸事的描述,全在那历史与现实的交融中留给人们的不尽思索。萧乾在谈到《北京城杂忆》的"原旨"时说:"《北京城杂忆》不是知识性。我是站在今天和昨天,新的和旧的北京之间,以抚今追昔的心情,来抒写我的一些怀念和感触。"这可以看成是他写作这类散文的基本动因,也是文章重要的思想和艺术底蕴之所存。

《北京城杂忆》所描述的北京特有的风味:京白,吃喝,行当,花灯,游乐街等,非是一个"老北京"就无以记其盛。那知识的丰盈就令人们叹服。同样,我们读《欧战杂忆》,写战时欧洲的轰炸,战时广播,亡国恨等,没有到过欧洲战场虽无法体会,但同样给人以知识的启迪。然而,

北京城杂忆

萧乾写作这类杂文，毕竟不是重在"知识性"上，而是透过它寄托自己的"所感与所思"，通过历史的回顾给以现实的观照，因而也就有了洞明世事的历史透视力。如《北京城杂忆》写出的是北京古老文化的辉煌，那里面就渗透着自己对它的依恋之情。作者直言"我想用它唤回北京市民的荣誉感，唤回东方人的尊严"（《杂忆的原旨》），文章的思想境界全出来了。

萧乾先生有着老北京人的先天条件，文中采用了纯正的北京口语，以京韵京腔来描述记忆中的北京，读起来格外有味道。萧乾的作品很多，涉及的内容也很丰富，生活·读书·新知三联书店出版的《北京城杂忆》可能是他最薄的一本书，共98页，收录了17篇很短的关于北京城抚今追昔的文章，同时收录的还有萧老追忆杨振声、林徽因、李健吾的文章。篇幅虽短，但出自萧乾之手，其内容令人回味无穷。萧乾曾被他的弟子唐师称为"勇敢的男人"，其原因之一就是他在做人以及写作时"内心自由不受金钱权力等物欲的驱使"，《北京城杂忆》就透出萧乾的这种精神。中华人民共和国成立后，北京街头不见了"大车"上拉着的唱着不三不四的二黄的死囚，也没有了利用自己身上的肮脏来讹诈的乞丐，八大胡同等人间地狱被一一拆毁，北京一步步向世界大都市接近。但与此同时，另一些变化的出现也让人担忧，"北京城在经济味日浓的同时，文化味、历史味越来越少了，北京的传统正在逐渐消失，特别是少数市民精神面貌的改变大大落后于物质上的变化"。萧乾亲眼目睹了这些变化，因而他提出了"人有人格，国有国格，一座城市也该有它的市格"。在当时很多人赞美北京城巨大变化，萧乾在这时发出了如此"不协调之声"是需要很大勇气的。萧乾是一个勇敢的人，他按照自己的意愿写文章，"我在逐渐摆脱那种非阳非阴的思想方法，不掩饰对昨天某些事物的依恋，也不怕指出今天的缺陷"，他这样写道："我做人的原则就是字里行间透出一股堂堂正直之气。"

萧乾先生儿时即遭不幸，命运多舛，但他凭着超人的意志和艰苦的个人奋斗,克服种种困难,接受了高等教育。在青年时代,就成为享有盛名的记者和作家。中华人民共和国成立前夕,这位游遍了世界上的许多地方,深知中国是如何贫穷与落后的著名记者,这个对中国、对世界都有广泛而深刻的了解的著名作家,坚决地谢绝了英国剑桥大学等著名学府的邀请,毅然决然地回到了北京。即使以后遇到了种种预想不到的打击与厄运,他仍然初衷不改,坚定地热爱自己的祖国。同时,作为一位学贯中西的专家学者,他又具有民主与科学的精神,他殷切地希望祖国能够克服诸多的弱点与不足,走上真正民主化与科学化的康庄大道。他的爱国主义精神,他的民主与科学的理想,他对民族命运与民族前途的关切,是永远值得我们敬仰与学习的。

上

海弄堂

◇王安忆

一、弄堂

本文选自王安忆《长恨歌》(南海出版公司 2003 年版,小标题为原文就有的,本文标题为编者所加。)第一部的第一章。王安忆,1954 年 3 月生于江苏南京,1955 年,随母亲茹志鹃迁至上海,并在上海读小学。原籍福建,现代作家、文学家、中国作协副主席、复旦

站一个制高点看上海,上海的弄堂是壮观的景象。它是这城市背景一样的东西。街道和楼房凸现在它之上,是一些点和线,而它则是中国画中称为皴法的那类笔触,是将空白填满的。当天黑下来,灯亮起来的时分,这些点和线都是有光的,在那光后面,大片大片的暗,便是上海的弄堂了。那暗看上去几乎是波涛汹涌,几乎要将那几点几线的光推着走似的。它是有体积的,而点和线却是浮在面上的,是为划分这个体积而存在的,是文章里标点一类的东西,

断行断句的。那暗是像深渊一样，扔一座山下去，也悄无声息地沉了底。那暗里还像是藏着许多礁石，一不小心就会翻了船的。上海的几点几线的光，全是叫那暗托住的，一托便是几十年。这东方巴黎的璀璨，是以那暗作底铺陈开。一铺便是几十年。如今，什么都好像旧了似的，一点一点露出了真迹。晨曦一点一点亮起，灯光一点一点熄灭。先是有薄薄的雾，光是平直的光，勾出轮廓，细工笔似的。最先跳出来的是老式弄堂房顶的老虎天窗，它们在晨雾里有一种精致乖巧的模样，那木框窗扇是细雕细作的；那屋披上的瓦是细工细排的；窗台上花盆里的月季花也是细心细养的。然后晒台也出来了，有隔夜的衣衫，滞着不动的，像画上的衣衫；晒台矮墙上的水泥脱落了，露出锈红色的砖，也像是画上的，一笔一画都清晰的。再接着，山墙上的裂纹也现出了，还有点点绿苔，有触手的凉意似的。第一缕阳光是在山墙上的，这是很美的图画，几乎是绚烂的，又有些荒凉；是新鲜的，又是有年头的。这时候，弄底的水泥地还在晨雾里头，后弄要比前弄的雾更重一些。新式里弄的铁栏杆的阳台上也有了阳光，在落地的长窗上折出了反光。这是比较锐利的一笔，带有揭开帷幕，划开夜与昼的意思。雾终被阳光驱散了，什么都加重了颜色，绿苔原来是黑的，窗框的木头也是发黑的，阳台的黑铁栏杆却是生了黄锈，山墙的裂缝里倒长出绿色的草，飞在天空里的白鸽成了灰鸽。

上海的弄堂是形形种种，声色各异的。它们有

大学教授。1970年，初中毕业后赴安徽省蚌埠市五河县农村插队。1972年，考入徐州文工团工作。1976年发表散文处女作《向前进》。1987年调入上海作家协会创作室从事专业创作。1996年发表个人代表作《长恨歌》，获得"第五届茅盾文学奖"，并且入选"20世纪中文小说100强"。2000年《长恨歌》获选"90年代最有影响力的中国作品"。2001年获"第一届马来西亚花踪世界华文文学奖"，被马来西亚《星洲日报》评为"最杰出的华文作家"。

时候是那样,有时候是这样,莫衷一是的模样。其实它们是万变不离其宗,形变神不变的,它们是倒过来倒过去最终说的还是那一桩事,千人千面,又万众一心的。那种石库门弄堂是上海弄堂里最有权势之气的一种,它们带有一些深宅大院的遗传,有一副官邸的脸面,它们将森严壁垒全做在一扇门和一堵墙上。一旦开进门去,院子是浅的,客堂也是浅的,三步两步便走穿过去,一道木楼梯挡在了头顶。木楼梯是不打弯的,直抵楼上的闺阁,那二楼的临了街的窗户便流露出了风情。上海东区的新式里弄是放下架子的,门是镂空雕花的矮铁门,楼上有探身的窗还不够,还要做出站脚的阳台,为的是好看街市的风景。院里的夹竹桃伸出墙外来,锁不住的春色的样子。但骨子里头却还是防范的,后门的锁是德国造的弹簧锁,底楼的窗是有铁栅栏的,矮铁门上有着尖锐的角,天井是围在房中央,一副进得来出不去的样子。西区的公寓弄堂是严加防范的,房间都是成套,一扇门关死,一夫当关万夫莫开的架势,墙是隔音的墙,鸡犬声不相闻的。房子和房子是隔着宽阔地,老死不相见的。但这防范也是民主的防范,欧美风的,保护的是做人的自由,其实是想做什么就做什么,谁也拦不住的。那种棚户的杂弄倒是全面敞开的样子,油毛毡的屋顶是漏雨的,板壁墙是不遮风的,门窗是关不严的。这种弄堂的房屋看上去是鳞次栉比,挤挤挨挨,灯光是如豆的一点一点,虽然微弱,却是稠密,一锅粥似的。它们还像是大河一般有着无数的支流，又像是大树一样，枝枝权权数也数不清。它们阡陌纵横，是一张大网。它们表面上是袒露的，实际上却神秘莫测，有着曲折的内心。黄昏时分，鸽群盘桓在上海的空中，寻找着各自的巢。屋脊连绵起伏，横看成岭竖成峰的样子。站在制高点上，它们全都连成一片，无边无际的，东南西北有些分不清。它们还是如水漫流，见缝就钻，看上去有些乱，实际上却是错落有致的。它们又辽阔又密实，有些像农人撒播然后丰收的麦田，还有些像原始森林，自生自灭的。它们实在是极其美丽的景象。

上海的弄堂是性感的，有一股肌肤之余似的。它有着触手的凉和暖，是可感可知，有一些私心的。积着油垢的厨房后窗，是专供老妈子一里一外扯闲篇的；窗边的后门，是供大小姐提着书包上学堂读书，和男先生幽会的；前边大门虽是不常开，开了就是有大事情，是专为贵客走动，贴了婚丧嫁娶的告示的。它总是有一点按捺不住的兴奋，跃跃然的，有点絮叨的。晒台和阳台，还有窗畔，都留着些窃窃私语，夜间的敲门声也是此起彼落。还是要站一个至高点，再找一个好角度：弄堂里横七竖八晾衣竹竿上的衣物，带有点私情的味道；花盆里栽的凤仙花，宝石花和青葱青蒜，也是私情的性质；屋顶上空着的鸽笼，是一颗空着的心；碎了和乱了的瓦片，也是心和身子的象征。那沟壑般的弄底，有的是水泥铺的，有的是石卵拼的。水泥铺的到底有些隔心隔肺，石卵路则手心手背都是肉的感觉。两种弄底的脚步声也是两种,前种是清脆响亮的,后种却是吃进去,闷在肚里的;前种说的是客套,后种是肺腑之言,两种都不是官面文章,都是每日里免不了要说的家常话。上海的后弄更是要钻进人心里去的样子,那里的路面是饰着裂纹的,阴沟是溢水的,水上浮着鱼鳞片和老菜叶的,还有灶间的油烟气的。这里是有些脏兮兮,不整洁的,最深最深的那种隐私也裸露出来的,有点不那么规矩的。因此,它便显得有些阴沉。太阳是在午后三点的时候才照进来,不一会儿就夕阳西下了。这一点阳光反给它罩上一层暧昧的色彩,墙是黄黄的,面上的粗砺都凸现起来,沙沙的一层。窗玻璃也是黄的,有着污迹,看上去有一些花的。这时候的阳光是照久了,有些压不住的疲累的,将最后一些沉底的光都迸出来照耀,那光里便有了许多沉积物似的,是粘稠滞重,也是有些不干净的。鸽群是在前边飞的,后弄里飞着的是夕照里的一些尘埃,野猫也是在这里出没的。这是深入肌肤,已经谈不上是亲是近,反有些起腻,暗底里生畏的,却是有一股噬骨的感动。

　　上海弄堂的感动来自于最为日常的情景,这感动不是云水激荡的,而是一点一点累积起来。这是有烟火人气的感动。那一条条一排排的里巷,流动着一些意料之外又情理之中的东西,东西不是什么大东西,但琐琐细细,聚沙也能成塔的。那是和历史这类概念无关,连野史都难称上,只能叫做流言的那种。流言是上海弄堂的又一景观,它几乎是可视可见的,也是从后窗和后门里流露出来。前门和前阳台所流露的则要稍微严正一些,但也是流言。这些流言虽然算不上是历史,却也有着时间的形态,是循序渐进有因有果的。这些流言是贴肤贴肉的,不是故纸堆那样冷淡刻板的,虽然谬误百出,但谬误也是可感可知的谬误。在这城市的街道灯光辉煌的时候,弄堂里通常只在拐角上有一盏灯,带着最寻常的铁罩,罩上生着锈,蒙着灰尘,灯光是昏昏黄黄,下面有一些烟雾般的东西滋生和蔓延,这就是酝酿流言的时候。这是一个晦涩的时刻,有些不清不白的,却是伤人肺腑。鸽群在笼中叽叽哝哝的,好像也在说着私语。街上的光是名正言顺的,可惜刚要流进弄回,便被那暗吃掉了。那种有前客堂和左右厢房里的流言是要老派一些的,带熏衣草的气味的;而带亭子间和拐角楼梯的弄堂房子的流言则是新派的,气味是樟脑丸的气味。无论老派和新派,却都是有一颗诚心的,也称得上是真情的。那全都是用手掬水,掬一捧漏一半地掬满一池,燕子衔泥衔一口掉半口地筑起一巢的,没有半点偷懒和取巧。上海的弄堂真是见不得的情景,它那背阴处的绿苔,其实全是伤口上结的疤一类的,是靠时间抚平的痛处。因它不是名正言顺,便都长在了阴处,长年见不到阳光。爬墙虎倒是正面的,却是时间的帷幕,遮着盖着什么。鸽群飞翔时,望着波涛连天的弄堂的屋瓦,心是一刺刺地疼痛。太阳是从屋顶上喷薄而出,坎坎坷坷的,光是打折的光,这是由无数细碎集合而成的壮观,是由无数耐心集合而成的巨大的力。

二、流言

　　流言总是带着阴沉之气。这阴沉气有时是东西厢房的熏衣草气味,有时是樟脑丸气味,还有时是肉砧板上的气味。它不是那种板烟和雪茄的气味,也不是六六粉和敌敌畏的气味。它不是那种阳刚凛冽的气味,而是带有些阴柔委婉的,是女人家的气味。是闺阁和厨房的混淆的气味,有点脂粉香,有点油烟味,还有点汗气的。流言还都有些云遮雾罩,影影绰绰,是哈了气的窗玻璃,也是蒙了灰尘的窗玻璃。这城市的弄堂有多少,流言就有多少,是数也数不清,说也说不完的。这些流言有一种蔓延的洇染的作用,它们会把一些正传也变成流言一般暧昧的东西,于是,什么是正传,什么是流言,便有些分不清。流言是真假难辨的,它们假中有真,真中有假,也是一个分不清。它们难免有着荒诞不经的面目,这荒诞也是女人家短见识的荒诞,带着些少见多怪,还有些幻觉的。它们在弄堂这种地方,从一扇后门传进另一扇后门,转眼间便全世界皆知了。它们就好像一种无声的电波,在城市的上空交叉穿行;它们还好像是无形的浮云,笼罩着城市,渐渐酿成一场是非的雨。这雨也不是什么倾盆的雨,而是那黄梅天里的雨,虽然不暴烈,却是连空气都湿透的。因此,这流言是不能小视的,它有着细密绵软的形态,很是纠缠的。上海每一条弄堂里,都有着这样是非的空气。

西区高尚的公寓弄堂里，这空气也是高朗的，比较爽身，比较明澈，就像秋日的天，天高云淡的；再下来些的新式弄堂里，这空气便要混浊一些，也要波动一些，就像风一样，吹来吹去；更低一等的石库门老式弄堂里的是非空气，就又不是风了，而是回潮天里的水汽，四处可见污迹的；到了棚户的老弄，就是大雾天里的雾，不是雾开日出的雾，而浓雾作雨的雾，弥弥漫漫，五步开外就不见人的。但无论哪一种弄堂，这空气都是渗透的，无处不在。它们可说是上海弄堂的精神性质的东西。上海的弄堂如果能够说话，说出来的就一定是流言。它们是上海弄堂的思想，昼里夜里都在传播。上海弄堂如果有梦的话，那梦，也就是流言。

流言总是鄙陋的。它有着粗俗的内心，它难免是自甘下贱的。它是阴沟里的水，被人使用过，污染过的。它是理不直气不壮，只能背地里窃窃喳喳的那种。它是没有责任感，不承担后果的，所以它便有些随心所欲，如水漫流。它均是经不起推敲，也没人有心去推敲的。它有些像言语的垃圾，不过，垃圾里有时也可淘出真货色的。它们是那些正经话的作了废的边角料，老黄叶片，米里边的稗子。它们往往有着不怎么正经的面目，坏事多，好事少，不干净，是个腌臜货。它们其实是用最下等的材料制造出来的，这种下等材料，连上海西区公寓里的小姐都免不了堆积了一些的。但也唯独这些下等的见不得人的材料里，会有一些真东西。这些真东西是体面后头的东西,它们是说给自己也不敢听的,于是就拿来,制作流言了。要说流言的好,便也就在这真里面了。这真却有着假的面目,是在假里做真的,虚里做实,总有些改头换面,声东击西似的。这真里是有点做人的胆子的,是不怕丢脸的胆子,放着人不做却去做鬼的胆子,唱反调的胆子。这胆子里头则有着一些哀意了。这哀意是不遂心不称愿的哀,有些气在里面的,哀是哀,心却是好高骛远的,唯因这好高骛远,才带来了失落的哀意。因此,这哀意也是粗鄙的哀意,不是唐诗宋词式的,而是街头切口的一种。这哀意便可见出了重量,它是沉底的,是哀意的积淀物,不是水面上的风花雪月。流言其实都是沉底的东西,不是千淘万洗,百炼千锤的,而是本来就有,后来也有,洗不净,炼不精的,是做人的一点韧,打断骨头连着筋,打碎牙齿咽下肚,死皮赖脸的那点韧。流言难免是虚张声势,危言耸听,鬼魅魍魉一起来,它们闻风而动,随风而去,摸不到头,抓不到尾。然而,这城市里的真心,却唯有到流言里去找的。无论这城市的外表有多华美,心却是一颗粗鄙的心,那心是寄在流言里的,流言是寄在上海的弄堂里的。这东方巴黎遍布远东的神奇传说,剥开壳看,其实就是流言的芯子。就好像珍珠的芯子,其实是粗糙的沙粒,流言就是这颗沙粒一样的东西。

流言是混淆视听的,它好像要改写历史似的,并且是从小处着手。它蚕食般地一点一点咬噬着书本上的记载,还像白蚁侵蚀华厦大屋。它是没有章法,乱了套的，也不按规矩来，到哪算哪的，有点流氓地痞气的。它不讲什么长篇大论，也不讲什么小道细节，它只是横着来。它是那种偷袭的方法，从背后撩上一把，转过身却没了影，结果是冤无头，债无主。它也没有大的动作，小动作却是细细碎碎的没个停，然后敛少成多，细流汇大江。所谓"谣言蜂起"，指的就是这个，确是如蜂般嗡嗡营营的。它是有些卑鄙的，却也是勤恳的。它是连根火柴梗都要拾起来作引火柴的，见根线也拾起来穿针用的。它虽是捣乱也是认真恳切，而不是玩世不恭，就算是谣言也是悉心编造。虽是无根无凭，却是有情有意。它们是自行其事，你说你的，它说它的，什么样的有公论的事情，在它都是另一番是非。它且又不是持不同政见，它是一无政见，对政治一窍不通，它走的是旁门别道，同社会不是对立也不是同意，而是自行一个社会。它是这社会的旁枝错节般的东西，它引不起社会的警惕心，因此，它的暗中作祟往往能够得逞。它们其实是一股不可小视的力量，有点"大风始于青萍之末"的意味。它们是背离传统道德的，却不以反封建的面目，而是一味的伤风败俗，是典型的下三烂。它们又敢把皇帝拉下马，也不以共和民主的面目，而是痞子的作为，也是典型的下三烂。它们是革命和反革命都不齿的，它们被两边的力量都抛弃和忽略的。它们实在是没个正经样，否则便可上升到公众舆论这一档里去明修栈道，如今却只能暗渡陈仓，走的是风过耳。风过耳就风过耳，它也不在乎，它本是四海为家的，没有创业的观念。它最是没有野心，没有抱负，连头脑也没有的。它只有着作乱生事的本能，很茫然地生长和繁殖。它繁殖的速度也是惊人的，鱼撒籽似的。繁殖的方式也很多样，有时环扣环，有时套连套，有时谜中谜，有时案中案。它们弥漫在城市的空中，像一群没有家的不拘形骸的浪人，其实，流言正是这城市的浪漫之一。

流言的浪漫在于它无拘无束能上能下的想象力。这想象力是龙门能跳狗洞能钻的，一无清规戒律。没有比流言更能胡编乱造，信口雌黄的了。它还有无穷的活力，怎么也扼它不死，是野火烧不尽，春风吹又生的。它是那种最卑贱的草籽，风吹到石头缝里也照样生根开花。它又是见缝就钻，连闺房那样帷幕森严的地方都能出入的。它在大小姐花绷上的绣花针流连，还在女学生的课余读物，那些哀情小说的书页流连，书页上总是有些泪痕的。台钟滴滴答答走时声中，流言一点一点在滋生；洗胭脂的水盆里，流言一点一点在滋生。隐秘的地方往往是流言丛生的地方，隐私的空气特别利于流言的生长。上海的弄堂是很藏得住隐私的，于是流言便漫生漫长。夜里边，万家万户灭了灯，有一扇门缝里露出的一线光，那就是流言；床前月亮地里的一双绣花拖鞋，也是流言；老妈子托着梳头匣子，说是梳头去，其实是传播流言去；少奶奶们洗牌的哗哗声，是流言在作响；连冬天没有人的午后，天井里一跳一跳的麻雀，都在说着鸟语的流言。这流言里有一个"私"字，这"私"字里头是有一点难言的苦衷。这苦衷不是唐明皇对杨贵妃的那种,也不是楚霸王对虞姬的那种,它不是那种大起大落,可歌可泣,悲天悯地的苦衷,而是狗皮倒灶,牵丝攀藤,粒粒屑屑的。上海的弄堂是藏不住大苦衷的。它的苦衷都是割碎了平均分配的,分到各人名下也就没有多少的。它即便是悲,即便是悯,也是悲在肚子里,悯在肚子里,说不上戏台子去供人观赏,也编不成词曲供人唱的,那是怎么来怎么去都只有自己知道,苦来苦去只苦自己,这也就是那个"私"字的意思,其实也是真正的苦衷的意思。因此,这流言说到底是有一些痛的,尽管痛的不是地方,倒也是钻心钻肺的。这痛都是各人痛各人,没有什么共鸣,也引不起同情,是很孤单的痛。这也是流言的感动之处。流言产生的时刻,其实都是悉心做人的时刻。上海弄堂里的做人,是悉心悉意,全神贯注的做人,眼睛只盯着自己,没有旁骛的。不想创造历史,只想创造自己的,没有大志气,却用尽了实力的那种。这实力也是平均分配的实力,各人名下都有一份。

三、闺阁

在上海的弄堂房子里。闺阁通常是做在偏厢房或是亭子间里,总是背阴的窗,拉着花窗帘。拉开窗帘,便可看见后排房子的前客堂里,人家的先生和太太,还有人家院子里的夹竹桃。这闺阁实在是很不严密的。隔墙的亭子间里,抑或就住着一个洋行里

上海弄堂

的实习生,或者失业的大学生,甚至刚出道的舞女。那后弄堂,又是个藏污纳垢的场所。老妈子的村话,包车夫的俚语,还有那隔壁大学生的狐朋狗友一日三回地来,舞女的小姊妹也三日一回地来。夜半时分,那几扇后门的动静格外的清晰,好像马上就跳出个什么轶事来似的。就说那对面人家的前客堂里的先生太太,做的是夫妻的样子,说不准却是一对狗男女,不见日就有打上门来的,碎玻璃碎碗一片响。还怕的是弄底里有一户大人家,再有个小姐,读的中西女中一类的好学校,黑漆大门里有私家轿车进去出来,圣诞节,生日有派对的钢琴声响起来,一样的女儿家,却是两种闺阁,便由不得怨艾之心生起,欲望之心也生起。这两种心可说是闺阁生活的大忌,祸根一样的东西,本是如花蕊一样纯洁娇嫩的闺阁,却做在这等嘈杂混淆的地方,能有什么样的遭际呢?

月光在花窗帘上的影,总是温存美丽的。逢到无云的夜,那月光会将屋里映得通明。这通明不是白日里那种无遮无拦的通明,而是蒙了一层纱的,婆婆娑娑的通明。墙纸上的百合花,被面上的金丝草,全都像用细笔描画过的,清楚得不能再清楚。隐隐约约的,好像有留声机的声音传来,像是唱的周璇的"四季调"。无论是多么嘈杂混淆的地方,闺阁总还是宁静的。卫生香燃到一半,那一半已经成灰尘;自鸣钟十二响只听了六响,那一半已经入梦。梦也是无言无语的梦。在后弄的黑洞洞的窗户里,不知哪个就嵌着这样纯洁无瑕的梦,这就像尘嚣之上的一片浮云,恍惚而短命,却又不知自己的命短,还是一夜复一夜的。绣花绷上的针脚,书页上的字,都是细细密密,一行复一行,写的都是心事。心事也是无声无息的心事,被月光浸透了的,格外的醒目,又格外的含蓄,不知从何说起的样子。那月亮西去,将明未明,最黑漆漆的一刻里,梦和心事都偃息了,晨曦亮起,便雁过无痕了。这是万籁俱寂的夜晚里的一点活跃,活跃也是雅致的活跃,温柔似水的活跃。也是尘嚣上的一片云。早晨的揭开的花窗帘后面的半扇窗户,有一股等待的表情,似乎是酝酿了一夜的等待。窗玻璃是连个斑点也没有的。屋子里连个人影都没有的,却满满的都是等待。等待也是无名无由的等待,到头总是空的样子。到头总是空却也是无怨又无哀。这是骚动不安闻鸡起舞的早晨唯一的一个束手待毙。无依无靠的,无求无助的,却是满怀热望。这热望是无果的花,而其他的全是无花的果。这是上海弄堂里的一点冰清玉洁。屋顶上放着少年的鸽子,闺阁里收着女儿的心。照进窗户的阳光已是西下的阳光,唱着悼歌似的,还是最后关头的倾说。这也是热火朝天的午后里仅有的一点无可奈何。这点无可奈何是带有一些古意的,有点诗词弦管的意境,是可供吟哦的,可是有谁来听呢?它连个浮云都不是,浮云会化风化雨,它却只能化成一阵烟,风一吹就散,无影无踪。上海弄堂里的闺阁,说不好就成了海市蜃楼,流光溢彩的天上人间,却转瞬即逝。

　　上海弄堂里的闺阁，其实是变了种的闺阁。它是看一点用一点，极是虚心好学，却无一定之规。它是白手起家和拿来主义的。贞女传和好莱坞情话并存，阴丹士林蓝旗袍下是高跟鞋，又古又摩登。"浔阳江头夜送客，枫叶荻花秋瑟瑟"也念，"当我们年轻的时候"也唱。它也讲男女大防，也讲女性解放。出走的娜拉是她们的精神领袖，心里要的却是《西厢记》里的莺莺，折腾一阵子还是郎心似铁，终身有靠。它不能说没规矩，而是规矩太杂，虽然莫衷一是，也叫她们嫁接得很好，是杂糅的闺阁。也不能说是掺了假，心都是一颗诚心，认的都是真。终也是朝起暮归，农人种田一般经营这一份闺阁。她们是大家子小家子分不大清，正经不正经也分不清的，弄底黑漆大门里的小姐同隔壁亭子间里的舞女都是她们的榜样，端庄和风情随便挑的。姆妈要她们嫁好人家，男先生策反她们闹独立，洋牧师煽动她们皈依主。橱窗里的好衣服在向她们招手，银幕上的明星在向她们招手，连载小说里的女主角在向她们招手。她们人在闺阁里坐，心却向了四面八方。脚下的路像有千万条，到底还是千条江河归大海的。她们嘴里念着洋码儿，心里记挂着旗袍的料子。要说她们的心是够野的，天下都要跑遍似的，可她们的胆却那么小，看晚场电影都要娘姨接和送。上学下学，则是结伴成阵才敢在马路上过的，还都是羞答答的。见个陌生人，头也不敢抬，听了二流子的浪声谑语，气得要掉眼泪。所以，这也是自相矛盾，自己苦自己的闺阁。

午后的闺阁,真是要多烦人有多烦人的。春夏的时候,窗是推开的,梧桐上的蝉鸣,弄口的电车声,卖甜食的梆子声,邻家留声机的歌唱声,一股脑儿地钻进来,搅扰着你的心。最恼人的是那些似有似无的琐细之声,那是说不出名目和来历,滴里嘟噜的,这是声音里暧昧不明的一种,闪烁其辞的一种,赶也赶不走,捉也捉不住的一种。那午后多半是闲来无事,一颗心里,全叫这莫名的声音灌满,是无聊倍加。秋冬时节则是阴霾连日,江南的阴霾是有分量的,重重地压着你的心。静是静的,连个叹息声都是咽回肚里去的,再化成阴霾出来的。炭盆里的火本是为了驱散那阴霾,不料却也叫阴霾压得喘不过气来,晦晦涩涩地明灭着。午后的明和暗,暖和寒全是来扰人的。醒看,扰你的耳目;睡着,扰你的梦;做女红,扰你的针线;看书,扰的是书上的字句;要是有两个人坐在一处说话,便扰着你的言语。午后是一日里正过到中途,是一日之希望接近尾声的等待,不耐和消沉相继而来,希望也是挣扎的希望。它是闺阁里的苍凉暮年,心都要老了,做人却还没开头似的。想到这,心都要绞起来了,却又不能与人说,说也说不明的。上海弄堂里的闺阁,也是看不得的。人家院里的夹竹桃,红云满天,自家窗前的,是寂寞梧桐;上海的天空都叫霓虹灯给映红了,自家屋里终是一盏孤灯,一架嘀嘀嗒嗒的钟,数着年华似的。年华是好年华,却是经不得数的。午后是闺阁的多事之秋,这带有一股饥不择食的慌乱劲儿,还带有不顾一切的鲁莽劲儿,什么都不计较了,酿成大祸,贻误终身都无悔了,有点像飞蛾扑灯。所以,这午后是陷阱一般的,越是明丽越是危险。午后的明丽总是那么不祥,玩着什么花招似的,风是撩人的,影也是撩人的,人是没有提防的。留声机里,周璇的四季调,从春数到冬,唱的都是好景致,也是蛊惑人心,什么都挑好的说。屋顶上放飞的鸽子,其实放的都是闺阁的心,飞得高高的,看那花窗帘的窗,别时容易见时难的样子,还是高处不胜寒的样子。

上海弄堂里的闺阁,是八面来风的闺阁,愁也是喧喧嚣嚣的愁。后弄里的雨,写在窗上是个水淋淋的"愁"字;后弄的雾,是个模棱两可的愁,又还都是催促,催什么,也没个所以然。它消耗着做女儿的耐心,也消耗着做人的耐心,它免不了有种箭在弦上,钗在匣中,伺机待发的情势。它真是一日比一日难挨,回头一看却又时日苦短,叫人不知怎么好的。闺阁是上海弄堂的天真,一夜之间,从嫩走到熟,却是生生灭灭,永远不息,一代换一代的。闺阁还是上海弄堂的幻觉,云开日出便灰飞烟散,却也是一幕接一幕,永无止境。

四、鸽子

鸽子是这城市的精灵。每天早晨,有多少鸽子从波涛连绵的屋顶飞上天空!它们是唯一的俯瞰这城市的活物,有谁看这城市有它们看得清晰和真切呢？许多无头案,它们都是证人。它们眼里,收进了多少秘密呢？它们从千家万户窗口飞掠而过,窗户里的情景一幅接一幅,连在一起。虽是日常的情景,可因为多,也能堆积一个惊心动魄。这城市的真谛,其实是为它们所领略的。它们早出晚归,长了不少见识。而且它们都有极好的记忆力,过目不忘的,否则如何能解释它们的认路本领呢？我们如何能够知道,它们是以什么来做识路的标记。它们是连这城市的犄犄角角都识辨清楚的。前边说的制高点,其实指的就是它们的视点。有什么样的制高点,是我们人类能够企及和立足的呢？像我们人类这样的两足兽,行动本不是那么自由的,心也是受到拘禁的,眼界是狭小得可怜。我们生活在同类之中,看见的都是同一件事情,没有什么新发现的。我们的心里是没什么好奇的,什么都已经了然似的。因为我们看不见特别的东西。鸽子就不同了,它们每天傍晚都满载而归。在这城市上空,有多少双这样的眼睛啊!

　　大街上的景色是司空见惯,日复一日的。这是带有演出性质,程式化的,虽然灿烂夺目,五色缤纷,可却是俗套。霓虹灯翻江倒海,橱窗也是千变万化,其实是俗套中的俗套。街上走的人,都是戴了假面具的人,开露天派对的人,笑是应酬的笑,言语是应酬的言语,连俗套都称不上,是俗套外面的壳子。弄堂景色才是真景色。它们和街上的景色正好相反,看上去是面目划一,这一排房屋和那一排房屋很相像,有些分不清,好像是俗套,其实里面却是花样翻新,一件件,一宗宗,各是各的路数,摸不着门槛。隔一堵墙就好比隔万重山,彼此的情节相去十万八千里。有谁能知道呢?弄堂里的无头案总是格外的多,一桩接一桩的。那流言其实也是虚张声势,认真的又不管用了,还是两眼一摸黑。弄堂里的事又是公说公有理,婆说婆有理,没有个公断,真相不明的,流言更是搅稀泥。弄堂里的景色,表面清楚,里头乱成了一团麻,剪不断,理还乱。在那窗格子里的人,都是当事人,最为糊涂的一类,经多经久了,又是最麻木的一类,睁眼瞎一样的。明眼的是那会飞的畜牲,它们穿云破雾,且无所不到,它们真是自由啊!这自由实在撩人心。大街上的景色为它们熟视无睹,它们锐利的眼光很能捕捉特别的非同寻常的事情,它们的眼光还能够去伪存真,善于捕捉意义。它们是非常感性的。它们不受陈规陋习的束缚,它几乎是这城市里唯一的自然之子了。它们在密密匝匝的屋顶上盘旋,就好像在废墟的瓦砾堆上盘旋,有点劫后余生的味道,最后的活物似的。它们飞来飞去,其实是带有一些绝望的,那收进眼睑的形形色色,也都不免染上了悲观的色彩。

应当说,这城市里还有一样会飞的生物,那就是麻雀。可麻雀却是媚俗的,飞也飞不高的。它一飞就飞到人家的阳台上或者天井里,啄吃着水泥裂缝里的残渣剩菜,有点同流合污的意思。它们是弄堂的常客,常客也是不受尊重的常客,被人赶来赶去,也是自轻自贱。它们是没有智慧的，是鸟里的俗流。它们看东西是比人类还要差一等的，因它们没有人类的文明帮忙，天赋又不够。它们与鸽子不能同日而语，鸽子是灵的动物，麻雀是肉的动物。它们是特别适合在弄堂里飞行的一种鸟，弄堂也是它们的家。它们是那种小肚鸡肠，嗡嗡营营，陷在流言中拔不出脚的。弄堂里的阴郁气，有它们的一份，它们增添了弄堂里的低级趣味。鸽子从来不在弄堂底流连，它们从不会停在阳台、窗畔和天井，去谄媚地接近人类。它们总是凌空而起，将这城市的屋顶踩在脚下。它们扑啦啦地飞过天空，带着不屑的神情。它们是多么傲慢，可也不是不近人情，否则它们怎么会再是路远迢迢，也要泣血而回。它们是人类真正的朋友，不是结党营私的那种，而是了解的，同情的，体恤和爱的。假如你看见过在傍晚的时分，那竹梢上的红布条子，在风中挥舞，召唤鸽群回来的景象，你便会明白这些。这是很深的默契，也是带有孩子气的默契。它们心里有多少秘密，就有多少同情；有多少同情，就有多少信用。鸽群是这城市最情义绵绵的景象，也是上海弄堂的较为明丽的景象，在屋顶给鸽子修个巢，晨送暮迎，是这城市的恋情一种，是城市心的温柔乡。

这城市里最深藏不露的罪与罚，祸与福，都瞒不过它们的眼睛。当天空有鸽群惊飞而起，盘旋不去的时候，就是罪罚祸福发生的时候。猝然望去，就像是太阳下骤然聚起的雨云，还有太阳里的斑点。在这水泥世界的沟壑祠绉里,嵌着多少不忍卒睹的情和景。看不见就看不见吧,鸽群却是躲也躲不了的。它们的眼睛,全是被这情景震惊的神色,有泪流不出的样子。天空下的那一座水泥城,阡陌交错的弄堂,就像一个大深渊,有如蚁的生命在作挣扎。空气里的灰尘,歌舞般地飞着,做了天地的主人。还有琐细之声,角角落落地灌满着,也是天地的主人。忽听一阵鸽哨,清冽地掠过,裂帛似的,是这沉沉欲睡的天地间的一个清醒。这城市的屋顶上,有时还会有一个飞翔的东西,来与鸽群做伴,那就是风筝。它们往往被网状的电线扯断了线,或者撞折了翅翼,最后挂在屋脊和电线杆上,眼巴巴地望着鸽群。它们是对鸽子这样的鸟类的一个模拟,虽连麻雀那样的活物都不算,却寄了人类一颗天真的好高骛远的心。它们往往出自孩子的手,也出自浪荡子的手,浪荡子也是孩子,是上了岁数的孩子。孩子和浪荡子牵着它们,拼命地跑啊跑的,要把它们放上天空,它们总是中途夭折,最终飞上天空的寥寥无几。当有那么一个混入了鸽群,合着鸽哨一起飞翔,却是何等的快乐啊!清明时节,有许多风筝的残骸在屋顶上遭受着风吹雨打,是殉情的场面。它们渐渐化为屋顶上的泥土,养育着瘦弱的狗尾巴草。有时也有乘上云霄的挣断线的风筝,在天空里变成一个黑点,最后无影无踪,这是一个逃遁,怀着誓死的决心。对人类从一而终的只有鸽子了,它们是要给这城市安慰似的,在天空飞翔。这城市像一个干涸的海似的,楼房是礁石林立,还是搁浅的船只,多少生灵在受苦啊!它们怎么能弃之而去。鸽子是这无神论的城市里神一般的东西,却也是谁都不信的神,它们的神迹只有它们知道,人们只知道它们无论多远都能泣血而归。人们只是看见它们就有些喜欢。尤其是住在顶楼的人们,鸽子回巢总要经过他们的老虎天窗,是与它们最为亲近的时刻。这城市里虽然有着各式庙宇和教堂,可庙宇是庙宇,教堂是教堂,人还是那弄堂里的人。人是那波涛连涌的弄堂里的小不点儿,随波逐流的,鸽哨是温柔的报警之声,朝朝夕夕在天空长鸣。

现在,太阳从连绵的屋瓦上喷薄而出,金光四溅的。鸽子出巢了,翅膀白亮白亮。高楼就像海上的浮标。很多动静起来了,形成海的低啸。还有尘埃也起来了,烟雾腾腾。多么的骚动不安,有多少事端在迅速酝酿着成因和结果,已经有激越的情绪在穿行不止了。门窗都推开了,真是密密匝匝,有隔宿的陈旧的空气流出来了,交汇在一起,阳光变得混浊了,天也有些暗,尘埃的飞舞慢了下来。空气里有一种纠缠不清在生长,它抑制了激情,早晨的新鲜沉郁了,心底的冲动平息了,但事端在继续积累着成因,种瓜得瓜,种豆得豆的。太阳在空中沿着它日常的道路,移动着光和影,一切动静和尘埃都已进入常态,是日复一日,年复一年。所有的浪漫都平息了,天高云淡,鸽群也没了影。

简评

　　王干先生说:"王安忆则是可以称为现实主义作家,甚至我个人觉得她是后现实主义的,王安忆的小说没有理想,没有激情,也不给人以目标,就是这样一种方式:咱们来一段生活吧。然后把那些琐琐碎碎的生活有趣地放在你的面前。"(《王蒙、王干对话录》)1996年,王安忆代表作《长恨歌》,获得"第五届茅盾文学奖",并且入选"20世纪中文小说100强"。此书成为畅销书,并在2000年获选90年代最有影响力的中国作品,2001年获"第一届马来西亚花踪世界华文文学奖",王安忆被马来西亚《星洲日报》评为"最杰出的华文作家"。王安忆的《长恨歌》已经成为"上海怀旧"的经典。造成这种现象的原因不仅在于社会风尚、研究方法的转变,而且更重要的在于《长恨歌》自身具备了这种素质。在此,小说第一章的弄堂叙事被置于了"怀旧"前景。弄堂叙事以别样的综合性叙述的方式颠倒了人物与环境的关系,使上海成为叙事的主角,而王琦瑶则成为老上海的影子。在人物符号化、环境故事化的过程中,完成了上海故事的讲述,从而确立了想象上海的经典形态。《长恨歌》前几个章节所写的都是上海的标志:弄堂、流言、闺阁、鸽子、上海女人等,我们不妨就从这弄堂文化开始说起。上海的弄堂就好比是北京的胡同,是上海特有的民居形式,它是由连排的石库门建筑所构成的,并与石库门建筑有着密切的关系。多少年来,大多数上海人就是在这些狭窄的弄堂里度过了日久天长的生活,并且创造了形形色色风情独具的弄堂文化。都说弄堂是最能反映上海风情的建筑,王安忆在《长恨歌》中也对其有多处描写,弄堂对于老上海人来说不仅仅是一种简单的民居形式,更是提供亲切生活的场所。弄堂里,每到夜晚来临时,人们就搬出摇椅、草席、竹榻放在自家弄堂门口,怡然自得地坐在那里乘起凉来,顽皮的小孩子们则是在弄堂之间追逐打闹,寻找乐趣。只要是弄堂中发生的一切，无论是什么咸酸苦辣、嬉笑怒骂的故事，都会令人感到特别亲切和自然。比如作者写"流言"，就非常传神而深刻："上海的弄堂是很藏得住隐私的，于是流言便漫生漫长。夜里边，万家万户灭了灯，有一扇门缝里露出的一线光，那就是流言；床前月亮地里的一双绣花拖鞋，也是流言；老妈子托着梳头匣子，说是梳头去，其实是传播流言去；少奶奶们洗牌的哗哗声，是流言在作响；连冬天没有人的午后，天井里一跳一跳的麻雀，都在说着鸟语的流言。"

复旦大学陈思和教授曾专门研究过第一章，认为它恰是作者匠心独运之处，"初看上去，这几部分之间似乎没有任何的故事线索，然而假如一路耐心地读下来，就会发现这几个相互孤立的意象之间其实又隐藏着某种逻辑，将它们串连起来，就形成了一个特定的小说结构，因此可以说第一部的第一章引领了这个故事的整体框架"。尽管赋予第一章极其重要的地位，陈思和先生还是把它定位为故事的铺垫，"从故事情节的发展来看，小说的前四节和整个故事没有直接的关联，它们是王琦瑶出场前冗长琐碎的铺垫"。并把第一章与作者的个人风格联系起来，"我想，王安忆之所以在故事前面扣上一个沉甸甸的'帽子'，其实是用心良苦。因为恰恰是这前五节，保持了作者一贯专注于营造精神之塔的思想逻辑，可以说也反映出了王安忆最本色的书写方式，比如下笔的时候啰里啰唆，对各种细节事无巨细的描述，这样的写作恰恰是放弃了小说的典型性。也就是王安忆自己说的四个'不要'"。(见陈思和《中国现当代文学名篇十五讲》)如果是这样，那与作家写一个好看故事的初衷是违背的。

确立《长恨歌》叙述基调的也是它的第一章。在这一章里，几乎没有"故事"可言，因为它叙事的重心根本不在"人物"，而是在"环境"——上海的弄堂。面对这密不透风的弄堂叙事，读者的耐心必须经受巨大的考验。而且，这部分叙事也引起了研究者的关注。比较有代表性的

上海弄堂

观点认为,这是王安忆为小说确立的背景和"底色"——"她在小说的开头就不惜笔墨地写上海的弄堂、闺阁,写流言和鸽子,这些看似与小说情节无关的东西,看似仿佛可有可无的背景材料,其实是给整部小说打的底色,惟有在这样的弄堂,才会袅袅地从闺阁里走出上海的三小姐王琦瑶;惟有在这充满流言的城市里,才会演绎出如此一段跌宕起伏的情与爱;惟有鸽子才是惟一俯瞰这城市的活物。"(见罗勤:《丢失灵魂的影片——谈电影〈长恨歌〉的改编》)

"上海是个很奇特的地方,从开埠以来就长期处在多种文化的冲撞与互渗之中,不仅是中西文化的冲撞,还有源源不断地从内地来的中国人,形成了现代都市文化与内地传统文化的冲撞。"(陈思和《上海人、上海文化和上海知识分子》)关于《长恨歌》,王安忆曾说过:"在那里边我写了一个女人的命运,事实上这个女人只不过是城市的代言人,我要写的是一个城市的故事。"上海在 19 世纪中叶被开辟为通商口岸,然后迅速发展为金融中心,吸引了来自四面八方的人们,为了在这个城市里很好地生活,人们形成了不怕吃苦、勇于追求、不断进取的精神品质。在多元文化的熏陶和浸染下,在多层次经济结构的影响下,上海逐渐形成了务实、坚韧、勤劳的精神。胸襟开阔是上海人的品质,雅致是上海人的生活情调,精明是上海人的特征。王安忆就是要用一个上海女人的命运来诠释命运与城市的关系。为了突出上海对小说人物命运的影响,王安忆在开篇就花费了看似随意的大量的笔墨描写了上海的弄堂、流言、闺阁、鸽子,一起组成了上海城市形象的美丽画面,用意在于说明作品中人物命运的曲折起伏与上海弄堂、上海气氛、上海的精神相关,尤其上海城市发展的历史变迁深深影响了王琦瑶的一生。上海成全了她,也抛弃了她,繁华的上海是造就她人生悲剧的根源。王安忆不止一次表示她写《长恨歌》,实际写的是一个城市的故事,写的是上海这座城市的精神和灵魂。环境在《长恨歌》中究竟有何作用、或者更具体地揭示了上海这个东方大都市怎样的立体背景？第一章在小说中的价值何在？为什么成为我们探讨的目标？什么是城市？或者说什么构成了一座城市？它是由钢筋水泥建造起来的真实的构造物，还是存在于人们的印象和回忆中的幻象？这一连串的问题的答案，正在于王安忆在小说中要竭力打造的文化符号，也是历经了100多年风雨沧桑的大上海在作者笔下的一幅厚重的油画杰作。

王安忆用她的小说打造了一种特有的文化氛围。正如狄更斯笔下有一座雾都伦敦，巴尔扎克娓娓道来梦幻巴黎，而王安忆向我们诉说了一个真实的上海。经典小说中的东方都市阔大的图景已经进入了人们对城市的文化想象之中。

老家

◇ 孙犁

本文选自《孙犁全集（第八卷）·无为集》（人民文学出版社 2004 年版）。孙犁（1913—2002），本名孙树勋，"孙犁"是他参加抗日战争后于 1938 年开始使用的笔名，河北省衡水市安平人，现当代著名小说家、散文家，"荷花淀派"的创始人，先后担任过《平原杂志》《天津日报》文艺副刊、《文艺通讯》等报刊的编辑。1942 年加入中国共产党。1944 年赴

前几年，我曾诌过两句旧诗："梦中每迷还乡路，愈知晚途念桑梓。"最近几天，又接连做这样的梦：要回家，总是不自由；请假不准，或是路途遥远。有时决心起程，单人独行，又总是在日已西斜时，迷失路途，忘记要经过的村庄的名字，无法打听。或者是遇见雨水，道路泥泞；而所穿鞋子又不利于行路，有时鞋太大，有时鞋太小，有时倒穿着，有时横穿着，有时系以绳索。种种困扰，非弄到急醒了不可。

也好，醒了也就不再着急，我还是躺在原来的地方，原来的床上，舒一口气，翻一个身。

其实，"文化大革命"以后，我已经回过两次老家，这些年就再也没有回去过，也不想再回去了。一

是，家里已经没有亲人，回去连给我做饭的人也没有了。二是，村中和我认识的老年人，越来越少，中年以下，都不认识，见面只能寒暄几句，没有什么意思。

前两次回去：一次是陪伴一位正在相爱的女人，一次是在和这位女人不睦之后。第一次，我们在村庄的周围走了走，在田头路边坐了坐。蘑菇也采过，柴禾也拾过。第二次，我一个人，看见亲人丘陇，故园荒废触景生情，心绪很坏，不久就回来了。

现在，梦中思念故乡的情绪，又如此浓烈，究竟是什么道理呢？实在说不清楚。

我是从十二岁，离开故乡的。但有时出来，有时回去，老家还是我固定的窠巢，游子的归宿。中年以后，则在外之日多，居家之日少，且经战乱，行居无定。及至晚年，不管怎样说和如何想，回老家去住，是不可能的了。

是的，从我这一辈起，我这一家人，就要流落异乡了。

人对故乡，感情是难以割断的，而且会越来越萦绕在意识的深处，形成不断的梦境。

那里的河流，确已经干了，但风沙还是熟悉的；屋顶上的炊烟不见了，灶下做饭的人，也早已不在。老屋顶上长着很高的草，破漏不堪；村人故旧，都指点着说："这一家人，都到外面去了，不再回来了。"

我越来越思念我的故乡，也越来越尊重我的故乡。前不久，我写信给一位青年作家说："写文章得罪人，是免不了的。但我甚不愿因为写文章，得罪乡

延安，在鲁迅艺术文学院学习和工作，发表了著名的《荷花淀》《芦花荡》等短篇小说。1956年写作中篇小说《铁木前传》。从1979到1995年，他先后出版了《晚华集》《秀露集》《澹定集》《尺泽集》《远道集》《老荒集》《陌巷集》《无为集》《如云集》《曲终集》等作品集。

里。遇有此等情节,一定请你提醒我注意!"

最近有朋友到我们村里去了一趟,给我几间老屋,拍了一张照片,在村支书家里,吃了一顿饺子。关于老屋,支书对他说:"前几年,我去信问他,他回信说:也不拆,也不卖,听其自然,倒了再说。看来,他对这几间破房,还是有感情的。"

朋友告诉我:现在村里,新房林立;村外,果木成林。我那几间破房,留在那里,实在太不调和了。

我解嘲似的说:"那总是一个标志,证明我曾是村中的一户。人们路过那里,看到那破房,就会想起我,念叨我。不然,就真的会把我忘记了。"

但是,新的正在突起,旧的终归要消失。

1986年8月12日,晨起作。闷热,小雨。

简 评

孙犁先生12岁开始接受新文学的启蒙,受鲁迅和文学研究会影响很大。在现当代文学史上,孙犁的著名短篇小说《荷花淀》《风云初记》等,开启了中国"诗化小说"的先河,当代文坛上影响巨大的文学流派——"荷花淀派"因小说而得名,应该说孙犁的小说在现当代文学史上占有一席之地。孙犁先生的创作植根于深厚的现实生活的土壤之中,早期作品清新质朴,晚年的创作转向了散文,尤其是一些怀人叙旧之作,虽篇幅短小,但沉郁隽永,影响深广。

散文名篇《老家》,从一个独特的角度坦陈了故乡在自己内心深处崇高的地位,带给了我们一种能引起精神上的共鸣的诗意享受。老家,是一种淡淡的情怀,或者说是淡淡的哀伤。是的,正如孙犁所说:"新的正在突起,旧的终归要消失。"而关于老家的记忆,关于那种明净的思乡之情,又岂是时间所能冲淡的?本文一直涌动着作者怀念家乡的冲动,但行文深处,作者还是抑制住了这种冲动,让思乡的哀愁缓缓流淌在字里行间。其中,有归乡的强烈欲念,有回到家乡的失落,有有家却不能回去的怅惘。而内心纠结的原因除了现实生活的环境的不能允许,同时也包括了心灵的隔阂,这一切都让作者对回老家心生畏惧了,所以,文章中我们才读到他的犹豫不决,以及在这种心态冲突下的艰难构写。于是,我们读到了作者似乎有点反常的艰涩的语言:"前几年,我曾诌过两句旧诗:'梦中每迷还乡路,愈知晚途念桑梓。'""有时决心起程,单人独行,又总是在日已西斜时,迷失路途,忘记要经过的村庄的名字,无法打听。或者是遇见雨水,道路泥泞;而所穿鞋子又不利于行路,有时鞋太大,有时鞋太小,有时倒穿着,有时横穿着,有时系以绳索。种种困扰,非弄到急醒了不可。"虽说是梦中的记忆,但是家乡对于他而言是完全飘摇的,他也在疑惑自己是否真的能抓住属于自己的生命中的强烈的印记。因为土地的悲哀是永远不会变的,它就像根一样,一旦落了户就不愿再松动。

有人说:"孙犁是对故乡有些不满的!"这句话只是说对了一小部分,或许一定是看了孙犁的《老家》产生的不甚全面的想法吧?其实,从孙犁的每一篇怀乡念人之作可以看出他对故乡的感情之深,他在《老家》里充满感情地说:"我越来越思念我的故乡,也越来越尊重我的故乡。前不久,我写信给一位青年作家说:'写文章得罪人,是免不了的。但我甚不愿因为写文章,得罪乡里。遇有此等情节,一定请你提醒我注意!'"因为身体的原因,他有时如一个诗人般的兴奋激动,有时却又沉默寡言,反映到写作上,有时尖锐容易得罪人,有时如同陈年佳酿余香醉人。应该说,是故乡的一草一木滋润了作家的灵感,也成就了孙犁的文学成就,所以他一定是爱自己的家乡的。在传统观念里,中国人是讲究"树高千丈,落叶归根"的,就是无论你走多远,一定要魂归故里,因此,对于故乡的老屋,他是怀有深深复杂情感的。关于破败的老屋,支书给孙犁写过信:"前几年,我去信问他,他回信说:也不拆,也不卖,听其自然,倒了再说。看来,他对这几间破房,还是有感情的。"

读罢本文后,让读者不由得顿觉一股泥土芬芳袭来,字里行间,没有华丽的辞藻,没有高深的说教,全然是真情道白,平铺直叙,好读易懂,且深得传统白话文之道。整篇文章涌动的是浓浓的故园情怀,浓浓的生活气息,一段段的心路历程,就在这浓浓的真情中宣泄出来。这样的文字有力地撞击着我们的心灵,尤其是在外的游子:"那里的河流,确已经干了,但风沙还是熟悉的;屋顶上的炊烟不见了,灶下做饭的人,也早已不在。老屋顶上长着很高的草,破漏不堪;村人故旧,都指点着说:'这一家人,都到外面去了,不再回来了。'"这也许就是乡愁吧。每个人都有,我们每一个人的心灵深处,都有一抹挥之不去的淡淡的乡愁。我们离开故园,离开故土,乡愁就如一根绵长的线,越来越长,渐渐成为心灵深处的一坛陈年老酒。让我们终生魂牵梦绕。

孙晓玲在《布衣:我的父亲孙犁》一书中,诚挚的回忆让我们更多更深地了解了孙犁。她在《大道低回,独鹤与飞》中写道:"远离'官场','懒'于做官是由于父亲对'官场'有自己的看法,他也缺乏做官的素质、本领。只有文学才是他生命所在。……正是远离了官场,远离了官场的是是非非,耄耋之年潜心创作,父亲才写出了凝聚心血智慧的十本小书。"而这不是容易做到的。孙犁自己说过:"虽是同行,也并不是容易理解的;即使是亲人,理解也不是那么全面的。"作家莫言说:"按照孙犁的革命资历,他如果稍能入世一点,早就是个大文官了;不,他后半生偏偏远离官场,恪守文人的清高与清贫。这是文坛上的一声绝响,让我们后来人高山仰止。"在为文和做官的关系上,孙犁有自己的看法:"在作品中,政治可以淡化,生活也可以淡化,但作家的生活欲望,不能淡化。"特别是有的人只盯着名誉、地位,热衷于作品得奖,孙犁一针见血地指出:"这些都与政治有关,作家本身的政治,也淡化不了,而且,有越来越浓化之势。……其实,你愿意谈也好,不愿意谈也好,浓化也好,淡化也好,政治是永远不会忘怀文艺;文艺也不会忘怀政治的。……欲提高作品格调,必先淡化作家的名利思想。"孙犁晚年的小品文已经走进了这样的境界,尤其是一些怀人之作,抒发了他对尘世、对人生的诸多感慨。这就是孙犁,一个融进"荒废故园"中的赤子。

春风

风

◇林斤澜

本文选自《林斤澜文集·散文卷·贰》（人民文学出版社2015年版）。林斤澜（1923—2009），作家、诗人、评论家。本名林庆澜，曾用名林杰、鲁林杰。第一部小说集《春雷》于1958年出版，其中的《春雷》和《台湾姑娘》因在题材和写法上新颖独到而在文坛崭露头角，被视为他早期的代表作品。出版的小说集有《满城飞花》《林斤澜小说选》

北京人说："春脖子短。"南方来的人觉着这个"脖子"有名无实，冬天刚过去，夏天就来到眼前了。

最激烈的意见是："哪里有什么春天，只见起风、起风，成天刮土、刮土，眼睛也睁不开，桌子一天擦一百遍……"

其实，意见里说的景象，不冬不夏，还得承认是春天。不过不像南方的春天，那也的确。褒贬起来着重于春风，也有道理。

起初，我也怀念江南的春天，"暮春三月，江南草长，杂花生树，群莺乱飞。"这样的名句是老窖名酒，是色香味俱全的。这四句里没有提到风，风原是看不见的，又无所不在的。江南的春风抚摸大地，像柳丝的飘拂。体贴万物，像细雨的滋润。这才草长，花开，莺飞……

北京的春风真就是刮土吗？后来我有了别样的体会，那是下乡的好处。

我在京西的大山里京东的山边上，曾数度"春脖子"。背阴的岩下，积雪不管立春、春分，只管冷森森的没有开化的意思。是潭、是溪、是井台还是泉边，凡带水的地方，都坚持着冰块、冰砚、冰溜、冰碴……一夜之间，春风来了。忽然从塞外的苍苍草原，莽莽沙漠，滚滚而来。从关外扑过山头，漫过山梁，插山沟，灌山口，呜呜吹号，轰轰呼啸，飞沙走石，扑在窗户上，撒啦撒啦，扑在人脸上，如无数的针扎。

轰的一声，是哪里的河冰开裂吧。嘎的一声，是碗口大的病枝刮折了。有天夜间，我住的石头房子的木头架子，格啦啦格啦啦响起来，晃起来。仿佛冬眠惊醒，伸懒腰，动弹胳臂腿，浑身关节挨个儿格啦啦格啦啦地松动。

麦苗在霜冻里返青了，山桃在积雪里鼓苞了。清早，着大靸鞋，穿老羊皮背心，使荆条背篓，背带冰碴的羊粪，绕山嘴，上山梁，爬高高的梯田，春风呼哧呼哧地，帮助呼哧呼哧的人们，把粪肥抛撒匀净。好不痛快人也。

北国的山民，喜欢力大无穷的好汉。到得喜欢得不行时，连捎带来的粗暴，也只觉得解气。要不，请想想，柳丝飘拂般的抚摸，细雨滋润般的体贴，又怎么过草原、走沙漠、扑山梁？又怎么踢打得开千里

《矮凳桥风情》，文论集《小说说小》，散文集《舞伎》等。2007年获北京作家协会"终身成就奖"。林斤澜一生经历丰富，创作颇丰，曾与汪曾祺并称为"文坛双璧"。

冰封和遍地赖着不走的霜雪？

如果我回到江南，老是乍暖还寒，最难将息，老是牛角淡淡的阳光，牛尾蒙蒙的阴雨，整天好比穿着湿布衫，墙角落里发霉，长蘑菇，有死耗子味儿。

能不怀念北国的春风！

简 评

林斤澜先生是著名的小说家，他的小说多取材于北京郊区农村生活和知识分子的坎坷命运，以散文的笔法出之，着力表现一种特殊的氛围，结构精巧多变。他此类的作品冷峻、深沉、尖刻，故被文坛称为"怪味小说"。文艺理论家李辉先生在评论林斤澜的怪味小说时说："他的'怪'并非故弄玄虚故作高深，而是寻求着一种与许多年间流行的语言模式迥然不同的叙述方式。散文同样如此，悠长的意味，在曲折婉转中，渐渐显露出来。"散文《春风》写于粉碎"四人帮"之后，经历了一段严冬般的日子，林斤澜借南国的春风与北国的春风的对比，歌颂了当时的人民大众冲破思想上的枷锁、批判"四人帮"的摧枯拉朽式的滚滚浪潮。文章通过南国的春风与北国的春风的对比，作者站在一个全新的维度上发现北国春风的独特之处，抒写北国春风的美好，诠释北国春风的精神，将文人的个性与北国春风的品质融为一体、交相辉映。"北国的山民，喜欢力大无穷的好汉。到得喜欢得不行时，连捎带来的粗暴，也只觉着解气。"在《春风》一文中，我们读出了，作者的笔下，表面充满寒意的春风中，滚动着作家一颗激动、滚烫的心。

因为林斤澜先生经常往来于故乡的江南和工作的北京两地之间，对江南春风和北国的春风有着不一样的感受和认识。长期工作的北京在作者的心里时刻撞击着心扉，所以本文不写江南的春天，而写北国的春天；不写北国的春景，只写北国春风。作者从北方与江南春风的对比性议论入手，对北方的春风欲扬先抑；然后酣畅淋漓地描绘北方春风的阳刚之美；最后呼应全文，在对比中强化对北方春风的赞美。作者认为，北方的春天，尤其是北方的春风虽然"粗暴"却别有一番诗意的美，有毫不逊色于江南春景的另一种美好。抒发了对北国春风无比的深情，歌颂了北国之春的别具一格的"好不痛快人也"，宛如北方的汉子天生的粗犷、豪放、雄健之美。

70年代末期，林斤澜先生假朋友之口评价了自己小说的特别之处："好比蔬菜里的芹菜香菜，喜欢的人就是喜欢这个味道，不喜欢的人也就是不喜欢这个味道。"同时，文学评论界就出现了"怪味小说"一说，正是这"怪味"使林斤澜先生在中国当代文坛有着他人无可替代的位置，被评论家誉为"沉思的老树的精灵""寂寞深山的采石者"等等。"怪味"的人、"怪味"的事和"怪味"的语言，造就作者独具一格的"怪味小说"。在创作中进行执着的语言探索是林斤澜毕生奋斗的目标之一。不同风格的语言在他的笔下交融，锻造出简约凝练的语言。林斤澜是浙江温州人，读者往往惊异于他京味较浓的语言风格；而作为一名温州籍作家，文笔练达的他又把温州话化入文学语言之中。汪曾祺曾评价："林斤澜不但能说温州话，且深知温州话的美。他把温州话融入文学语言，我以为是成功的。"《春风》一文的语言，可以用"涩"字来形容，但涩而不滞，涩而顺畅，如温州家乡的"老酒汗"，酽而有味，《春风》一文的语言，说白了，是以普通话作底，把温州方言、北京方言和塞外方言合理地融合起来，耐人咀嚼，酿冽芳香。如文章开篇引用北京方言"春脖子短"还运用了关外方言：冰块、冰砚、冰溜、冰碴。最典型的一句是写到京郊大山里的春风："从关外扑过山头，漫过山梁，插山沟，灌山口，呜呜吹号，轰轰呼啸，飞沙走石，扑在窗户上，撒啦撒啦，扑在人脸上，如无数的针扎。"运用拟人手法，把春风写得生动形象。"呜呜吹号"乃是温州话

"呜呜响"化成,"轰轰呼啸"乃是温州话"轰轰响"化成。至于"撒啦撒啦",乃是大西北方言。从这句话中,便可以看出林斤澜先生斟字酌句的技巧老到,熔多种方言为一炉,把要述的事和要说的话表达得生动形象。例如,林斤澜在文章中写道:"轰的一声,是哪里的河冰开裂吧。嘎的一声,是碗口大的病枝刮折了。有天夜里,我住的石头房子的木头架子,格格啦格啦啦响起来,晃起来。仿佛冬眠惊醒,伸懒腰,动弹胳臂腿,浑身关节挨个儿格啦啦格啦啦地松动。"至于"轰"字,乃是普通话中的平常象声词。至于"嘎"字,便是温州话中一个典型的象声词:比如哪个孩子不听话,当长辈的用一个指节(俗称脑丁)嘎到他的头上;拐杖嘎的一声掉到地上也用这个"嘎"字。"格啦啦"这个象声词,普通话里没有,温州话里也没有,但有"格啦响、啦啦响"这两个象声词。林斤澜先生所说的"格啦啦响"恐怕比"格啦响、啦啦响"的响声大一些。全文散句中夹杂着许多急促的短句,运用一系列动宾短语,巧妙构成了排比与反问,使语言显得变化多姿,错落有致,读来抑扬顿挫,富有节奏感。故有人赞之曰:《春风》一文语言上"粗犷豪放、贮满哲思"。

另外,在这篇文章里作者还采用了欲扬先抑的手法,通过对比烘托,把自己对北国春风别样的体会和哲思,抒写得淋漓尽致。为我们描绘了北国春风的粗犷豪迈、猛烈迅疾、强劲有力的特点,歌颂了它的勃勃生机,竭力扫尽残冬,催生万物的可贵品质,表达了对驱散严寒,带来春天的北国春风的无限怀念和深深敬意。读者在文中读出了一份庄严和激动,一夜之间,春风忽然来了,从塞外的苍苍草原,莽莽沙漠,滚滚而来,吹开了冰冻的河流,吹折了残枝病叶,吹醒了冬眠的生命,麦苗返青了,山桃鼓苞了,勤劳的山民们,背着羊粪,满怀喜悦地把粪肥抛撒在高高的梯田,用宽阔的胸襟,灿烂的笑容,迎接那粗犷豪放、迅猛强劲的春风,甚至连捎带来的粗暴,也令他们觉得解气,好一个北国春风之能势,怎能不令人欣喜呢?好一个描写春风的高手!读《春风》这样的散文,心里自然充满了春意。

中
国在我墙上

◇王鼎钧

你用了三页信纸谈祖国山川，我花了一个上午的工夫读中国全图。中国在我眼底，中国在我墙上。山东仍然像骆驼头，湖北仍然像青蛙，甘肃仍然像哑铃，海南岛仍然像鸟蛋。

我花了整整一个上午。正看反看，横看竖看，看疆界道路山脉河流，看五千年，看十亿人。中国，蚌壳一样的中国，汉瓦一样的中国，电子线路板一样的中国。中国人供人玩赏，供人考证，供人通上电流任他颤抖叫喊。中国啊，你这起皱的老脸，流泪的苦脸，硝镪水蚀过、文身术污染过的脸啊，谁够资格来替你看相，看你的天庭、印堂、沟洫、法令纹，为你断未来一个世纪的体咎？咳，我实在有些迷信。

本文选自《王鼎钧散文》（浙江文艺出版社1994年版）。王鼎钧，1925年生，曾用名方以直，山东省临沂人，抗战末期弃学从军，曾在报社任副刊主编，也当过教师。当代著名散文家，一生流亡，阅历丰富，勤奋不懈，笔耕不辍。著有：《文学种籽》《左心房漩涡》《看不透的城市》《两岸书声》《有诗》《海水天涯中国人》《山里山外》《随缘破密》《怒目少年》《沧海几颗珠》《千手捕蝶》等。

地图是一种缩地术,也是一种障眼法。城市怎能是一个黑点,河流怎能是一根发丝,湖泊怎会是淡淡的蛙痕,山岳怎会是深色的水渍。太多的遮掩,太多的欺瞒。地图使人骄傲,自以为与地球对等,于是膨胀自己,放大土地,把山垫高,把海挖深,俨然按图施工的盘古。每一个黑点都放大,放大,放大到透明无色,天朗气清,露出里巷门牌,让寻人者一瞥看清。出了门才知道自己渺小,过一条马路都心惊肉跳。这个上午我沉默,中国也沉默,我忙碌,中国稳坐不动,任我神游,等我精疲力竭。

现在,在我眼前,中国是一幅画。我在寻思我怎么从画中掉出来。一千年前有个预言家说,地是方的,你只要一直走,一直走,就会掉下去。哥伦布不能证实的,由我应验了。看我走过的那些路!比例尺为证,脚印为证。披星戴月,忍饥耐饿,风打头雨打脸,走得仙人掌的骨髓枯竭,太阳内出血,驼掌变薄。走在耕种前的丑陋里,收获后的零乱凄凉里,追逐地平线如追逐公义,穿过夸父化成的树林,林中无桃,暗数处女化成了多少喷泉,喷泉仰脸对天祈祷,天只给他几片云影。那些里程、那些里程呀,连接起来比赤道还长,可是没发现好望角。一直走,一直走,走得汽车也得了心绞痛。

我实在太累,实在希望静止,我羡慕深山里的那些树。走走走,即使重走一遍,童年也不可能在那一头等我。走走走,还不是看冬换了动物,夏换了植物,看最后的玫瑰最先的菊花,听最后的雁最先的纺织娘。四十年可以将人变鬼、将河变路、将芙蓉花变断肠草。四十年一阵风过，断线的风筝沿河而下，小成一粒砂子，使我的眼红肿。水不为沉舟永远荡漾，漩涡合闭，真相沉埋，千帆驶过。我实在太累、太累。

说到树，那天在公园里我心中一动。蟒蛇一样的根，铁铸石雕一样的根，占领土地，竖立旗帜。树不用寻根，它的根下入泉壤，上见青云，树即根、根即是树。除非砍伐肢解，花果飘零，躯干进锯木厂，残枝堆在灶口。那时根又从何寻起，即使寻到了根，根也难救。

我坐对那些树，欣赏他们的自尊自信，很想问他们：生在这里有抱怨没有？想生在山顶和明月握手？想生在水边看自己轮回？讨厌、还是喜欢树上那一伙麻雀？讨厌、还是喜欢树下那盏灯？如何在此成苗？如何从牛蹄的甲缝里活过来？何时学会垄断阳光杀死闲草？何时学会高举双臂贿赂上帝？谁是你的祖先？谁是你的子孙？

湖边还参差着老柳。这些柳，春天用它的嫩黄感动我，夏天用它的婀娜感动我，秋天用它的萧条感动我。它们和当年那些令我想起你的发丝来的垂柳同一族类。它们在这里以足够的时间完成自己，亭亭拂拂，如曳杖而行，如持笏而立，如伞如盖，如泉如瀑，如须如髯，如烟如雨。老家的那些柳树却全变成一个个坑洞。它们只不过是柳树罢了，树中最柔和的，只不过藏几只乌鸦泼一片浓荫罢了！

你很难领会我的意思。我们都是人海的潜泳

者,隔了一大段时间才冒出水面,谁也不知道对方在水底干些什么。在人们的猜疑编造声中,我们都想凭一张药方治对方的百病。我怎能为了到峨眉山上看猴子而回去。泰山日出怎能治疗怀乡。假洋鬼子只称道长城和故宫,一个真正的中国人,他的梦里到底有些什么?还剩下几件?中国,伟大的中国,黄河九次改道的中国,包容世界第二大沙漠的中国,却不肯给我母亲一抔土。我不能以故乡为墓,我没有那么大;我也不能说坟墓是一种奢侈品,我没有那么小。我哪有心情去看十三陵。

《旧约》里面有一段话:生有时,死有时;聚有时,散有时。你看,我的确很迷信。

简 评

王鼎钧先生14岁开始写诗,16岁写成《品红豆诗人的诗》,少年步入文坛的他,创作生涯长达大半个世纪,长期行走在散文、小说和戏剧之间,著作近50种,以散文产量最丰、成就最大。被誉为"一代中国人的眼睛""崛起的脊梁"。他淡泊名利,穷毕生之力于"写出全人类的问题",作品风格多样,题材丰富。本文通过观看中国地图,写出了一代去国离乡来到台湾的人们对家园的复杂情感。文章里有一股强劲的气脉在涌动,排比成文,感情充沛。文中用许多连贯的比喻,以构成给人鲜明印象的排喻。还使用了许多现代化的表达手法,新颖独到,给读者以强烈的时代感。"乡愁"是中国诗歌史上一个扣人心弦的母题,台湾诗人余光中长期以来写了许多以"乡愁"为主题的诗篇,《乡愁》就是其中情深意长、音韵婉转动人的一曲。席慕蓉也曾这样唱道:"故乡的歌是一支清远的笛,总在有月亮的晚上想起。故乡的面貌却是一种模糊的怅惘,仿佛雾里的挥手别离。离别后,乡愁是一棵没有年轮的老树,永不老去。"相同的人生经历,缠绕他们的就尽只是些没有根的回忆,无边无际。"乡愁文学"是人生旅途上普遍能够震撼心灵的景观。

王鼎钧的散文《中国在我墙上》可以说是其中比较独特的一篇。本文就是他对乡愁浪漫而颓废的倾吐,这颓废的倾吐中包含着对故乡复杂而微妙的情感,朝朝暮暮难以排遣的乡愁,积重难返如磐石一般压在作者的心头,这种情感给了我们难以言表的感动。作者读中国地图,会读一个上午。他想念辽阔的家园,却情怯不能回家。

王鼎钧的名字早已蜚声华文文学界了,他是一位在艺术上与余光中齐名的"散文大家"。他的"人生三书":《开放的人生》《人生试金石》《我们现代人》原是与青少年谈修养的专栏文章,最能体现他散文的哲理色彩。成就更高,更富创造性的还是他思乡怀旧散文;正是这些散文,奠定了他散文大家的基础。王鼎钧说:"乡愁是美学,不是经济学。思乡不需要奖赏,也用不着和别人竞赛。我的乡愁是浪漫而略近颓废的,带着像感冒一样的温柔。"在中国当代散文的园地里,王鼎钧是一个创作个性鲜明的散文大家,《中国在我墙上》就很能体现他的散文风格。首先,体现在文章结构上,看似跌宕起伏,不拘常规,事实上,是笔随情走,言虽断,而文脉一以贯之,呈现出雄浑开阔的气势。同时,作者有意识运用了变形、魔幻、象征、暗寓等西方现代派的表现手法,而这些手法无一例外地使他的"还乡"笼上了一层悲观绝望的色彩,像加缪笔下的西西弗斯,一次又一次做着徒劳的努力。

1978 年,王鼎钧应聘到美国新泽西州西东大学双语教程中心任职,编写美国双语教育所用中文教材。而在美国的日子,正如华人文艺界协会会长刘荒田先生所言:"在那里,有一种刻骨铭心的苦痛,就是那种隔离。一方面没办法进入美国的主流文化,另一方面远离了祖国,对于祖国也感到隔膜,两头都不通,这个很要命,差不多相当于耳朵聋眼睛瞎。"因此,在特定的生活环境里,王鼎钧养成了喜欢读中国地图的习惯,有时会读一个上午,远在他乡读地图就成了精神上的寄托:"中国在我眼底;中国在我墙上。山东仍然像骆驼头,湖北仍然像青蛙,甘肃仍然像哑铃,海南岛仍然像鸟蛋。"没有长期的去国怀乡之痛,焉能有如此生动、丰富的想象? 在中国地图面前,王鼎钧"正看反看,横看竖看,看疆界道路山脉河流,看五千年,看十亿人。中国,蚌壳一样的中国,汉瓦一样的中国,电子线路板一样的中国。中国人供人玩赏,供人考证,供人通上电流任他颤抖叫喊。中国啊,你这起皱的老脸,流泪的苦脸,硝镪水蚀过、文身术污染过的脸啊,谁够资格来替你看相,看你的天庭、印堂、沟洫、法令纹,为你断未来一个世纪的体咎? 咳,我实在有些迷信。"刻骨铭心的思乡之痛,凝聚在眼前的地图和站在地图前的沉思中。在故国家园的这一幅画里,王鼎钧一直在不停地行走,"比例尺为证,脚印为证。披星戴月,忍饥耐饿,风打头雨打脸,走得仙人掌的骨髓枯竭,太阳内出血,驼掌变薄。走在耕种前的丑陋里,收获后的零乱凄凉里,追逐地平线如追逐公义,穿过夸父化成的树林,林中无桃,暗数处女化成了多少喷泉,喷泉仰脸对天祈祷,天只给他几片云影。那些里程、那些里程呀,连接起来比赤道还长,可是没发现好望角。一直走,一直走,走得汽车也得了心绞痛。"乡愁还在,地图就会在作者的心中。

王鼎钧是当代散文界敢于打破陈规的改革家,更是勤勤恳恳的实践家。50多年的创作生涯,50多种作品文集,使他在散文这一包容极广的体裁领域,纵横驰骋,游刃有余,杂文、小品、叙事散文、抒情散文、散文诗等都留下了他开创性的足迹。我们读《中国在我的墙上》,扑面而来的是作者灼灼逼人的思乡之情。

惜

春小札

◇李国文

春天是不知不觉来的,她走的时候,也是悄莫声儿地在不知不觉中离去。既不像秋天落下那么多的黄叶,"无边落木萧萧下",造下满天声势;也不像冬天,一阵烂雪,一阵冻雨,"乍暖还寒时刻,最难将息",让你久久不能忘怀那份瑟缩,那份冷酷。

春天,平平常常地来,自然而然地去,没有喧哗,没有锣鼓,甚至最早在枝头绽开的桃花、杏花,还有更早一点的梅花、迎春,总是在不经意间,给人们带来惊喜。

哦! 春天最早的花!

人们的眼睛闪着亮光,然而,"枝头春意少",这时连一片叶也没有,空气还十分的冷冽。直到"小径

本文选自《李国文散文》(人民文学出版社 2005 年版)。李国文,1930 年 8 月 24 日生于上海。中国作家协会第四届理事。1957年 7 月在《人民文学》上发表反对官僚主义的短篇小说《改选》,引起一定反响。但不久就被打成"右派"。粉碎"四人帮"之后重新写作,发表了《车到分水岭》《空谷幽兰》等有影响的短篇小说。发表在 1980 年 3 月号《人民

红稀，芳郊绿遍"，已是"风送落红才身过，春风更比路人忙"的暮春天气了。

所以，等你意识到春天的时候，她早就来临了，"中庭月色正清明，无数杨花过无影"；等你发现她离去，已经是"春归何处，寂寞无行路"，杏子树头，绿柳成阴了。

春天总是很短促的，你抓住了，便是属于你的春天；你把握不住，从指缝间漏掉了，那也只好叹一声"春去也""遗踪何在"了。

典型的春天，应该在长江以南度过。没有阴霾的天气、泥泞的道路、苍绿的苔痕、淅沥的雨声，能叫春天吗？没有随后的云淡风轻、煦阳照人、莺歌燕舞、花团锦簇，能叫春天吗？只有在雨丝风片、春色迷人的江南，在秧田返青、菜花黄遍的水乡，在牧童短笛、渔歌唱晚的情景之中，那才是杜牧脍炙人口的《清明》诗中的缠绵的春天、撩人的春天、困惝的春天和"一年之计在于春"的春天。

然而，在北方，严格意义的一年四季，春天，是最不明显的，或许也可以说是并不存在的。

"五九六九，沿河插柳"，这是地气已经转暖的南方写照。

而在北方，"七九河开，八九雁来"，河里的冰，才刚刚解冻。有几年，我时常要经过什刹海后海之间，那座小得不能再小的银锭桥，这座桥所以出了名，就是因为汪精卫刺杀摄政王，在桥上扔过两枚炸弹。石桥桥洞的背阴处，冬天的积冰，很厚很厚，冰上残留着肮脏不堪的冬雪。等到它完全融化的日子，春天也差不多过去大半了。

春天里有未褪尽的冬天，这不是什么稀奇的事。

人们管这种天气现象叫做"倒春寒"。于是，本来不典型，不明显的春天，又被冷风苦雨的肃杀景象笼罩。后来，我就不再到银锭桥去了，当然，并不是因为桥底下那些不化的冰。

冰总是要化的，不过，北方的春天，太短促，这也真是没有办法的事。

北京的颐和园里，有一座知春亭，是乾隆题的匾额。这位皇帝挺爱写诗，写了上万首，挺爱题词，到处可见他的字。但知春亭的"知春"二字是否如此呢？好像也未必。通常，都是到了"桃花吹尽，佳人何在，门掩残红"的那一会，才在昆明湖的绿水上，垂下几许可怜巴巴的柳枝，令北京人兴奋雀跃不已，大呼春天来了，其实，"归来笑拈梅花嗅，春在枝头已十分"。

承德的避暑山庄里，有一幢烟雨楼。听说，在"文革"期间，有一位当时独一无二的作家，得以在这座楼里写小说，那当然是很了不起的了。不过名为烟雨楼，但至少在春天里，是没有烟雨的。那金碧辉煌的匾额上，我记不得那是不是乾隆的御笔了？但"烟雨"二字，也只是一厢情愿罢了。在高寒地带，只有塞外的干燥风和蒙古吹过来的沙尘，决不会有那"雨横风狂三月暮，门掩黄昏，无计留春住"的烟雨葱茏的风景。

看来,北方的春天,就像朱自清那篇《踪迹》里写的那样,她"匆匆地来了,又匆匆地走了"。

所以,辛弃疾对春天说:"春且住,见说道,天涯芳草无归路",想方设法要留住春天,千万不要让她平白地度过,否则,苏东坡的遗憾,"春色三分,二分尘土,一分流水",从身旁消逝,该是多么懊悔的事啊!

因此———

捉住春天。

把握春天。

然后,充分地享受春天。

虽然李商隐告诫过:"春心莫共花争发,一寸相思一寸灰。"但春天,是唤醒心灵的季节,是情感萌发的季节,也是思绪涌动的季节,更是人的生命力勃兴旺盛的季节。

切莫虚掷时光,切莫浪费春天。

人的生物钟,如果能够耳闻的话,可以相信,在这个季节里,响动的准是黄钟大吕之音、振聋发聩之声。甚至血管里跳动着的激流,也会蕴含着前所未有的力量。此时此刻,若去爱,一定是炽热生死的爱,若是去恨,一定是切齿刻骨的恨,若是去追求,若是去冒险,若是去干一番事业,若是豁出命去拼搏,你会从你的身体里,获得超负荷的"爆破力"。

这种"神来之力",这种"能量",就是人类的春天效应。

人的一生,何尝不如此呢? 也有其春华秋实的生命过程。那么青春年少的日子,也就是最美好的春天了。

然而,一生中的这个春天,似乎比北方真正的春天还要短促得多。

人,有各式各样的活法,这是每个人的选择。平庸灰色,是一生;碌碌无为,是一生;爱不敢爱,恨不敢恨,也是一生;永远羡慕别人有,永远笑话别人无,永远满足现状,又永远做更好日子的梦,可又永远想不劳而获的小市民吃不饱,也饿不死的日子,当然也是一生。自然,奋斗,是一生;努力,是一生;为了一个目标,孜孜不息地追寻,是一生;热爱生活,热爱自己,泪流过,汗淌过,摔倒过,白忙活过,总之,活得既有快乐,也有痛苦,既有满足,也有遗憾,那当然也是一生。无论怎样的一生,你千万要珍惜你生命中属于春天的那一瞬即逝的岁月。

因为,青春只有一次,一去便不复返。

而且,青春,不会久驻,使你的青春放出光华,享受青春的美,那才是生命最大的欢乐。

等到头发花白,"蜡烛成灰",一切都成了"昨夜星辰昨夜风",那时,你后悔也来不及了。

简 评

这是一篇由景及人的励志散文,匆匆的春景正是短暂青春的象征,然而这里的惜春却不同于传统意义上的"惜春",没有青春易逝的伤感,有的却是催人奋进的力量。文章不惜浓墨重彩地描绘春天,从南到北,从自然景观到人文景观,作者时而叙述,时而描绘,时而信手拈来几句古代诗人的名篇佳句,时而引用几个蕴涵深刻的文学典故穿插其间,营造了一个集绚丽、厚重、典雅于一体的美妙的春世界。但是文章的思想内容并不仅仅是要停留在这个层面上,时时不忘提醒读者:"春天纵然美丽,却是短暂的。"可能有的读者读到这里似乎觉得有些"煞风景";

但是正是这种感觉上的落差撞击你的思绪，引导你去感悟、去体会。当你还沉湎在这种难以自拔的感悟之中时，作者却又不露声色地将笔触从自然界收回到人世间的现实生活中。"人，有各式各样的活法，这是每个人的选择。平庸灰色，是一生；碌碌无为，是一生；爱不敢爱，恨不敢恨，也是一生；永远羡慕别人有，永远笑话别人无，永远满足现状，又永远做更好日子的梦，可又永远想不劳而获的小市民吃不饱，也饿不死的日子，当然也是一生。自然，奋斗，是一生；努力，是一生；为了一个目标，孜孜不息地追寻，是一生；热爱生活，热爱自己，泪流过，汗淌过，摔倒过，白忙活过，总之，活得既有快乐，也有痛苦；既有满足，也有遗憾，那当然也是一生。无论怎样的一生，你千万要珍惜你生命中属于春天的那一瞬即逝的岁月。"这才是作者真正用意之所在。

我们读过的文章中，以自然界的春天比喻人生征途上青春的文章很多，仔细想来，其中多数文章所要告诉人们的不外乎赞美青春的烂漫与活力。本文却独出机杼着力描绘、渲染"春的短暂"。还没来得及胜日寻芳，似乎只是一眨眼的工夫，那盎然的春意已然铺天卷地般袭来，容不得你半点喘息，便淹没在那蓬勃和热切的情怀中了。但是，文章的一开始，李国文先生写道："春天是不知不觉来的，她走的时候，也是悄莫声儿地在不知不觉中离去。既不像秋天落下那么多的黄叶，'无边落木萧萧下'，造下满天声势；也不像冬天，一阵烂雪，一阵冻雨，'乍暖还寒时刻，最难将息'，让你久久不能忘怀那份瑟缩，那份冷酷。"虽然作者着力描绘的是春的短暂，并以自然之春喻人之青春，但一个"惜"字，惆怅万端，引出无限遐想。由此可见，作为励志的散文，作者重在人生体验的把握和心灵感觉的抒发。作者在给他的好朋友、著名文艺评论家雷达先生在《雷达散文》的序言中说得很深刻："其实，人生的体验也好，心灵的感觉也好，在他的作品里有时也难截然分开。如果再挑剔一下的话，凡是他把自身与写作的目的物疏隔开来的文字，都不如写置身其中的那些失落、获得、寻找、迷茫、奋起、激发、颖悟、通脱的他来得动人。"是对朋友散文在人生的体验中"动人"的种种感悟,当然,也是夫子自道,同样的生活经历启示读者:落花流水春去也!在"惜春"的字里行间,读到的是自然求真、坦然磊落、物我两忘的境界。

李国文先生的散文有扎实的学问作基础,具有真性情,具有独特的个性,还有一种洞明世事的敏锐的观察力,尤为难能可贵的是拥有一颗超然的自由的心,唯其如此,方能获得从容和自信。他说:"在这个世界上,不知道为什么,有的人,很在乎别人的感觉,尤其我们中国人,具体地说,譬如作家,更在乎外国人的感觉,好像必须外国人告诉他感觉以后,他才有感觉。这真是很可怜,怎么能如此不相信自己笔下写出的东西?"读李国文的散文,是因为他的文字不仅自在,而且老辣,见修养,也见真性情,貌似随意,其实是一种气定神闲后才有的潇洒。他自己也说,安闲、怡乐、平易、冲淡是写作散文的一种适宜心态,"太强烈,太沉重,太严肃,太紧张,散文的'散'的韵味,随笔的'随'的特性,也就失去了。……'散'是一种神态,笔下出来的却是冲淡、飘洒、不羁、隽永的文字,它和松松垮垮、不着边际、信马由缰、跑肚拉稀的笔墨,不是一回事。"(《李国文散文·自序》)可见,李国文对散文是有自觉的认识的,尤其是他的"散"是一种神态的表述,令人回味不已。即便"春"这样短暂,但若说不为春的悄无声息的来临而欣欣然的,怕是不多的。古人感物伤怀,写春的诗句多如繁星,浩如烟海,读之总是让人沉醉不已。诸如"红杏枝头春意闹""春色满园关不住""天街小雨润如酥""二月春风似剪刀""春风花草香""桃花流水鳜鱼肥"……只要是喜欢古典诗词的人,这些美丽的句子一定会烂熟于心。是啊,这青山绿水、平畴如画的春光,如何绘得尽呢?这红绿映衬、摇荡葳蕤的春光,如何写得完呢?倒是东坡先生来得痛快潇洒!"春色三分,二分尘土,一分流水",仔细琢磨,春可不是这样吗?但这二分尘土与一分流水的春光,"从身旁消逝,该是多么懊悔的事啊!"这才真正传递了作者的消息:"青春,不会久驻,使你的青春放出光华,享受青春的美,那才是生命最大的欢乐。"语重心长,一定会留给我们无限的思考。

山寨静悄悄

◇ 和国才

在美丽神奇的西双版纳，我常被那无边无际莽莽苍苍的热带雨林陶醉，为那奇大无比、憨态可掬的野象群着迷，被那高耸入云、直刺蓝天的望天树折服，被那傣族姑娘仪态万方、婀娜多姿的孔雀舞吸引，但最令我激动，最令人久久回味的是偻尼人与自然和谐相处的情景。

从西双版纳州州府景洪到勐伦中国热带植物研究所的路边，有一个叫孔明的偻尼山寨像磁铁一样吸引着我，无论我走到哪里，那秀丽的景象总在眼前浮现。那是一个四五十户人家的小山寨，山寨依山傍水，几十栋褐黑色的三角形屋顶，鳞次栉比，像一群熟睡的婴儿，静静地躺在山水织就的摇篮中，非常

本文选自云南省教育科学研究院主编《高中语文必读课本·一年级·第一册》（晨光出版社 2003 年版）。和国才，纳西族，1970 年入伍，少将军衔，军旅作家。他利用空余时间创作了大量文学作品，以小说和散文见长。著有小说集《寻找第三国》，散文集《可爱第三国》《梦海梦》等。

协调地与大自然融为一体。寨子前是密密麻麻的热带雨林,寨子后也是一望无边的热带雨林,寨子左边是地毯般的热带雨林,寨子的右边还是密不透风的热带雨林;寨子中,除了那几栋房子,剩下的也全是热带雨林,几乎看不到人类生活的痕迹。在雨林中,成千上万种植物竞相生长,它们从地下一直挤到天空,整个林间树叶压着树叶,树枝挽着树枝,树干挤着树干,树根叠着树根,层层叠叠,密密麻麻,连阳光、风都无法到达林中。这些植物生长得都十分夸张,有的火柴棍般细的藤条就有几十米长,有的藤条则如水桶般粗;巨大的豆荚长到一米多长,两三斤重,豆粒如鹅蛋般大;有的树叶就像一把巨大的伞,足有四五平方米宽;有的树根犹如一堵墙,直立在林中;有的则几百条上千条从岩头上一直伸到崖底,就像一道壮观的瀑布;有的树高七八十米直刺云天;有的树粗大无比,几个人也围不拢;有的树根变树,树变根,形成一片林子,号称独木成林。寨子周围没有田地,没有菜园,没有刀砍斧劈的痕迹,甚至连果树也没有。

热带雨林是傈尼人的天然菜园,里边有取之不尽,用之不竭的各种植物供人们享用。这些植物不但营养丰富,而且还有很高的药用价值,傈尼人经常食用这些东西,一个个变得身强力壮。埋在地下的有野山药、野百合、臭参、野萝卜、野魔芋、野芋头;结在树上的有野黄瓜、树菠萝、野山豆、芭蕉花叶;林中水旁还长着竹笋、花椒叶、野韭菜、水蕨菜、各种蘑菇、山树胡子、老芦皮。

热带雨林是最大的天然果园,西双版纳是中国大陆仅有的生长热带野生水果植物的地方,水果资源异常丰富。现在发现的野生热带水果植物有五十多种,如毛荔枝、刺栲、野荔枝、野杨梅、无花果、山季子、蒲桃、大叶藤葱、布渣叶、木奶果、印度栲、曼果、梭子果、酸角、番荔枝、油梨、鸡蛋果、蛋黄果、菠萝、余甘子、龙眼、红毛丹、柚子、橙子、芒果等。这些野生水果都是实生苗,生长旺盛,产量很高,其中有很多是遗传育种方面很有价值的物种资源。生活在这里的僾尼人便是这果的受益者。他们不仅采摘食用,还上街出售。换回一把把的钞票,换回了阿爸爱喝的糯米酒,阿妈爱戴的玉镯子,阿妹喜欢的小花布。僾尼族创世纪民歌《葫芦》中也这样唱道:

> 茫茫森林是我们的家园/豺狼虎豹是我们的家狗/孔雀百鸟是我们的家鸡/满山药草是我们的摇钱树。

热带雨林是僾尼人的命根子,僾尼人把热带雨林当做像人一样有生命、有感觉的灵物对待,不会随便修整它,无论生产生活都是依自然而行。如盖房子,也不辟土平地,不破自然原貌。他们的住房俗称千脚楼,根据地形,在地上栽上几百根长短不一的木棍,高处短些,低处长些,上边铺上篾巴,大抵就形成了一大块平地,再在上面盖起竹楼,使用的材料也都是从自然林地过密的林中间伐来的。房顶不是山茅草，就是小石片，柱子、椽子、楼板，墙全是竹子做的，这种竹楼冬暖夏凉，不仅外形与自然融为一体，十分和谐，而且也适合人类居住。不破坏森林，倮尼人连烧火也不破坏树木，除了在林中捡些干枝枯叶外，他们还在房前屋后的空地种了一种叫"黑心树"的速生木，作为烧柴林。"黑心树"因树心呈黑而得名，学名叫铁刀木。这是树种中生长速度最快的一种，开始，每年可长两米左右，几年后每年长一米多。但砍伐两年后，生长速度加快，每年长三四米，两三年又可以砍伐了。由于它越砍长得越旺，连砍几番后会形成一大蓬，倮尼人称它为砍不死。黑心树质地坚硬耐磨，抗虫，可做家具、房梁等。用它做柴烧，易燃耐烧，发热量大，火力猛，炭火好，一家人只要能种上几十棵，烧柴就不成问题了。

我每次路过孔明寨，都要停下车，坐在寨子对面的山头上仔细地观察体味。早上，朝阳映红了寨子，每栋竹楼上炊烟袅袅，人来人往，充满生机，这寨子就像这块热带雨林的心脏，有节律地跳动着，给整个森林提供了无限的活力。中午浓密的森林遮住了火辣辣的日头，整个寨子清风阵阵，流水潺潺。下雨了，千条万条银线直落热带雨林，直落山寨，这时，整个倮尼寨子都变得朦朦胧胧的一片。山寨和森林把无止无尽的雨水毫不保留地吸收了。山寨中流动的小溪还是那样清，还是那么一股，几乎没有变。就像一幅巨大的画像，每看一次都有一次的感觉。第一次看它，只觉得这个山寨的倮尼竹楼鳞次栉比，和绿色在一起,就像丛林中的一片绿叶,很有特色。后来再次看到它,就觉得这个寨子与大自然很好地融为一体,很有诗情画意。再后来,就感到这个寨子没有田地、菜园,连果树也没有,整个村子依山随势而建,一点也没有破坏自然原貌。进而琢磨村民们吃什么菜,烧什么柴,水果问题怎么解决,看着想着,我也慢慢地融到了这片一尘不染、洁净欲滴的土地中。

简 评

　　云南,位于中国西南的边陲,是人类文明重要发祥地之一。生活在距今170万年前的云南元谋人,是截至2013年为止发现的中国和亚洲最早人类。悠久的历史,多民族、多文化交融,形成了独特的"彩云之南"的妩媚、神奇,素以其美丽、丰饶、神奇而著称于世,吸引着世界各地的游客。闻名于世的金沙江、怒江、澜沧江几乎并排地经这里流向远方,险峰峡谷纵横交错,江河溪流源远流长,湖泊温泉星罗棋布,造就了这块神奇美丽的乐土。从春城昆明,到"风花雪月"的大理;从高原水城丽江、神奇的"香格里拉"——中甸,到孔雀曼舞的西双版纳;从"天下第一奇观"的石林、千姿百态的元谋土林,到世所罕见的"三江"并流,江狭水凶的虎跳峡……如同一个天然的自然博物馆,每一位来到云南的游客,都会深深地感受到这是一块博大而充满激情、深邃而富有魅力的神奇之地。云南一如蒙着美丽面纱的丽人,对于游客来说,感受往往是多方面的。著名散文家雷达先生的经历有一定的代表性。他在《重读云南》中细致地记下了自己的体会:"云南所蕴含的哲理至深,这是我越到后来越意会无穷的。最近,我们一行十多人,应邀访问了云南,走的是玉溪、昆明、西双版纳一线。这一回的走云南,不知是因为我多了一双文化的眼光,还是因为我对历史地理发生了兴趣,以往沉睡的感觉突然

山寨静悄悄

237

激活，一路上我对云南的古老，神秘，明丽，浪漫，禁不住连连喷叹。我以为，云南简直是一座巨大的少数民族的博物馆，一块巨型的人类进化史的活化石，又是一部文化人类学的大词典，一摞夹满了物种演化标本的厚厚的标本册。"

和国才的《山寨静悄悄》记录的山寨主人是僾尼人，僾尼人因为人口数量少，还算不上一个民族，他们是哈尼族的一个支系。他们心灵手巧，能歌善舞。在收获的季节，妇女们头戴用五彩的羽毛、角针兽骨和四季时令鲜花装饰的帽子，身穿无领土布衣，系及膝百褶裙，绑绣花护腿，腰系用彩珠串成的腰饰和镶有贝壳的腰带，敲响象脚鼓，跳起了欢庆丰收的竹筒舞，祈求来年的风调雨顺……说到僾尼人，就必须说说哈尼族。哈尼族的历史悠久，传说他们的祖先是远古时的羌人。他们最早曾游牧在青藏高原一带，后来随战乱逐渐南迁，最后来到云南的红河、澜沧江一带定居下来。公元 7 世纪，被称为"乌蛮"的哈尼族先民开始向唐朝进贡地方特产，成为唐朝的臣属。从前哈尼族没有自己的文字，但他们的口头文学十分丰富。有讲述万物来历的《创世纪》和反映民族迁徙的《哈尼先民过江来》，这些一代代口口相传的歌谣真实地记录了这个民族热爱自由浪漫的天性和生生不息的精神。传统的僾尼歌舞不再是寨子里的年轻人唯一的娱乐方式，现代文明的影响随处可见，流行歌曲的旋律让他们找到一条走出山寨，与世界共舞的通道。

祖国的西南是多民族共同开发、繁衍的地方。除了上面说到的哈尼族之外，哈尼族与彝族、拉祜族等同源于古代羌族。因为远古的羌族早就游牧于青藏高原一带。公元前 384 至前 362 年间，秦朝迅速扩张，居住于青藏高原的古羌人游牧群体受到攻击，流散迁徙，出现若干羌人演变的名号。"和夷"是古羌人南迁部族的一个分支，当他们定居于大渡河畔之后，为适应当地平坝及"百谷自生"的地理环境和条件，开始了农耕生活，逐渐成为哈尼族。哈尼族在大渡河畔定居之后，因战争等原因被迫离开农耕定居地而再度迁徙,进入云南哀牢山中。

哈尼族大多从事农业,梯田稻作文化尤为发达。墨江的紫胶,产量居全国之冠。西双版纳偎尼人居住的南糯山,是饮誉中外的普洱茶主产地之一。逶迤连绵的哀牢山,有茫茫的原始森林和许多受国家保护的珍禽异兽。红河自治州个旧市,是闻名我国的"锡都"。

哈尼族也有自己独特的服饰,男子多穿对襟上衣和长裤,以黑布或白布裹头。妇女多穿右襟无领上衣,下身或穿长裤或长短不一的裙子,襟沿、袖子等处缀绣五彩花边,系绣花围腰,胸佩各色款式的银饰。

哈尼族的蘑菇房美观实用,独具一格。即使是寒气袭人的严冬,屋里也是暖融融的;而赤日炎炎的夏天,屋里却十分凉爽。

《山寨静悄悄》中的偎尼人给读者一个突出的感受是这些边疆地区的少数民族非常懂得和自然界和睦相处,不破坏自然风貌。这里的热带雨林被保护得很好,就像原始森林那样完整无缺。这里人们盖房,烧火取柴,都以不破坏自然环境为宗旨,想方设法找到一条"捷径",从而使山寨成了"一尘不染,洁净欲滴的土地"。文中"我"以外,没有出现其他人物,这是一种"素描式"的散文,是西南边陲美丽的自然风光的再现,读后有清新自然之感。"那是一个四五十户人家的小山寨,山寨依山傍水,几十栋褐黑色的三角形屋顶,鳞次栉比,像一群熟睡的婴儿,静静地躺在山水织就的摇篮中,非常协调地与大自然融为一体。"这是一幅非常吸引人的画面,特别是在世界环境保护问题日趋严重的今天。

云

赋

◇ 孙广举

本文选自孙广举《星云月三赋》(原载《北京文学》1981年第1期)。孙广举,笔名孙荪,河南永城人。中国作家协会会员,中国当代文学研究会、中国当代文学学会理事,河南文学学会副会长。出版文艺批评论集《让艺术的精灵腾飞》《文学的菩提树》《风中之树》等,散文集《鸟情》《瞬间解读》《生存的诗意》等。

　　小时候在农村,二八月看巧云,是一件赏心悦目的快事。每逢这样的机会,天上美景总是引起童心的好奇和遐想。要是那天上的棉山粮垛能落入人间仓库,那数不尽的羊群马队能赶到乡村的牛栏,那无际的瓦块能送给百姓盖房,该多好呵!可这些念头像多变的云朵一样,来得疾,去得也快,自生自灭了。那美丽的天堂离人间究竟太远太远了。

　　后来,我常想写一篇云赋,但却一直是想想而已。直接触发我拿起笔来是在一次旅途上,飞机中。那是六月底的一天,时令正值仲夏,我买好了上午十时从北京飞往中原的票。可是不巧,天不作美。清晨起来就见那天空像一大块洗褪了色的浅灰色大幕,不知是谁在往下扯这大幕似的,天空比往常低多了。在我动身前往售票大楼的路上,觉得脸上有凉丝丝的雨星飘来。抬眼一看,那灰色的天幕像浸透了水一样。沉甸甸的,越坠越低,颜色也由灰变乌,更阴暗了。眨眼工夫,像有狂风从天幕后边猛吹似的,只见这里那里涌出一大团一大簇的乌云来。有的如有首无面的凶神恶煞、有眼无珠的妖魔鬼怪,有的如乌龙青蟒、黑熊灰猩,奔跑着、追逐着、拥挤着、翻卷着、聚拢着,好像在执行着什么攻城略地的庄严神圣而又刻不容缓的使命,大有非把敌人逐出国门并踏为齑粉不可之势。"心为物役",我的思路也禁不住随着乌云狂奔起来。忽然,"吧嗒""吧嗒"的声音把我的思路打断了,我看见黄豆粒大的雨点冷不丁地东一颗西一颗地摔下来,砸在水泥地上,炸开一个个小小的水花。不一会儿,雨声就由"沙!沙!沙!"而"刷!刷!刷!"雨丝由断而连,由细而粗,雨下起来了。

我知道糟了!今天的班机怕要误了。果不其然,当我们坐车到达机场时,广播里正在告诉旅客:飞机不能起飞,请耐心等待。我们只好在候机室里恭候上苍开颜赏脸。这时的天空,像乌云已经牢牢控制了局势的战场一样,紧张愤怒的情绪已经变得比较轻松,因为暴怒而变得乌黑的脸膛也变得稍微明朗了些,乌云也在趁机会歇歇脚、喘口气,再也不那么急急地奔驰了,带着重重的水汽的云在徜徉,或在低空和雨帘中轻轻掠过。幸运得很,那天上苍还算给面子,夏天的雨来得猛、去得快,只不过一个多小时,雨停了。

大概乌云是以雨为矢同太阳作战的吧,那雨一停,太阳可能就要反攻起来了。这时的乌云已经弹尽粮绝,几小时以前乌合起来的兵马,现在是丧魂失魄,溃不成军,大有不堪收拾之状了。只见狼奔豕突,顷刻间纷然瓦解,无影无踪。太阳卷土重来,君临上届,天晴了。

整天艳阳高照,也许不觉得太阳的妩媚。雨过天晴之后,特别是旅途遇雨又天晴,太阳也像换了新的,光华格外灿烂。天空和万物都像新洗过了,空气就不用说了,像新充了更多氧气。天边偶尔飘浮着淡淡的白云,像什么神仙画家从天庭跑过,信手运笔,轻轻抹在青山之旁,蓝天之上。又像从别的什么仙境飘来的片片银色的羽毛,若飞,若停,吸之若来,吹之若去。这时候,你鼻翼翕动,只觉洁净清爽,沁人心脾,纵目四望,只觉耳目一新。

但那一天,使我最为心荡神怡,思绪飞越的是登上飞机以后看到的云景。我是头一次坐三叉戟飞机。我的眼睛盯着窗外,飞机碰着云了,钻进云层了。不,我们高高地在云层之上了。真有意思:原来我们往常看到的云都是离地面较低的,尤其是乌云。当飞机越过一万多米的高空以后,一幅真正瑰丽的彩云图出现了。谁能想到,几个小时以前,在地上仰望苍天看到的是那样一副面孔;几个小时以后,在你的脚下,却看见了这样一副仙姿。连绵起伏的云山絮岭宛如浮动在海上的冰山。由一色汉白玉雕砌而成的各式各样的宫阙亭榭，高高低低连成望不到头的长街新城。金色的阳光把这些银色的山峦和楼台勾出了鲜明的轮廓。借用"银装素裹，分外妖娆"几个字来描绘，倒是十分妥帖。还有那用白色的绢绸和松软的棉絮制成的散漫的巨象，大度的白猿，从容的骆驼，安详的睡狮，肥硕的绵羊，伫立雄视的银鸡，或卧、或坐，或行、或止，都在默默地体味这空蒙的仙境中片刻的静美。我也有点像驾着祥云遨游九天的神仙了。但由于老习惯的驱使，我又抬眼仰望天空。呵，湛蓝湛蓝，高远莫测，一丝儿云也没有，一点儿尘也看不见，冰清玉润的月牙，像是"挂"在南天上，可细看，又无依无托，使人觉得好似从哪里飞来的一把神镰突然停在了那里。我心想，这才是天空的真面目呢。人们往往把云和天搅混在一起，其实云层和天空本是两回事。"拨开乌云见青天"之"青"，原来是只有站在云头之上才能体会得到的呵。

这时候，我脑海里忽然涌出许多作家在书中对云的千姿百态、千娇百媚的描写，但一同我眼前亲见的景象相比，却都有点失色了。记得上学时读屈原《九歌》中的《云中君》，诗中礼赞云神"烂昭昭兮未央"，"与日月兮齐光"，"龙驾兮帝服，聊翱游兮周章"，"览冀州兮有余，横四海兮焉穷"，我很钦佩屈子"精骛八极，心游万仞"的想象力，但对云中君的感觉终较模糊，有了这一次亲历，云神的形象在我脑中有点根梢了。

当我结束这次空中旅行的时候,一个极普通的现象引起了我的注意:田野里的禾苗因一场夏雨刚过而变得生机盎然。于是,在我脑海里迅速闪过一个念头:无云何来雨,无雨何来五谷丰登、牛肥马壮、新房林立,我儿时的遐想,真还包含着点辩证法的萌芽呢。

简评

本文是作者一篇著名的抒情散文——《星云月三赋》中的第二节。散文《星云月三赋》通过对星、云、月这三种自然景物及其变幻莫测的各种情态的真切、生动的描绘,表现了作者一种超自然惬意的心境。写云的这一节,通过描绘瞬息万变、舒展自如的云景,展示了魅力无穷的自然风光,作者眼中的云彩,清润飘逸而又洁净爽朗,观赏中灵魂也会受到净化。这便是本文带给我们的不同寻常的感悟。

"天上浮云似白衣,斯须改变如苍狗。"(杜甫《可叹》)诗人笔下云彩的变化是捉摸不定的,状写如此捉摸不定的云,是不容易的。文章在结构剪裁上,详略得当,清晰流畅,读之给人留下难忘的整体印象。同时,比较突出的是,作者细致地刻画出几个特色鲜明的画面:下雨之前的乌云,下雨时的乌云,雨过天晴的白云以及从飞机上看到的最使人"心旷神怡"的匀净的云。不同的时间、不同的角度、不同的情形、不同的感觉,作者都能挥洒自如,尽情描画。写雨前的乌云,作者充分调动了视觉、感觉和想象,天空是"沉甸甸"的,简单的三个字,不仅鲜活地刻画了"黑云压城城欲摧"的场面,而且把人们压抑的心情也一并传达出来,可谓言简意赅。通过一系列的比喻和传神的刻画和描写,如同电影镜头,把云彩的游移聚散生动地拍摄下来。写雨中的云,运用了扣人心弦的拟人手法,"紧张愤怒的情绪已经变得比较轻松","因为暴怒而变得乌黑的脸膛也变得稍微明朗了些"，既有形态，又有颜色，还有变化的动感，极富艺术表现力。作者着墨最多的情景当然是在飞机上看到的云景。大段的文字，新巧奇特的比喻，把云彩或行或止、或卷或舒的变幻传神地描摹出来，令人心向往之！

就散文创作而言，孙广举的《云赋》文思酣畅，文笔精美，绘形绘色地写出了乌云、浮云，高空俯视下的彩云等动人景色，展现出一幅幅气象万千的云彩变幻图。赋是我国古代的一种韵文文体，这里含有歌颂、赞美的意思。这种文体，兼具诗歌与散文的特点，大多铺陈风物，托物抒情。同时，本文又是一篇清新隽永，寓意深长的优秀散文，文章围绕着云的变化运用比拟的手法，通过对千姿百态、千娇百媚的云的景象的描写，抒发了作者对奇幻云景和祖国风光的无比热爱，也表现了作者为儿时的理想正在变为现实而流露出的欢悦之情。文章以儿时在农村二八月观赏巧云引起的"好奇的遐想"起笔，遥思远想，娓娓道来，悄然为全文点题铺垫。结尾呼应前文："于是，在我脑海里迅速闪过一个念头：无云何来雨，无雨何来五谷丰登、牛肥马壮、新房林立，我儿时的遐想，真还包含着点辩证法的萌芽呢。"写儿时的念头自生自灭了，文情似断实连。读之引人寻思：儿时的念头为何不能实现？现实的人间与"美丽的天堂"为何相隔太远太远？日月天公追星汉，桑梓人间几多年。天上的美景已不是儿时的"好奇和遐想"，而是眼前的现实，作者循踪蹑迹，巧设过渡，抓住风云变幻的特点，看似无意的一个切入点——"直接触发我拿起笔来是在一次旅途上，飞机中"。以起飞之前，飞行之中所见云雨动静之势和云天奇丽之景，进行了层次分明的铺陈描绘。作者登机飞临万米高空，俯视得见"一幅真正瑰丽的彩云图"。作者将细致的观察和丰富的想象精心地交织，笔底细腻的描绘和奇特的比喻完美地统一起来："连绵起伏的云山絮岭宛如浮动在海上的冰山。由一色汉白玉雕砌而成的各式各样的宫阙亭榭，高高低低连成望不到头的长街新城。金色的阳光把这些银色的山峦和楼台勾出了鲜明的轮廓。"至此，文章铺陈了在地面和高空的揽云观胜，俯仰之间，生动地摄取了百态千姿的云天奇景，但作者似嫌直接描绘犹有不足，再以伟大诗人屈原所描绘云景图跟亲历目睹的奇美云图相映照，从而得到"云神的形象在我脑中有点根梢了"的深切感受。作品的结尾部分与开篇儿时的遐想遥相呼应，不仅仅使文章铺陈开合有度而且意境完整。同时，又别开生面地将文思升华，以示《云赋》非纯然之风云笔墨，热情地讴歌云雨的功绩，礼赞生机盎然的大自然和现实生活，使读者对这大自然的精灵——云，顿生向往热爱之心。

《云赋》是一篇描写云彩的典范之作。

生活在大自然的怀抱里

◇ [法] 卢梭

为了到花园里看日出,我比太阳起得更早;如果这是一个晴天,我最殷切的期望是不要有信件或来访扰乱这一天的清宁。我用上午的时间做各种杂事。每件事都是我乐意完成的,因为这都不是非立即处理不可的急事,然后我匆忙用膳,为的是躲避那些不受欢迎的来访者,并且使自己有一个充裕的下午。即使最炎热的日子,在中午一时前我就顶着烈日带着芳夏特(编者按:卢梭养的一条狗)出发了。由于担心不速之客会使我不能脱身,我加紧了步伐。可是,一旦绕过一个拐角,我觉得自己得救了,就激动而愉快地松了口气,自言自语说:"今天下午我是自己的主宰了!"接着,我迈着平静的步伐,到树

本文选自《世界散文精华·欧洲卷》(江苏文艺出版社 1994 年版)。让·雅克·卢梭(1712—1778),法国 18 世纪伟大的启蒙思想家、哲学家、教育家、文学家。卢梭出生于瑞士日内瓦。14 岁时外出谋生,当过学徒、仆人、家庭教师、乐谱抄写员等。50 岁到巴黎为《百科全书》撰稿。后受法国当局通缉,流亡国外。晚年独居巴

黎。主要著作有《论人类不平等的起源和基础》《社会契约论》《爱弥儿》《忏悔录》《新爱洛绮丝》《植物学通信》等。在哲学著作中他提出了天赋人权、自由平等、主权在民的思想，对法国大革命产生了深远的影响。

林中去寻觅一个荒野的角落，一个人迹不至因而没有任何奴役和统治印记的荒野的角落，一个我相信在我之前从未有人到过的幽静的角落，那儿不会有令人厌恶的第三者横隔在大自然和我之间。那儿，大自然在我眼前展开一幅永远清新的华丽的图景。金色的燃料木、紫红的欧石南非常繁茂，给我深刻的印象，使我欣悦；我头上树木的宏伟、我四周灌木的纤丽、我脚下花草的惊人的纷繁使我目不暇给，不知道应该观赏还是赞叹；这么多美好的东西争相吸引我的注意力，使我眼花缭乱，使我在每件东西面前流连，从而助长我懒惰和爱空想的习气，使我常常想："不，全身辉煌的所罗门也无法同它们当中任何一个相比。"

我的想象不会让如此美好的土地长久渺无人烟。我按自己的意愿在那儿立即安排了居民，我把舆论、偏见和所有虚假的感情远远驱走，使那些配享受如此佳境的人迁进这大自然的乐园。我将把他们组成一个亲切的社会，而我相信自己并非其中不相称的成员。我按照自己的喜好建造一个黄金的世纪，并用那些我经历过的给我留下甜美记忆的情景和我的心灵还在憧憬的情境充实这美好的生活。我多么神往人类真正的快乐，如此甜美、如此纯洁，但如今已经远离人类的快乐。甚至每当念及此，我的眼泪就夺眶而出！啊！这个时刻，如果有关巴黎、我的世纪、我这个作家的卑微的虚荣心的念头扰乱我的遐想，我就怀着无比的轻蔑立即将它们赶走，使我能够专心陶醉于这些充溢我心灵的美妙的感情！然而，在遐想中，我承认，我幻想的虚无有时会突然使我的心灵感到痛苦。甚至即使我所有的梦想变成现实，我也不会感到满足：我还会有新的梦想、新的期望、新的憧憬。我觉得我身上有一种没有什么东西能够填满的无法解释的空虚，有一种虽然我无法阐明，但我感到需要的对某种其他快乐的向往。然而，先生，甚至这种向往也是一种快乐，因为我从而充满了一种强烈的感情和一种迷人的感伤——而这都是我不愿意舍弃的东西。

我立即将我的思想从低处升高，转向自然界所有的生命，转向事物普遍的体系，转向主宰一切的不可思议的上帝。此刻我的心灵迷失在大千世界里，我停止思维，我停止冥想，我停止哲学的推理；我怀着快感，感到肩负着宇宙的重压。我陶醉于这些伟大观念的混杂，我喜欢任由我的想象在空间驰骋；我禁锢在生命的疆界内的心灵感到这儿过分狭窄，我在天地间感到窒息，我希望投身到一个无限的世界中去。我相信，如果我能够洞悉大自然所有的奥秘，我也许不会体会这种令人惊异的心醉神迷，而处在一种没有那么甜美的状态里；我的心灵所沉湎的这种出神入化的佳境使我在亢奋激动中有时高声呼唤："啊，伟大的上帝呀！啊，伟大的上帝呀！"但除此之外，我不能讲出也不能思考任何别的东西。

简评

　　让·雅克·卢梭出生于一个钟表匠家庭,由于家境贫寒他没有受过系统的教育,但公认的是他读了不少书。7岁时的卢梭就将家里的书遍览无余。他还外出借书阅读,如勒苏厄尔著的《教会与帝国历史》、包许埃的《世界通史讲话》、普鲁塔的《名人传》、那尼的《威尼斯历史》、莫里的几部剧本等,他都阅读过。由于这些历史人物的典范影响和他父亲的谆谆教诲,卢梭深深体会到了自由思想和民主精神的可贵。家庭的环境和生活经历是卢梭成长的土壤。父亲是钟表匠,技术精湛;母亲是牧师的女儿。母亲因生他难产去世。他一出生就失去了母爱,他是由父亲和姑妈抚养大的。卢梭懂事时,知道自己是用母亲的生命换来的,他幼小的心灵十分悲伤,更加感到父亲的疼爱。他的父亲嗜好读书,这种嗜好无疑也遗传给了他。卢梭日复一日地读书,无形之中养成了读书的习惯,书渐渐充实并滋养了他年幼留下的心灵。特殊的生活经历对卢梭的影响是多方面的,童年的不幸在他心灵上留下的阴影以及对他日后生活的干扰也是很明显的,所谓"靠女人生活"的非议和晚年独居巴黎的孤独反映了卢梭的另一面。作为一个思想家,卢梭的贡献是多方面的,他的美学思想,特别是他对自然之美的描写和论述,也是其整个思想体系的重要组成部分。在卢梭歌颂大自然的无限深情之中,包含着一种超出个人而属于历史的东西,一种将要在人类的美和艺术的创造中逐渐展开的新的东西,他要将这些思想的底蕴揭示出来。《生活在大自然的怀抱里》就是这样一篇意境优美的散文。

　　卢梭把自然与文明尖锐对立起来,并为人类返回自然大声疾呼。他认为,在自然的怀抱里,人可以暂时忘却尘世的烦恼,自然人性可以得到一定程度的复归。本文即表现了作者旨在挣脱人世的烦扰、走进大自然的快感以及由此引发的丰富联想。他说过,"最伟大的教师,并不是任何一种书籍,他的教师是自然。"虽然他长期身处漂泊之中却没有丝毫精神的空虚。凡是映入卢梭眼帘的东西,都令他内心感到一种醉人的享受。大自然的奇伟、多彩,深深影响了卢梭的人生观。自然渗透了他的整个生命。无论是日内瓦湖和瓦莱山区,还是蒙莫朗西森林和布洛涅树林的优美景色,都集中在他的描写之中。大自然的美是同现实生活的丑恶相对照而出现的,因而具有理想美的特质。

本文表达了作者热爱自然、崇尚个性、蔑视世俗观念的进步思想。文章一开始就用简洁的笔调表述了自己在一天里如何摆脱来访者,接着又饱含激情地描述了他所看到的自然极其清新华丽、充满生机的一面。置身于这个甜美、纯洁的世外桃源,作者陶醉了,忘却了尘世的纷繁、虚荣、伪善、偏见,充满了梦想、憧憬。面对大自然的美景,作者展开了丰富的想象。他想象着"按自己的意愿在那儿立即安排了居民",然后"把他们组成一个亲切的社会","把舆论、偏见和所有虚假的感情远远驱走",还要按照自己的喜好建造一个黄金的世纪,并用"甜美记忆的情景"和"还在憧憬的情境充实这美好的生活"。这是作者神往的甜美而纯洁的人类真正的快乐,体现出作者对自然的迷恋,他专心地陶醉在这样美妙的情感之中。此时,自然已经融进了他的生命。因而,当这种快乐远离了人类的时候,他会非常感伤。他在文中流露出来的感伤之情,是他对自然、对自由快乐的生活向往的另一种表现。

从少年时代开始,卢梭便酷爱自然,他曾不厌其烦地摹写、表现自然,自然渗透了他整个生命。本文中,卢梭走进大自然,融入大自然,在大自然的怀抱中,逃离了人世的纷繁扰乱,感受到了自由和快乐,并由此引发出丰富的想象和深邃的思考。"为了到花园里看日出,我比太阳起得更早",文章开篇就流露出对太阳、对大自然的敬意和爱意。之后,作者一路铺垫。晴天,"我"最殷切的期望是不要有信件或来访扰乱这一天的清宁,这是为了使自己有一个充裕的下午去访问大自然。为此,

生活在大自然的怀抱里

"我"用上午的时间做各种杂事，并担心"不速之客会使我不能脱身"。作者在写大自然之前，交代这些内容，显然是急于想表达逃离世俗、走向大自然的愿望，他希望自己融入大自然，和大自然毫无阻隔地交流。然后，作者向我们展示了一幅大自然的清新图景。如果说前面的叙述是铺垫的话，这里的描写便是展开。作者笔下的大自然是宁静的，那里是"一个荒野的角落"，"一个人迹不至因而没有任何奴役和统治印记的荒野的角落"，一个"从未有人到过的幽静的角落"；作者笔下的大自然是浪漫而充满诗意的，那里有金色的燃料木、紫红的欧石南、宏伟的树木、纤丽的灌木、纷繁的花草等，和尘世的环境形成鲜明的对比，大自然在作者的眼里是如此鲜亮明丽，生机勃勃，使作者眼花缭乱，目不暇接，流连忘返。这是作者通过景物描写表达的对大自然的热爱和赞美之情，也是感人肺腑的内心独白："使我在每件东西面前留步，从而助长我懒惰和爱空想的习气，使我常常想：'不，全身辉煌的所罗门也无法同它们当中任何一个相比。'"

卢梭的"回归自然"并非社会学意义上的复古或倒退。他对自然状态的描绘是希望从现存的状态来反省、回顾人类社会发展的历程。它不是一种关于存在是什么而是存在应当是什么的理论。在这一问题上，卡西尔读懂了卢梭。他说："卢梭试图把伽利略在研究自然现象中所采取的假设法引入到道德科学的领域中来，他深信只有靠这种'假设的和有条件的推理'方法，我们才能达到对人之本性的真正理解。卢梭关于自然状态的描述并不是想要作为一个关于过去的历史记事，它乃是一个用来为人类描画新的未来并使之产生的符号建筑物。""回归自然"思想不仅具有政治批判意义，而且具有文明批判意义。从某种意义上看，后者才是卢梭思想的独特性之所在。作为审视文明进程的价值理想所在，"回归自然"也指向了启蒙学派的历史进步观和理性观。"当伏尔泰还为了文明跟愚昧无知战斗时，卢梭却已经痛斥这种人为的文明了。"卢梭以敏感的神经感受到了与文明、理性相伴而生的问题,从而开启了现代性批判的先河。西方20世纪宏大的文化批判潮流可以在卢梭那里找到源头,而这种对文明的批判也具有现实的意义。

生活在大自然的怀抱里,是现实给卢梭的启示,也是卢梭给现代人"人之本性"的启迪。

到

尼亚加拉大瀑布

◇ [英] 狄更斯

本文选自《世界散文精华·欧洲卷》(江苏文艺出版社 1994 年版)。查尔斯·约翰·赫芬姆·狄更斯(1812—1870),19 世纪英国批判现实主义小说家。艺术上以妙趣横生的幽默、细致入微的心理分析,以及现实主义描写与浪漫主义气氛的有机结合著称。马克思把他和萨克雷等称誉为英国的"一批杰出的小说家"。他的作品

那一天的天气寒冷潮湿,着实苦人;凄雾浓重,几欲成滴,树木在这个北国里还都枝柯赤裸,完全冬意。不论多会儿,只要车一停下来,我就侧耳静听,看是否能听到瀑布的吼声,同时还不断地往我认为一定是瀑布所在那方面死乞白赖地看;我所以知道瀑布就在那一方面,因为我看见河水滚滚朝着那儿流去;每一分钟都盼望会有飞溅的浪花出现。恰恰在我们停车以前几分钟内,我看见了两片嵯峨的白云,从地心深处巍巍而出,冉冉而上。当时所见,仅止于此。后来我们到底下了车了,于是我才头一回听到洪流的砰訇,同时觉得大地都在我脚下颤动。

崖岸陡峭,又因为有刚刚下过的雨和化了一半

的冰,地上滑溜溜的,所以我自己也不知道我是怎么下去的,不过我却一会儿就站在山根那儿,同两个英国军官(他们也正走过那儿,现在和我到了一块)攀登到一片嶙峋的乱石上了;那时濒渤大作,震耳欲聋,玉花飞溅,蒙目如眯,我全身濡湿,衣履俱透。原来我们正站在美国瀑布的下面。我只能看见巨浸滔天,劈空而下,但是对于这片巨浸的形状和地位,却毫无概念,只渺渺茫茫,感到泉飞水立,浩瀚汪洋而已。

我们坐在小渡船上,从紧在这两个大瀑布前面那条汹涌奔腾的河里过的时候,我才开始感到是怎么回事;不过我却有些目眩心摇,因而领会不到这副光景到底有多博大。一直到我来到平顶岩上看去的时候——哎呀天哪,那样一片飞立倒悬的晶莹碧波!——它的巍巍凛凛,浩瀚峻伟,才在我眼前整个呈现。

于是我感到,我站的地方和造物者多么近了,那时候,那副宏伟的景象,一时之间所给我的印象,同时也就是永远无尽所给我的印象——一瞬的感觉,而又是永久的感觉——是一片和平之感:是心的宁静,是灵的恬适,是对于死者淡泊安详的回忆,是对于永久的安息和永久的幸福恢廓的展望,不掺杂一丁点暗淡之情,不掺杂一丁点恐怖之心。尼亚加拉一下就在我心里留下深刻的印象——留下了一副美丽的形象,这副形象一直永世不尽留在我的心头,永远不改变,永远不磨灭,一直到我的心房停止了搏动

对英国文学发展起到了深远的影响。主要作品有《匹克威克外传》《大卫·科波菲尔》《荒凉山庄》《雾都孤儿》《老古玩店》《艰难时世》《我们共同的朋友》《双城记》等。

255

的时候。

我们在那个神工鬼斧、天魔帝力所创造出来的地方上待了十天，在那永久令人不忘的十天里，日常生活中的龃龉和烦恼，如何离我而去，越去越远啊！巨浸的砰訇对于我如何振聋发聩啊！绝迹于尘世之上而却出现于晶莹垂波之中的，是何等的面目啊！在变幻无常、横亘半空的灿烂虹霓四周上下，天使的泪如何玉圆珠明，异彩缤纷，纷飞乱洒，纵翻横出啊！在这种眼泪里，天心帝意，又如何透露而出啊！

我一起始，就跑到了加拿大那一边儿，在那十天里就一直在那儿没动。我从来没再过过河，因为我知道，河那边也有人，而在这种地方，当然不能和不相干的闲杂人搀和。整天往来徘徊，从一切角度，来看这个垂瀑；站在马蹄铁大瀑布的边缘上，看着奔腾的水，在快到崖头的时候，力充劲足，然而却又好像在驰下崖头、投入深渊之前，先停顿一下似的；从河面上往上看巨涛下涌；攀上邻岭，从树杪间瞭望，看激湍盘旋而前，翻下万丈悬崖；站在下游三英里的巨石森岩下面，看着河水，波涌涡漩，砰訇应答，表面上看不出来它所以这样的原因，实在在河水深处，却受到巨瀑奔腾的骚扰；永远有尼亚加拉当前，看它受日光的蒸腾，受月华的挑逗，夕阳西下中一片红，暮色苍茫中一片灰；白天整天眼里看它，夜里枕上醒来耳里听它；这样的福就够我享的了。

我现在每到平静之时都要想：那片浩瀚汹涌的水，仍旧尽日横冲直滚，飞悬倒洒，砰訇澎渤，雷鸣山崩；那些虹霓仍旧在它下面一百英尺的空中弯亘横跨。太阳照在它上面的时候，它仍旧像玉液金波，晶莹明澈。天色暗淡的时候，它仍旧像玉霰琼雪，纷纷飞洒；像轻屑细末，从白垩质的悬崖峭壁上阵阵剥落；像如絮如棉的浓烟，从山腹幽岫里蒸腾喷涌。但是这个滔天的巨浸，在它要往下流去的时候，永远老像要先死去一番似的，从它那深不可测、以水为国的坟里，永远有浪花和迷雾的鬼魂，其大无物可与伦比，其强永远不受降伏，在宇宙还是一片混沌，黑暗还复掩渊面的时候，在匝地的巨浸——水——以前，另一个漫天的巨浸——光——还没经上帝吩咐而一下弥漫宇宙的时候，就在这儿森然庄严地呈异显灵。

简 评

　　狄更斯的一生共创作了100余篇短篇小说，几十部中篇小说，15部长篇小说，还有大量的散文、特写、游记、剧本、演讲、书信，等等。除了诗歌，当时所有的文学体裁他几乎都尝试过。在创作方法上，他是个现实主义者。狄更斯特别注意描写生活在英国社会底层的"小人物"的生活遭遇，深刻地反映了当时英国复杂的社会现实，为英国批判现实主义文学的开拓和发展做出了卓越的贡献。他又是一位幽默大师，常常用妙趣横生的语言在浪漫和现实中讲述人间真相。狄更斯是19世纪英国现实主义文学的主要代表。狄更斯是一个高产作家，他凭借勤奋和天赋创作出一大批经典作品，除了小说以外，他在散文、游记、诗歌等各种体裁上均有涉猎。

　　举世闻名的尼亚加拉大瀑布，是全世界热爱大自然的旅行者心中的圣地，以其丰沛而浩瀚的水汽，震撼了所有前来观赏的游人。瀑布水声震耳欲聋，水汽既浩瀚又高耸。瀑流激起层层水雾遮天蔽日。数十只鸥鸟，在水雾上盘旋往复，飞翔鸣叫。当阳光灿烂时，瀑布的水花便会形起一座七彩水帘屏幕。冬天时，瀑布表面会结一层薄薄的冰，那时，瀑布便会稍许安静一点，一片白茫茫的水世界。秋、夏之际，瀑布的飞流溅沫，有时会横跨在雨后的天空上，形成一道美丽的彩虹。《到尼亚加拉大瀑布》是英国著名小说家狄更斯描写大瀑布的著名散文，作者将其小说家常有的震撼人心的艺术表现的魅力，融于绘声绘色的景物描写中，为我们展示了尼亚加拉大瀑布的迷人景象。

尼亚加拉瀑布位于加拿大和美国交界的尼亚加拉河中段，号称世界七大奇景之一，与南美的伊瓜苏瀑布及非洲的维多利亚瀑布合称世界三大瀑布。它以宏伟的气势，震撼了所有的游人。从伊利湖滚滚而来的尼亚加拉河水流经此地，突然垂直跌落，巨大的水流以银河倾倒之势冲下断崖，声震数里之外，场面撼人心魄，形成了气势磅礴、万马奔腾的景象。狄更斯对它进行了全面细致的观察、描写。他从各种不同的角度来欣赏这条垂瀑：站在马蹄铁形的边缘上看，从河面上俯瞰，攀上邻岭眺望，站在下面的巨岩下仰视，看它的千姿百态，美不胜收。他描写一天中不同时间里大瀑布的风姿：在阳光下，在夕阳里，在暮霭中，在月光下，看它变幻多端，气象万千。尤其是，置身于这样浩瀚峻伟的景象中，作者感受到的却是"心的宁静""灵的恬适"，深深地打动了无数的读者。

秋

天的日落

◇ [美] 梭罗

最近十一月的一天,我们目睹了一个极其美丽的日落。当我像平时一样漫步于一道小溪发源处的草地之上,那高空的太阳,终于在一个凄苦的寒天之后、暮夕之前,突于天际骤放澄明。这时但见远方天暮下的衰草残茎,山边的木叶橡丛,顿时沉浸在一片最柔美也最耀眼的绮照之中,而我们自己的身影也长长伸向草地的东方,仿佛是那缕斜晕中仅有的点点微尘。周围的风物是那么妍美,一晌之前还是难以想象,空气也是那么和暖纯净,一时这普通草原实在无异天上景象。但是当我想到眼前之景又岂必是绝不经见的特殊奇观?说不定自有天日以来,每个暮夕便都是如此,因而连跑动在这里的幼小孩童也

本文选自冯至、李永平主编《世界散文精华·美洲卷》(江苏文艺出版社1994年版)。亨利·大卫·梭罗(1817—1862),出生于美国马萨诸塞州康科德。19世纪美国最具有世界影响力的作家、哲学家;超实验主义代表人物,也是一位自然主义者。1837年毕业于哈佛大学。1845年,在距离康科德两英里的瓦尔登湖畔隐居两年,自

耕自食,体验简朴和接近自然的生活,以此为题材写成长篇散文《瓦尔登湖》(1854)。梭罗才华横溢,一生共创作了二十多部散文集,被称为自然随笔的创始者,其文简练有力,朴实自然,富有思想性,在美国19世纪散文中独树一帜。

会觉着自在欣悦,想到这些,这幅景象也就益发显得壮丽。

此刻那落日的余晖正以它全部的灿烂与辉煌,并不分城市还是乡村,甚至以往日也少见的艳丽,尽情斜映在一带境远地自僻的草地之上;这里没有一间房舍——茫茫之中只瞥见一头孤零零的沼鹰,背羽上染尽了金黄,一只麝香鼠正探头穴外,另外在沼泽之间望见了一股水色黝黑的小溪,蜿蜒曲折,绕行于一堆残株败根之旁。我们漫步于其中的光照,是这样的纯美与熠耀,满目衰草枯叶,一片金黄,晃晃之中又是这般柔和恬静,没有一丝涟漪,一息咽呜。我想我从来不曾沐浴于这么幽美的金色光波之中。西望林薮丘岗之际,彩焕灿然,恍若仙境边陲一般,而我们背后的秋阳,仿佛一个慈祥的牧人,正趁薄暮时分,赶送我们归去。

我们在踯躅于圣地的历程当中也是这样。总有一天,太阳的光辉会照耀得更加妍丽,会照射进我们的心扉灵府之中,会使我们的生涯充满了更大彻悟的奇妙光照,其温煦、恬淡与金光熠耀,恰似一个秋日的岸边那样。

简评

　　梭罗从哈佛大学毕业后,回到家乡以教书为业。其思想深受爱默生影响,信奉提倡回归本心,亲近自然。1845 年,在瓦尔登湖畔隐居两年,自耕自食,体验简朴和接近自然的生活,并以此为题材写成长篇散文《瓦尔登湖》(1854),成为超验主义经典作品。《瓦尔登湖》在美国文学中被公认为是最受读者欢迎的非虚构作品。书中他强调亲近自然、学习自然、热爱自然,追求"简单些,再简单些"的质朴生活,提倡短暂人生因思想丰盈而臻于完美。相对于今天人们在艰难中追求的"绿色哲学",梭罗早了 100 多年。

　　梭罗的《瓦尔登湖》曾与《圣经》等书一起被美国国会图书馆评为"塑造读者的 25 本书"。哈丁说过,《瓦尔登湖》内容丰富,意义深远,它是简单生活的权威指南,是对大自然的真情描述,是向金钱社会讨伐的檄文……正因为这样,它也影响了托尔斯泰、圣雄甘地等人,从而改写了一些民族和国家的命运。梭罗最喜欢的季节是 8 月,他描述此时的瓦尔登湖就像谈起一位老朋友一样亲切:"8 月里,在轻柔的斜风细雨暂停的时候,这小小的瓦尔登湖做我的领导,最为珍贵,那时水和空气都完全平静了,天空中却密布着乌云,下午才过了一半都已具备了一切黄昏的肃穆,而画眉在四周歌唱,隔岸相闻。"瓦尔登湖的梭罗对风景的欣赏,完全把自己的魂魄倾注与其中。所以,瓦尔登湖对他来说就成了一部常读常新的自然的大书。

　　《秋天的日落》,是梭罗的一篇极其经典的散文,在作者的散文作品中,我们似乎从字里行间读出了一种独特的感觉,那就是在美国拥有最多读者的散文经典《瓦尔登湖》中对大自然的真情描述。它开门见山地写出了有生以来看到的别开生面的一次深秋的日落景象。单从文章的标题看,一幅诗情画意的彩绘图:秋天、黄昏、晚霞、田野、落日及一些无限大的外延深深地吸引着读者。歌颂大自然和谐美妙的诗篇,文采和思想并重。这是一篇优美的写景说理文章。作者通过对秋天草地上日落时分大自然柔和恬静的景物描写来阐释自己对于人生的理解。作者善于把哲理寓于景物当中,在赞美大自然的同时,讴歌了真理的光芒、无私和博爱。

作者为我们描绘了一个美丽和谐的秋日黄昏。在梭罗的笔下,"衰草残茎"的秋日黄昏在日落的点化下没有了颓衰之气。风物是"妍美"的,空气是"和煦纯净"的。这种美也是不分城市还是乡村的。作者以博大精深的胸怀来看待世间的万物,认为自然界是人类共有的财富,只有在大自然面前人类才是公平的,只有在大自然面前人们才可以享受超越世俗的公正。于是,在作者的眼中"秋阳"成了一个"慈祥的牧人",他充满慈爱的普照可以"照射进我们的心扉灵府之中","会使我们的生涯充满了更大彻悟的奇妙光照",作者这种独特的世界观反映了他追求人与自然的和谐统一的思想。我们可以想象的迷人处:在无人知晓的瓦尔登湖畔独居两年的梭罗,他从事着最原始的建设与耕种,有充裕的时间用来思考——思考自然,思考人类自身,思考那些在豪华都市中无从想象的东西。或许如作家洪烛先生赞美梭罗及《瓦尔登湖》时说的那样:"他天生就是城市的叛徒,以及乡村的忠臣。他无法挽救乡村那衰落了的文明,可是乡村却挽救了他——挽救了一颗人类的枯竭之心。""在物欲横流的现代社会,做隐士比做总统要困难。"所以,阅读本文我们有一种走近作者营造的一个人的村庄——"瓦尔登湖"的感觉。

秋日里,尤其是晚秋,那零落的秋叶,摇曳的芦苇,清凉的秋风,萧萧的秋雨,南飞的归雁,给人一种独立寒秋的空旷之感,落日下的苍茫,给人以深沉的孤寂和色泽富丽的感官享受。在秋野中,那日落是一种静谧,一种神圣,一种苍凉,一种美好。但作者梭罗虽然在这篇散文中写有衰草残茎的荒凉秋景,却让人感觉不到一丝悲哀、忧郁和惆怅,表现出作者一种豁达的人生观。"我们漫步于其中的光照,是这样的纯美与熠耀,满目衰草枯叶,一片金黄,晃晃之中又是这般柔和恬静,没有一丝涟漪,一息咽呜。"纯美的语言,纯美的意境,纯朴的情怀使人感到一种蓬勃的积极向上的力量,仿佛自己就处在这自然的力量之上。这种感怀贯串于整篇文章,尤其在文章的结尾处得到了升华:"总有一天,太阳的光辉会照耀得更加妍丽,会照射进我们的心扉灵府之中,会使我们的生涯充满了更大彻悟的奇妙光照,其温熙、恬淡与金光熠耀,恰似一个秋日的岸边那样。"

《秋天的日落》语言极为精练,结构紧凑,意蕴深厚,气势恢弘,全文不过八百字,内容却非常丰富。景物描写细致入微,但不乏思想的深邃。虽说直抒胸臆,不似中国散文的婉约之风,但情韵十足,有大气磅礴之势。全文没有从正面描写日落,而是选取了日落时分周边的自然景观和日落时的色泽与光彩,深切地抒发自己对大自然的热爱以及对未来的憧憬。

种一片太阳花

◇ 李天芳

本文选自李天芳《种一片太阳花》(《人民日报》1981 年 12 月 24 日)。李天芳,中国作协全国委员会委员、陕西省文联副主席、国家一级作家、陕西妇女文化研究会会长。从1964 年在《人民文学》发表散文处女作以来,一直坚持文学创作。出版散文、小说、报告文学等多种。

差不多没有人不喜爱花,但谙于花道,又长于种花的人并不多。我就是个只爱花,而不会养花的人。

这原因也许是多方面的。年幼时,生养我的家乡,是个草木落地生根的地方,常年四季,所到之处都有鲜花开放。成年以后,在北方的山野为民,虽然寒冷的气候和瘠薄的土地,都不利于绿色生命的繁衍,但出门是田地,举目是山坡,夏花秋叶还是比比皆是。

来到机关后,山川和土地远了。机关的四合院,构筑方整,屋舍俨然。半世纪前,据说曾是大军阀的公馆。为了舒适,也为了阔气,室内的地用木板镶了,室外的地用青砖铺了。偌大的一个院子里,竟难找到五谷和花草赖以生长的泥土。

春天,别处的草青了,树绿了,这里,映进眼帘的却是一片单调的砖瓦色;夏天,烈日当空,砖铺的院地像炉火那样散发着热,叫人焦躁难忍。此情此景,促人强烈地生起对于色彩的渴望。渴望郁郁葱葱的树,斑斓多姿的花。

有这念头的似乎还不止我,于是大家动手,揭掉砖头,垒起花墙,收拾出一块长方形的花圃。

种什么呢?我和同事们面对一方泥土,七嘴八舌地讨论起来,认定不能太娇,也不能太雅,太娇太雅都不是我们服侍得了的。末了,一致地想到太阳花。

银粒儿一般的种子撒下去以后,天天有人俯着身子瞅它、盼它。可是大半个月过去了,竟丝毫没有动静。有人说种早了,有人说埋深了。正在各种判断莫衷一是时,它破土而出了。

新出的芽儿,细得像针,红得像土,几天之内,就抽出很圆的秆,细圆的叶。叶和秆都饱和着碧绿的汁液,嫩得不敢碰。很快的,叶叶秆秆密密麻麻连成一片,像法兰绒一般,厚厚地铺了一地。

当案头的文稿看得双目昏花时,走到院里来,看一看这绿茵可爱的太阳花,对于困倦的眼睛,是一种极好的休息。

一天清晨,太阳花开了。在一层滚圆的绿叶上边,闪出三朵小花。一朵红,一朵黄,一朵淡紫色。乍开的花儿,像彩霞那么艳丽,像宝石那么夺目。在我们宁静的小院里,激起一阵惊喜,一片赞叹。

三朵花是信号,号音一起,跟在后边的便一发而不可挡。大朵、小朵,单瓣、复瓣,红、黄、蓝、紫、粉一齐开放,一块绿色的法兰绒,转眼间,变成缤纷五彩的锦缎。连那些最不爱花的人,也经不住这美的吸引。一得空暇,就围在花圃跟前,欣赏起来。

从初夏到深秋,花儿经久不衰,一幅锦缎,始终保持着鲜艳夺目的色彩,起初,我们以为,这经久不衰的原因,是因为太阳花喜爱阳光,特别能够经受住烈日的考验。不错,是这样的,在夏日暴烈的阳光下,牵牛花偃旗息鼓,美人蕉慵倦无力,富贵的牡丹,也会失去神采。只有太阳花对炎炎赤日毫无畏惧,阳光愈是炽热,它开得愈加热情,愈加兴盛。

但看得多了,才注意到,作为单独的一朵太阳花,其生命却极为短促。朝开夕谢,只有一日。因为开花的时光这么短,这机会就显得格外宝贵。每天,都有一批成熟了的花蕾在等待开放。日出前,它包裹得严严紧紧,看不出一点要开的意思,可是一见阳光,就即刻开放。花瓣苏醒似的,徐徐地向外伸张,开了,开圆了……这样一个开花的全过程,可以在人的注视之下,迅速完成。此后,它便贪婪地享受阳光,尽情地开去。待到夕阳沉落时,花瓣儿重新收缩起来,这朵花便不再开放。第二天,迎接朝阳的将完全是另一批新的,成熟了的花蕾。

这新陈交替多么活跃,多么生动!也许正是因为这一点,太阳花在开花的时候,朵朵都是那样精神充沛、不遗余力。尽管单独的太阳花，生命那么短促，但从整体上，它们总是那样灿烂多姿，生机勃勃。

人们还注意到，开完的太阳花并不消沉，并不意懒。在完成开花之后，它们将腾出空隙，把承受阳光的最佳方位，让给新的花蕾，自己则闪在一旁，聚集精华，孕育后代，把生命的延续给未来。待到秋霜肃杀时，它已经把银粒一般的种子，悄悄地撒进泥土。第二年，冒出的将是不计其数的新芽。

太阳花的欣赏者们，似在这里发现了一个世界，一个科学的、合理的、公平的世界。他们像哲学家那样，发出呼喊和感叹：太阳花的事业，原来是这样兴旺发达，繁荣昌盛的呵！

太阳花给予的启迪，无疑是有益的。

为了这，我们院里的劳动者们说，来年春暖时分，还要种一片太阳花！

简 评

《种一片太阳花》是一篇内涵丰富、情理兼美的散文，字里行间涌动着自然界生物对我们人类精神上的抚慰和灵魂上的启迪。作者从乡间来到城市，住进机关的四合院里。春天，别处的草青了，树绿了，而这个封闭的四合院里，映进眼帘的却是一片单调的砖瓦色，怎能不使人强烈地生出对色彩和花草的向往与渴望？渴望那郁郁葱葱的树，渴望那斑斓多姿的花草，渴望生活中多一点情趣，多一点诗意。在"院子里劳动者们"的忙碌和期盼中，终于迎来了太阳花绽放的情景。那是怎样的一种奢华、绚丽的景象啊！那一片火红，一片鹅黄，一片淡紫、一片纯白、一片天蓝、一片水粉，从初夏到深秋，经久不衰！"在夏日暴烈的阳光下，牵牛花偃旗息鼓，美人蕉慵倦无力，富贵的牡丹，也会失去神采。只有太阳花对炎炎赤日毫无畏惧，阳光愈是炽烈，它开得愈加热情，愈加兴盛。"

太阳花也许没有其他花那么美丽,那么娇艳,但它自有那一份别的花没有的活力,它不需要用美丽来包装自己,因为它蓬勃的生命力让它更吸引人,那是一种内在的品质,可以感染他人,激励自己!"开完的太阳花并不消沉,并不意懒。在完成开花之后,它们将腾出空隙,把承受阳光的最佳方位,让给新的花蕾,自己则闪在一旁,聚集精华,孕育后代,把生命的延续给未来。待到秋霜肃杀时,它已经把银粒一般的种子,悄悄地撒进泥土。第二年,冒出的将是不计其数的新芽。"这样细致的观察和充满情感的描写,就使得文章充满了哲学的理趣,同时,也扩充了文章的内涵与蕴藉。

太阳花生命的短促,让人不能不生怜悯之情;太阳花生命的顽强,又让人不能不生敬佩之情。"日出前,它包裹得严严紧紧,看不出一点要开的意思,可是一见阳光,就即刻开放。花瓣苏醒似的,徐徐地向外伸张,开了,开圆了……它便贪婪地享受阳光,尽情地绽放,朵朵都是那么精神充沛,不遗余力。待到夕阳沉落时,花瓣儿重新收缩起来,这朵花便不再开了。第二天,迎接朝阳的,将是另一批新的、成熟了的花蕾。"读到这里,我们似乎明白了为什么"尽管单独的太阳花生命短促,但从整体上看,它们总是那么灿烂多姿,生机勃勃"?正因为太阳花的花期实在是太短促的缘故,所以它才格外珍惜开花的机会啊!

通过小而艳丽、小而执着的太阳花,作者抒发了对蓬勃的生命力的热烈的赞美,意在告诉我们应该珍惜生命,热爱生命。是啊,太阳花虽然只有一天的绽放时间,但却"朵朵都是那样精神充沛、不遗余力",把绽放的美丽全部奉献出来。那么,在我们的现实生活中,有多少人每天都在辛勤地劳作?他们在自己平凡的工作岗位上默默地奉献着,用青春和热血书写有价值的人生。当然,在生活里我们也少不了烈日的暴晒,秋霜的寒冷,但能否像太阳花一样不被困难吓倒,就在于我们有没有那一份不服输的活力。有时生活也会偶尔平淡,甚至会让我们放松了自己,这个时候,我们更应该保持自己的活力,这是值得我们每个人深思的。

　　作者从一片太阳花中见到了一个科学、合理、公平的世界。这是太阳花带给作者的感悟,也是作者传达给我们的启发。作家表露的是:人对花的爱恋,花对人的启迪。读着女作家优美的文章,我们从心里更喜欢太阳花,喜欢太阳花独特的美:顽强,且能经久不衰。小小太阳花是一曲歌,一曲激励人们向上的歌。太阳花的事业,这样的兴旺发达;太阳花的事业,这样的繁荣昌盛。在春天姗姗来临的时候,让我们在自己心灵的土地上也种下一片美丽的太阳花吧!

　　文章结构严整清晰,平中见奇,自然流畅;作者在行云流水般的诉说中迸出了思想的火花。鲜明的对比,生动的拟人,形象的比喻等修辞手法的运用,使文章显得生动活泼而又意趣盎然。

"吃"了十年的一本书

◇ 刘烨园

本文选自《世界文学》1999 年第 5 期。刘烨园，当代散文家。山东省作家协会第五届理事，山东散文学会副会长。1994 年加入中国作家协会。著有散文随笔集《忆简》《途中的根》《领地》《中年的地址》《精神收藏》《旧课本》等。

茨威格的《异端的权力——卡斯特利奥反对加尔文史实》译介到中国来，也许太晚了。世纪末了，在现代化的眼花缭乱里拥挤的人流，"多元"得仿佛已经不再需要它。然而更晚的是，读过它的十年之后，我才看到前苏联作家巴乌斯托夫斯基这段痛心疾首的话：一些微不足道的书籍都被当作是杰作……而优秀的作品却被束之高阁，直到写出这些作品的二十五年后才重见天日。这种损失是无法弥补的。假如像普拉东诺夫和布尔加科夫这些作家的优秀作品，写完后就能和读者见面的话，那么，我们所有的人的思想就会比现在不知要丰富多少倍了。

这段不完整的引文，至今仍使我心重如磐。（我是从马克·斯洛宁的《身后恢复名誉》一文中,一字不漏地抄录下来的,见《复活的圣火》一书,广州出版社1996年11月版。)记得当初读到这里时,我曾不由得仰头面壁,感慨深长(似乎不再有年轻时的骤然战栗了),许久,才又盯着白纸黑字,仿佛要将这短短的几行"吃"下去……已经无法再读下去了。也仿佛再无别的意识。四十余年来,经历过中国那样的历史,如今又裹挟在这样的现实中,作为文化中人,许多同样的感受,同样的悲凉,使我看到巴乌斯托夫斯基——这个在语言、精神、情感、审美的森林里,个体生命就如同树汁一样与之相濡相融的人,在临终的前一年(1967年),面对自己的国家几十年来对文化的残暴摧毁,回首一生的扭曲和自斫,眼里只剩下早已凝固的欲哭无语的忧郁神情……我停下来——多年的阅读体验证实,这样的"截止",对于我来说,是因为又遇到碰撞、燃烧的阅读高潮与极境了。书中的文字这时已经属于我,我和她一起在瞬间的时空里黑洞一般回旋,分不清是她的烈熔还是自身的热血正向新的奠定奔流而去。而且不需多久,我知道,证实她的启示的应验也将随之而来——然而,那一天,那一刻,不由得"随之而来"的却是《异端的权力》。巴乌斯托夫斯基说出的,不也正是十年前我在乡下初遇此书时,彻夜不眠的同样遗憾么(岂止是遗憾啊)——巴乌斯托夫斯基说的是苏联,是原创,我感慨的是中国,是译介(没有普拉东诺夫和布尔加科夫的中国更其悲凉),但没有什么区别,都是文明的损失、文化矿藏和精神财富的多舛。多次的重读,也许已经使茨威格的文字在一个东方后人的生命里生根发芽了——放下《复活的圣火》,我从书橱里拿出已被翻断装订线的"旧书",随手就找到了十年前那段痛心疾首的红字眉批:怔怔地,怔怔地看着版权页,1986年才出版啊。心如雨云翻滚。一次次问自己,这本书何以无法早早翻译过来,又何以不能早读到此书?又读晚了。就像读《苏共野史》。如果1966年能读到此书,我、我们会投身"文革"么?或以反对的立场投身?就在这段话的左下角,还有一处在后来的十几年对我更是影响至深的几句"心得":原来茨威格除了"一个女人的二十四小时",还有这样的书啊。小说家?作家。知识分子。人类的敬意。……不由得再翻下去,几个小时倏然而过,差不多是又重读了一遍——这本薄薄的小册子,十二万字,二百余页,十年来,竟几乎页页都被我连写带划地读"满"了:她的密密麻麻,是在说我已经把她"吃"透了么?

——从16世纪的史实中,我看到曾经饱受迫害的"宗教改革家"加尔文,是怎样"胜利导致滥用胜利"的,是如何刚刚上台,自家因思想不同而受的迫害还未结痂,就立刻比曾经迫害自己的人更变本加厉地用监禁、流放、火刑等更残忍的手段来迫害另外的思想者的(何以会如此?何以能够如此?这是不是这类人的共性?是不是人性的邪恶?是不是只有科学的人权教育与理性才能使他们自我约束,同时,也只有真正的自由、民主制度才能对其制约,从根本上避免悲剧的发生？）；看到他和拥戴他的民众互动得多么狂热，多么"同步"，而历史的悲剧却是以美丽的日内瓦市民的民主投票方式上演的——它发人深省地使我想到仅有制度的公正也许还无保障，其他的社会构成因素，诸如教育、素质、观念、情绪、经济，甚至"场景气氛"等，有时综合搏动，照样会发生有悖制度的逆向运作，而具体的历史与某段现实相交时所呈现的时空特殊性，又总是使极少数清醒者毫无回天之力——1933年的希特勒也是民选上台的总理，而1966年开始的"文革"，若没有大多数中国人的自愿献身，并"首创"无数"革命行动"，也不可能"波澜壮阔"。没有经历那场"史无前例"的浩劫的人是不会为书中如此的"细节"震惊、羞愧、忏悔的，也许还会像后来的孩子们观看"文革"电影那样报以哄堂大笑，觉得仅仅荒唐仅仅好玩好笑罢——然而受难其中却是无比深重的，而人类的恶迹竟然如此相似，又委实令人心绪如铅，沉思无期：加尔文已经至高无上地控制国家权力了，市政会议、宗教法庭、大学、法院、金融和道德、才干与学校、巡捕和监狱、文字与议论，甚至最秘密的窃窃私语都已听任他摆布，他的教条已经成为法律，任何胆敢怀疑的人都会受到众人的教训，受到压制讨论和武力施暴了，何以还要用监禁、流放、火刑来对付批评者呢？是人性的什么因素、时代的什么局限，使加尔文的奋斗与成功被神化被绝对化，而如此灿烂壮观的光环，又是如何极大地满足了人们潜在的同类渴望，进而转化成蓬勃

「吃」了十年的一本书

273

的社会气氛,导致人类正常的辨识淹沉于对"成者王"的天才崇拜惯性里,因此丧失科学的质疑精神?全民宣誓效忠与权力专断的巅峰原来是相辅相成的连体之魔啊。宗教(意识形态)的唯一化,起初不过是强加是忍受,却竟然演变成了迷信与狂热!当加尔文以上帝与整个世界的崇高名义(令人想起以理想、人民、无产阶级的名义)调动民众向"敌人"(除加尔文的教义、教规之外的一切社会存在)猛烈开火之时,民众们不也同样"乐在其中",利用权势的号令与恩赐的"自由",为所欲为,以同样的名义借机向同事、邻居、相识与不相识的人发泄平时只能隐藏、压抑、无法实施的各种恚怨么?二者潜在的欲念、"名义"深处的人性之恶,似乎同根同质。只有上下一统,齐心协力,社会才有无处不在无时不有的告密,揭发,陷害,"扣帽子",抄家,抓捕,施刑(监狱人满为患,犯人之间肆意毒打比进拷打室更厉害),才有随时拦截盘问,随时入家搜查,随时逼迫仆人和孩子揭发主人与大人的"义务";才有裙子不能长也不能短,发式不能太高,只能吃一菜或一汤,不能藏有糖果与果浆,不得有未经宗教法庭许可出版的书,不得有别的圣者的画像,不得唱世俗的歌(奏乐也不允许),不得从事任何哪怕仅仅是"带有"快乐的活动,不得喝酒,去教堂不得迟到、早退,不准自行选择孩子受洗的名字等无奇不有的戒令;才有"斗私批修"似的时时刻刻的心理折磨(加尔文的法庭宣称:人只要还在呼吸,几乎每时每刻都会犯罪),以及凡是能使生活不那么灰暗、单调的任何事情都在取缔、惩罚之列的"胜利恐怖"：某人受洗时微笑，三天关押；某人布道时因炎夏而困倦，坐牢；两个市民玩九柱戏，坐牢；某人拒绝命名孩子叫亚伯拉罕，坐牢；一个盲琴师弹了一支舞曲，驱逐出城；一个姑娘滑冰，一个寡妇倒在丈夫坟上，一个市民拜神时敬邻居吸一撮鼻烟，统统做苦工赎罪；一个市民称加尔文"先生"未称"大师"，坐牢；一对农民夫妇出了教堂就谈论生意，坐牢；一个男人玩牌，枷颈示众；两个游艇员吵架，处死；两个男孩"举止粗鲁"，判处火刑（后又改判极为恐怖的身心摧残，押去现场受"教育"：眼睁睁看着大人们如何将活生生的人烧得大叫、扭曲、烧焦）……如此等等，没完没了。而这样的"加尔文时期"，似乎也与一切类似的年代一样，若是一般的民众已不能正常生活，那么对于"不满是向上的车轮"（鲁迅语）的知识分子，也早就首当其冲，被赶杀殆尽了。余下的，似乎也只能自我"配合"，消弥精神特质，比民众更低下地为苟活而活了。

然而如果欧洲是这样，它们的恐怖也就不会寿如流星，其人文资源也就不可能葱葱郁郁（不仅仅是源远流长）。诞生过卡斯特利奥的土地必然诞生茨威格，必然出现这样的知识分子——如此"越位"的小说家，他在希特勒还罩着持续上升的旺盛"光环"的时候，就远见卓识地昭现了人类的厄运。（希特勒于1933年上台，《异端的权力》1936年初版，以此推断，可能尚在希特勒为取得政权而奋斗的年代，茨威格就意识到他的走向并开始查找加尔文的史料了。）《异端的权力》未言纳粹一字，却又句句指向现实，指向纳粹，指向同波共澜的民众，指向直接或间接地助纣为虐的各国政府，也指向茨威格所在的知识界——茨威格和卡斯特利奥一样，不仅怀疑，而且思索，不仅想，而且做；不是事到临头才咬牙被动地顶住，而是路见不平即挺身而出！由于思想的力量是信念的、心灵的、根系的、科学的，因而也是绵长的、久远的，所以知识分子笃定不是以情绪反对情绪，以激烈反对狂热，以功利心态企望收取立竿见影的功利回报或借助群体行为的"热量"随势而动的"昙花"人物，更不是藏匿着宗派与个人利益，借助任何冠冕堂皇名义施放暗箭的"文人"——多年之后，我才读出《异端的权力》不是中国式的影射：茨威格之所以选择16世纪的前车之辙，是由于知识分子的科学精神与严肃态度（这与远见卓识并不矛盾。即使他是非分明，憎恶纳粹，但要著书立说，要对其发展走向、时间长短、危害程度、制止办法等作出科学预见，则更需要认真思索、长期研究）。只有痛苦的怀疑、犹豫、深思熟虑，甚至绝望、虚无之后，从生命里再生的信念与力量才是真实和不可动摇的——卡斯特利奥如此，茨威格亦如此。欧洲自古希腊以来丰厚的榜样积蓄，他的优秀素质，使之能够发掘这个"辙"，切剖这个"辙"，犀利、深刻，将人们从遗忘的盲从中唤醒过来（如果《异端的权力》像许多中国史书那样，只是叙述加尔文的罪行、民众的附孽和卡斯特利奥的抗争,而没有那些星罗棋布的新视角、新思考的深层、到位的绝妙论述——甚至大段大段的性格、心理、生活方式、手段、伎俩研究,也不可能是警钟长鸣的人类启示录)。茨威格明了知识分子存在的唯一价值,知道穷学者卡斯特利奥"苍蝇撼大象"的反抗所具有的崇高、永恒意义,断定人类的罪恶已从"加尔文时期"开始,进化到了以各种意识形态各种花样翻新的"正当"名义以及时髦的幻觉为特征的共性阶段,而人性之恶却仍是谁也无法回避的血泪话题,因此,提醒人类对苦难"永远保持新发于硎的敏锐"(更何况遗忘),避免重蹈覆辙,雪上加霜,也就成了知识分子前仆后继的天然使命——茨威格尽心尽力了。茨威格又一次验证了人类之所以产生作家,产生知识分子的本原何在。所以,即使他想象不到,三百年后,在遥远的东方会发生"文革"那样的巨大浩劫,他的写于五十年前的书,他的16世纪之"辙","无意中"也在针对"文革"新发于硎,而卡斯特利奥在16世纪最残忍、最暴虐的"全面专政"下的知识分子立场,不仅给后世开辟了道路,多少清除了障碍,也留下了宝贵的遗产——其意义是深深扎根于个体生命而非如伏尔泰、左拉那样呈现社会"符号"性的:伏尔泰和左拉挺身而出之时,与他们对立的力量不是一统的时代与整个社会;伏尔泰的年代已经开明、人道,作为著名作家,即使他为卡拉斯辩护也仍可以得到国王和亲王们的保护;而左拉,则还拥有一支看不见的军队即全欧洲全世界的钦佩做靠山;他们只是拿着名誉和安逸冒风险，不必付出生命的代价。而卡斯特利奥，作为一个可有可无的、无足轻重的穷学者，一个靠译书和担任家庭教师的收入勉强养家糊口，日常生活常常处在可怜的贫困与窘迫之中的小人物，一个逃亡两次以上，没有公民身份，没有居住权，在公众中毫无影响的异国难民，仅仅因为加尔文伤害了他的良心（这是我所知的人类最纯粹的反抗理由，而在她的深处，则是最高贵的心灵），就主动进击，以《论异端》《答加尔文书》《悲痛地向法兰西忠告》等著述，代表受污辱受迫害的人权，茕茕孑立地与一个拥有成千上万支持者、成千上万自恐自控同胞，以及全部国家机器以及社会所有的物质力量和精神力量的独裁者据理抗争……一条多么清晰的人格边界！作为读者，我从前心目中的知识分子定义被彻底改写了——这就是经典的含义！

这样就算"吃"透了这本书么？不可能。如果我感到了她的"终结"，不是我的浅薄抑或已丧失悟性与活力，就是她根本算不上经典。我即使能读透她的内容，又怎能从字里行间，深切把握从纸背浸出的鲜活的作者及书中人物的生命——她们更有价值。如果阅读抵达不了这样的深度，抵达不了他们的经历、心绪、忧患、疼痛，一切的一切，再"满"再"透"不也是虚妄么？也许这样的抵达永无可能，但一次次接近，哪怕是自以为是的接近，不也是探索的意义和活着的真谛么——我将永远感激她所给予我的似无穷尽的"心得"："压抑思想就是杀死人类，因为人是因思想而为人的";"无论动机、原则是什么，无论多么好听、正确，一旦强加于人，强求一律，不许人们自愿选择，就立即成了野蛮。因此，所谓形式主义等等，不是荒唐、错误，而是犯罪。不需要什么后果，后果只意味犯罪的程度，而发生就已经犯罪了";"是不是文盲也许并不可怕。有文化有知识并非就不是道义盲、人权盲、是非盲、立场盲，其危害更大更根本";"知识群体非知识分子，群体乃集体，共同性、时髦性、依附性、一致性，为'众'的目的，必然约束、放弃甚至牺牲自我，而分子是独立、对立、自由的，不是什么'皮'与'毛'关系，而是本身就是支撑社会大厦的另一柱子，必不可少";"非法制、无制约、无民主，必然要出问题。出了怎么办呢？只能靠搞运动。然而却仍然不能解决，因为这并非妙方。若不敢改就只好再搞，一次比一次厉害——终于'文革'了";"精神的本质是个人的、内在的，不是对手所决定的。所以，当所谓的外界压力消失之后，就不再清醒和思考的人皆可疑，如'文革'后许多人'胜利'的满足"，等等，等等。

然而，就是这样的一本书，十年来，一直令我耿耿于怀，好生疑窦：何以如此重要的心血之作，几乎每一章都是针对中国的历史和现实而写，每一段都仿佛在加深中国知识人的耻辱与愧疚，书中的句句剖析、思考，不仅对中国对前人对历史，就是对人类对今人对后世，都有着发人深省的联想和启迪，且文气高贵、深邃，笔触精雅如流，叙述生动、形象，却在她出版后的那几年乃至以后的日子里,几乎就"无声无息"呢(我不记得在什么媒介上读到过对她的介绍、书评、体会)？是我孤陋寡闻,是人们浮躁、表层,是媒介浅薄,还是她不够经典抑或不够"时髦"？她的意义、启示、共性、对应性,不是昭然若揭的世道良药么？80年代中后期的文化知识界,"解放"得多么沸沸扬扬,多么"精英"辈出啊:那么多报刊,那么多写作,那么多双眼睛,那么多条生命,各显神通,甚嚣尘上,却何以单单忽视她、冷落她,又何以在"多元"的欢呼中这极为重要的一元微弱得最不成比例？……我似乎只能感谢"偶然"、感谢"机缘"了——在自己命定的生途上走着走着,不期然也许将相遇寒冷中的篝火,抑或山未穷水未尽,也能有"柳暗花明"的顿悟。1987年,如果不是因为从郊外中学调至省作家协会,发现我的档案里竟然没有十几年前曾两次两地下乡的"工龄";如果在重返旧地开具下乡证明的那天,路过当年因不得读书而只能以苦苦怅望校门来"解馋"的"县一中"时(多么啰唆的"国情"),不是不由自主地站住,不由自主地咀嚼心中起落的多年漂泊的滋味,而是"功利"地匆匆而行,早已将苦难遗忘且毫无知觉地踩在脚下,也许我就错过走近铺着两张旧报纸的临时地摊,从胡乱摆放的寥寥几本什么书中,被《异端的权力》这个书名陡然击得心紧的珍贵机遇了！能够在她出版的第一时间连夜读完她,真是太好的"偶然",太及时的相遇了——我还年轻,我正"饥荒",我需要她——我的三十多年的底层经历那时正使我感到文化知识界在时代之制下多年来一波一波的工具性"热闹"，有如破帽遮脑，十分可疑（比方"名人"们曾纷纷撰文欢呼文学创作的"黄金时代"已经来临），然而我又无法自信，无从奠基，没有精神资源，看不清事情的来龙去脉——许多的疑团，许多的混杂，在那夜阅读的碰撞、燃烧中分崩离析，似乎只待再思索再发现就可以若隐若现地解开了……甚至那个野气清爽的秋夜，也"偶然"得多么适合深读这样的经典啊：寄宿在客栈一样的老乡的土屋里，多年的都市颠簸正被忘却，如同还在插队的漫长岁月，后来的时代喧嚣似乎尚在遥远的云端；最后一缕白日的燥气也被夜风吹尽了，熟悉的、伴有庄稼味、牲畜味的气息，正使一颗沉痛日久的心渐渐纯粹，似乎仅能感受到灯光的明暗，感受着时空的敞开，仿佛它们也在跟随着茨威格的良知流淌，跟随着语言的河忧郁的正义鲜活的责任和思绪丰富生长，"事半功倍"——记得不知困意地读完之后，我还曾起身开门，借着微曦，边走边将一些重要段落抑扬朗读，似乎尚是当年的知青之身，似乎还有少年就学的积习，意犹未尽，兴奋得要把清晨一般的身心，一一告之静谧、本色的万物与天地——人世间，多少书籍，多少作家，谁能有茨威格和他的《异端的权力》这样幸运呢？……

　　如今，我已明白这本书何以无声无息，且也"习惯"了，知道她不仅来晚了，且还要再晚下去。但是作为个体生命，我周围的"热闹"已经再也遮蔽不住什么，它们其实并无什么到位的根柢——晚就晚罢，在人们，那是咎由自取；而在书，则无早晚可言，因为永恒的就是永恒的：她永远在那里。无论是什么年代，无论时潮如何变幻色彩，她都是，且永远是——社会所需要的那片闪亮的试金石。

简评

刘烨园先生属于"知青"一代的作家，经历过"文革"的那一代的作家们，往往在心灵上也经历了从虔诚、盲目到清醒后的荒诞、空虚的精神历程。坎坷的人生经历使他们形成了沉思性格和凝重文风。作为"新艺术散文"的个性散文作家，刘烨园具有很强的革新意识，一直试图打破传统散文四平八稳、清晰地表情达意的文体风格。用他自己的话说："新艺术散文虽然还没有或由于时代之要求尚不可能形成弥漫的趋势（这是一个既多元又缭乱，艺术的声音十分微弱和被割裂的时代），但它已是扎扎实实存在的事实。它不仅融汇了象征、隐喻、诗象、魔幻、意识流动等手法，而且汲取了现代音乐、绘画、建筑、小说、诗歌甚至大自然的原始气息等诸多的艺术新启示。它打破了'形散神不散'的套数或者在重新给'形'和'神'下定义（比如说内在的情绪是不是'神'，当今无思想无主题的心态能不能付诸散文等等）；它不再仅仅是现实的阐述和'轻骑兵'，已经大量进入了想象、虚构和组合；它不再'完整'、明晰，变得更主观、更自我、更灵魂、更内在，也更朦胧、更支离破碎；它更重意象和内韵，更多元、更立体、更质变、更有挣脱感。"（《新艺术散文札记》）刘烨园1978年开始发表散文，最早收在《忆简》中的一些作品，风格特征不怎么突出，也没能实践自己的理论思考。从1988—1989年创作的《自己的夜晚》《何时？何地？何事?》，以此为标志，作者开始"从旧艺术散文向新艺术散文的过渡"。力求突破抒情、议论、叙事、描写等语言表现手段的界限,追求散文容纳信息的"密度"。在看似飘忽不定的语言、朦胧零乱的情绪和记忆的背后,蕴藏着巨大的理性思考的力量。重要的是,他始终思考、探索着人生的真谛,对那段梦魇般的历史固执地拒绝遗忘,努力地进行深刻的反思。这就使他的散文带有厚重深沉的魅力。

　　刘烨园生于1954年,他的少年时代在广西度过。这个年龄阶段的人,都有着大致相同的人生经历和政治命运。学习荒废、学校教育中断……这是一个时代的巨大伤痕,这个伤痕要靠更长的时间去弥补。但是,总是有一些人带着强烈的求知欲,以各种可能的方式网罗搜集图书,在插队的深山茅屋里、在喧嚣的工矿车间、在视文化为洪水猛兽的文化沙漠中……默默地自学和领悟。刘烨园就是这样的人,他15岁的时候,父亲就因受迫害跳红水河自杀了;家破人亡,他是长子,下有两个弟弟两个妹妹,无奈只好带着两个弟弟,远走他乡。但在这样的艰难环境里,他说,他很感谢在14岁时,在狂热的红卫兵年代,受一些当时的高中朋友的影响,阅读过一些"高深"的书籍,例如中外文学名著,以及马克思、黑格尔的著作之类。虽然当时读这些书还有些早,但是用他自己的话说:"最初的懂不懂并不重要,古时候的私塾从小就让孩子读古书,孩子懂吗?但这样硬读的好处太大了,一是阅读的过程也是人的意志的训练过程,二是能培养出一个健全的精神之胃。精神与身体是一样的,也需要诸多营养,所谓读什么书就成为什么样的人,就是这个道理。而营养的吸收,是需要胃的。读过这样难懂的书,不知不觉间,你的精神之胃就成长了,健全了,以后,读任何书都不难消化了。"也许正是在上述背景下,刘烨园以自己感受生活的特殊的经历和方式,大力提倡阅读。加强阅读,可以加深我们对这个世界的理解力。阅读的广度可以增加阅读者的深度。同时,刘烨园还提倡读书要泛,这个泛却不是泛滥的意思。他提倡我们应该读经典，要读"源头"的作品，而非"支流"的作品。他认为，阅读一定要有鉴别，不要盲目选择畅销书。刘烨园认为，我们在许多一下子抓住人类本质的伟大作品面前，应该多停留一会儿。他说他十几年前最受影响的一本书，是茨威格的《异端的权利——卡斯特利奥反对加尔文史实》。他在本文中回忆道："这本薄薄的小册子，十二万字，二百余页，十年来，竟几乎页页都被我连写带划地读'满'了：她的密密麻麻，是在说我已经把她'吃'透了么？""如果1966年能读到此书，我、我们会投身'文革'么？或以反对的立场投身？"在感慨此事时，他引用了前苏联作家巴乌斯托夫斯基的话："一些微不足道的书籍都被当作是杰作……而优秀的作品却被束之高阁，直到写出这些作品的二十五年后才重见天日。这种损失是无法弥补的。假如像普拉东诺夫和布尔加科夫这些作家的优秀作品，写完后就能和读者见面的话，那么，我们所有的人的思想就会比现在不知要丰富多少倍了。"打开书便打开了一面审视生命的镜子，那扑面而来的真善美，令人陶醉，长此以往，你便有了精神的底色。

《异端的权利——卡斯特里奥反对加尔文史实》讲述的是欧洲大陆在灿烂黎明之后重新沦为黑夜时的一个小故事。宗教改革英雄加尔文此时已经是日内瓦君临天下的最高统治者和暴君。而温和的充满人道主义气质的学者卡斯特利奥，以"苍蝇战大象"式的勇气，对加尔文的倒行逆施展开了英勇的对抗。如果不读茨威格的这本书，加尔文在人们心中完全是概念化的、光辉的形象——改革家、反封建斗士，他站在历史的一个阶梯上，与无数青史留名的伟人排在一起。如果不读茨威格，谁也不能那么清楚地知道，就是这个因怀有理想而受迫害、遭追捕、不得不亡命他乡的新兴资产阶级，一旦登上权力的宝座，对那些曾是、甚至依旧是他的朋友和同志的人，会表现出那样的常人难以置信的专横、残忍与卑劣。在人类思想史上，这次斗争的的意义主要表现在两个方面:其一,"就问题的根本来说,这历史性的斗争超越了它所发生的那个时代时空的限制。那不是一些狭隘的、可下定义的神学观点上的争执,也不是有关塞维特斯其人的争论,甚至不是裁决自由派和正统派新教教义之间的争端。在这场战争中,存在着一个范围大得多并且是永恒的生死攸关的问题。"其二,"每一个国家,每一个时代,每一个有思想的人,都不得不多次确定自由和权力间的界标。因为,如果缺乏权力,自由就会退化为放纵,混乱随之发生;另一方面,除非济以自由,权力就会成为暴政。"茨威格在书中揭示了一段历史的真相:当作为异见者的新教徒企图获得自己应有的地位时,他们遭到了罗马教廷的无情迫害;而当作为新教运动代表人物的加尔文控制了一座城市之后,他在迫害异见者方面显得更为果决而残酷。这就产生了一个"苍蝇与大象之间的战争"的故事,一部"为失败的事业而战斗"者的泣血传记。这是一个剪辑错了的"不理智的年代"。在这个传记里,我们会极不情愿地看到——伽利略低头认罪,承认地球不转的年代;拉瓦锡上断头台的年代;茨威格服毒自杀的年代;老舍跳进太平湖的年代。

王剑冰先生在《逗号与句号——1999年中国散文漫谈》中说:"刘烨园这些年一直在默默耕耘,深层次的阅读与思考使他的文章日见功夫。《"吃"了十年的一本书》展现历史暗疮,凸现人文光环,作者的叙述语言理性色彩太重,但精神昭昭闪亮,是作者近年来的力作。"有人说,刘烨园的散文有一种难以摆脱的"沉重",或者说,他是一位"孤独的行者"。著名作家张炜就是作如此观:"是的,不过他倒因为这份沉重变得浪漫起来。……他也回忆、纪实,使他留恋的是由此滋生的意象。他引申下去,找到了一些性质不同的欢娱,其中当然也包括了悲凉什么的……他是一个比较典型的诗人。"让我们记住刘烨园在文中"悲凉"的叩问吧:这样震撼人心的作品,为什么竟"无声无息"?怎样才能"从字里行间,深切地把握纸背浸出的鲜活的作者及书中人物的命运"?受迫害者掌握了权力为什么就立刻变本加厉地迫害另外的者?"何以会如此?何以能如此?"这样的迫害为什么会受到民众的支持? 因为书中所描写的卡斯特利奥的存在——"我心目中的知识分子定义被彻底改写了"!

刘烨园意在告诉我们,当整个时代沉沦于歇斯底里的无边黑暗之际,卡斯特里奥,一个坚持拥有独立信仰的小人物,无惧无畏,挺身直面"日内瓦新教皇"加尔文的残暴式摧残。尽管最终在贫病交加中寂寞地死去,但是,他的精神勇气,他的宽容气质,使他的名字在人类历史上一定会璀璨夺目,昭示后人! 思想挽救了个人的渺小,蒲苇般脆弱的生命因此获得了存在的尊严。在这场"权威"与"异端"的较量里,我们清晰地看到了人类历史一次次重演疯狂与屠杀的真正根源……让我们记住茨威格的话:"从此以后,我们要不断地提醒整个世界:他眼里只有战胜者的丰碑,而我们人类真正的英雄,不是那些通过屠刀下的尸体才达到的昙花一现统治的人们,而是那些没有抵抗力量、被优胜者暴力压倒的人们——正如卡斯特里奥在他为精神上的自由、为最后的地球上建立人道主义王国的斗争中,被加尔文压倒一样。"

"无论是什么年代,无论时潮如何变幻色彩,她都是,且永远是——社会所需要的那片闪亮的试金石。"刘烨园在文章的最后深有感触地说。

后　记

　　散文,在中国文学史上是与诗、词鼎足而三的重要文体,有着崇高的地位。唐宋以来的古代散文已经被人们奉为经典自不待言,近代以来特别是自"五四"以来的近百年时间里,优秀的散文作品无论在内容构成或是思想情致方面,都可与古代经典比肩。近年来,写作散文的作家越来越多,喜爱阅读散文的读者也越来越多,应运而生的散文集也林林总总地呈现于读者面前。我总觉得散文的选本和阅读方式还存在一些不足之处,特别是对近百年来的散文作品没能很好地梳理和总结,尤其对年轻人来说,缺少必要的指导。于是,我产生了一个较为大胆的想法:梳理一下近百年来的散文精品,对作品及其作者做一些简单的介绍和分析,为读者更好地阅读现当代经典散文提供一个可供选择的读本,也希望通过这样的撷选和推广,能使一部分作品在历史长河的淘漉中留存下来,成为后来人的经典。而这,也是选文和出版的主要动机。

　　在撷选本丛书的作品时,我着眼于选择那些叙述内容真实、表现手法质朴、能真实地记录作者现实生活的思想和感情轨迹之作。所选散文的作者中,著名学者、知名教授、有成就有社会影响的作家占相当的比重,他们的散文,或含蕴深厚,意境优美深邃;或摇曳多姿,情思高

后记

蹈浩瀚,无论芸芸众生,峥嵘岁月,抑或江河湖海,大地山川,或灵动飘逸,或凝练深刻,或趣味灵动,或高雅蕴藉……本丛书所选入的散文大多无愧于这样的评价。因此,一册在手,与经典同行,就能与作者进行思想交流,就能以丰富的知识启迪智慧,以睿智的思想陶冶情操,从而在读者的心灵里打开一个情趣盎然而又诗意充沛的境界。在生活节奏日益加快、人们性情渐趋浮躁的今天,我们非常需要这样的阅读。

读书给社会和个人带来的影响都是不可估量的。"一个人的精神发育史,应该是一个人的阅读史。"同样的道理,一个民族的精神境界,在很大程度上取决于全民族的阅读水平;一个国家谁在看书,看什么样的书,决定了这个国家的未来。国际阅读学会曾在一份报告中指出:阅读能力的高低,直接影响到一个国家和民族的未来。具体说来,阅读经典,可以强化文化认同,凝聚国家民心,振奋民族精神;可以提高公民素质,淳化社会风气,建构核心价值观。阅读经典,是接受教育、发展智力、获得知识信息的最根本途径,是人类社会特有的文化传播活动。

基于上面的认识,我编写了《现当代经典散文品读》。本丛书的编纂和作品的入选,是编者这个特定的人在特定的时期对特定作品的看法和眼光,代表着个人的审美体验,不要求读者一定要认同编者的看法,更不能代表作者的原意。因此,对本丛书编写过程中产生的一些想法做一个简略的归纳,供读者朋友参阅。

一、鉴于丛书的容量,首先面临一个不容回避的问题,即是如何在浩瀚的散文中遴选出既恰当又是读者喜闻乐见的作品来?毫无疑问,作为旨在拓宽阅读领域和提升阅读效果的散文读本,唯一的标准,那就是作品本身。真正意义上的阅读,是读者和写作者的心灵对话,一如心仪的挚友,在山间道旁的谈文论道,读者需要的恰恰是不拘任何形式的"随意性"。我们尊重阅读是"很个人"的提法,更何况强调开卷有益的阅读本身,更无须过于条理化、理论化,阅读者的追求也并非一种文学样式的全部、一种文学流派的前世今生、一个作家创作上的成败得失。

二、丛书的编撰体例,每篇散文都附有"作者简介"和"简评"两个部分的内容。了解作者的相关资料,是阅读前的必要准备;简评部分的文字则尽可能地拓宽阅读的视野,是阅读的引申、提炼,两者结合起来,从而建构起一个有机统一且有益于阅读的抓手。比如,读梁思成先生的散文《千篇一律与千变万化——音乐、绘画、建筑之间的通感》,一般读者可能对作者笔下的建筑领域里一些专业问题不是十分了解,"作者简介"和"简评"则对梁思成先生作为古典建筑领域里的顶级专家和教育家所从事的工作大体上予以介绍,为阅读做了必要的铺垫。文本虽是梁思成先生写中国古典建筑的散文,但作者拳拳赤子之心在字里行间很自然地得以升华,也就很容易引起阅读过程中的强烈共鸣,作者笔下的中国建筑艺术给读者带来的心灵上的冲击是难以忘怀的。

三、丛书共分10册:(1)华丽的思维;(2)悠远的回响;(3)精彩的远方;(4)文化的清泉;(5)诗意的栖居;(6)理性的精神;(7)心灵的顾盼;(8)且观且珍惜;(9)现实浇灌理想;(10)岁月摇曳诗情。每个分册写在前面的一段文字,是编者阅读经典的心灵感悟和情感抒发,不能简单地等同于对入选散文的解读,更不能先入为主地影响读者的阅读。

四、选入的散文,内容上可能涉及一些至今尚无定论的思想学术、科学文化等方面的内容,有的尚在研究、探讨之中;有的虽有了比较统一的看法,但也不一定就是最终的结论;有的观点虽然在现实中影响比较广泛,但也不可避免地存在一定的分歧,等等。编者力争在简评文字中尽可能地向读者介绍有代表性、较为流行的观点。即便如此,也未必就可以视为最权威的看法,倒是衷心希望读者阅读时,在认真分析、品味的基础上有自己的比较、鉴别,尽可能地接近比较科学的解读。有兴趣的时候,读者不妨就文中反映出的某些问题,进行深入的研究性阅读,带着这种"问题意识",一定会使阅读欣赏的效果得以增强,阅读欣赏的水平得以提高。比如,读瑞士华裔作家许靖华先生的散文《达尔文的错误》。文中传达了一些不同于传统观点的信息而了解对"进化论"提出挑战的代表作品,无疑对阅读是有帮助的。

五、丛书所选入的近三百篇散文中,绝大部分篇目,由于作者观察生活的特殊视角和独到的眼光,加之作者渊博的知识和雅致的文笔,将读者在现实生活中熟悉的或不熟悉的、遇到的或未曾遇到的人和事,叙述得饶有情致,有巨大的吸引力。但是,世易时移,不要说20世纪早期的作家,即使是与我们同时代的作者,文中所持的看法也并不见得百分之百地为今天的读者所接受。见仁见智,读者在品读之后有不同于作者的看法是很自然的事。比如,读李欧梵先生的《美丽的"中国城"——唐人街随笔》,不可避免地会对作者的观点产生不同看法。再比如,读毕飞宇先生的散文《人类的动物园》。从根本上说,工业文明的社会发展,为满足自己的需要,人类修建了动物园,但是,动物园的出现不是简单地把动物关起来了事,还折射出种种社会问题、人与自然的关系问题等。

六、每一个作家都生活在特定的社会环境中,每一个作家的作品和现实生活都有着千丝万缕的联系,我们能够从每一个作家的作品中读出他们现实的生活记录,感受他们跳动的思想脉搏,尤其是那些在现当代文学史上有一定地位、影响的作家,我们通过他们的作品,不仅能够读出作者其人,还能够从他们充满生命力的文字中,去瞻仰他们在文学史上留给后人的那渐行渐远的背影。比如,读季羡林先生的《赋得永久的悔》。我们看到的是作者用大量的篇幅,回忆了孩提时代吃的东西。为什么一想起母亲就讲起吃的东西呢?原因很简单,民以食为天，穷人家一直过着吃不饱的日子，因此对吃过的东西特别是好吃的东西，留下的记忆当然最难忘。再比如，读五四时期著名女作家石评梅的散文《墓畔哀歌》。面对这个在人生的凄风苦雨中痴守残梦的柔弱女子，谁能说清楚她那样泣血坟茔、奉献了全部的青春年华，且沉浸在对死者的哀悼之中难以自拔是一种幸福，抑或是一种不幸？今天的读者聆听到作者"墓畔哀歌"的时候，自然会联想到民国时期的"才女"形象以及她那逼人的才华。

七、文学源于生活，反过来文学又是对现实生活的阐述和暗示。

所以，阅读一个作家的作品，不能脱离其特定的生活环境。通过阅读，读者可以从不同的侧面感知不同时代作者笔下的现实生活，从而达到了解社会、体悟人生、历练品格、升华灵魂的阅读效果。比如，我们读钟敬文《西湖的雪景——献给许多不能与我共欣赏的朋友》、胡适《九年的家乡教育》、蒙田《与书本交往》、杰克·伦敦《热爱生命》、叶广芩《离家的时候》、宗璞《哭小弟》、刘小枫《苦难的记忆——为奥斯维辛集中营解放四十五周年而作》，等等。只要我们潜下心来，一定会有多方面的感知和启迪。

每一本书的问世都有一定的机缘。本丛书之编撰要追溯到20年前，当时，编者在一所高中教语文，由于教学的需要，为学生奉献了校本教材《诗文鉴赏》。之后，随工作辗转，当年的校本教材也屡次修订增补，才有了今天的《现当代经典散文品读》。其间，安徽师范大学出版社曾为作者提供诸多帮助；时任社长的汪鹏生先生，从策划到出版，均做了大量的工作。北京大学哲学系教授朱良志先生拨冗赐序，为本书增色添彩。在此，一并向上述帮助过我的人致以最真挚的谢忱！

徐宏杰

于淮南八公山下　2018年5月

后记